JN319445

文庫

口語訳 古事記

神代《かみよ》篇

三浦佑之 訳・注釈

文藝春秋

目次

〈口語訳 古事記 神代《かみよ》篇〉

口語訳　古事記　人代《ひとよ》篇

口語訳　古事記

神代《かみよ》篇

カバー背景の文字『真福寺本古事記』複製
（京都印書館、一九四五年発行）

語りごとの前に

　この本は、古事記のほぼ完璧な口語訳でありながら、古事記という作品を突き抜けようという意志によって貫かれています。どうしてそのような矛盾に満ちた試みをしようとしたかといえば、古事記に描かれた物語世界の真実を見たいと思ったからです。

　古事記はわからないところの多い書物です。八世紀初頭に書かれた現存最古の歴史書でありながら、九世紀あるいは十世紀に書かれた偽書だと主張する人はあとを絶ちませんし、国家が編纂した正史としては、別に日本書紀が存在します。その詳しい成立の事情については、神代《かみよ》篇巻末の「古事記の世界（解説）」に譲りますが、わたしたちの感じるある種のいかがわしさのうちに、じつは古事記が古事記であることの秘密があるのではないかと感じています。

古事記に語られているのは、天地の始まりとともに誕生した神がみによって織りなされた葛藤と、遠い世に生きた人びとによって紡《つむ》ぎ出された愛憎であり、その中心に置かれているのが列島の一部を統一して古代国家を現出させた天皇家です。しかし、そこに描かれた神がみの物語を読んでみても、歴代の天皇たちにまつわる伝えを眺めてみても、日本書紀のようには天皇家を称揚することはなく、かえって古代国家や天皇たちへの疑いを生じさせてしまうような、そのような部分をたぶんに抱え込んでいるのが古事記です。敗れていった神がみに、天皇に疎《うと》まれてしまった御子に、そして天皇から逃げようとした女たちに、この物語の語り手の視線は向けられているのではないかとさえ思えてしまいます。なぜ、そのような作品が残されたのかと考えた時、天武天皇の意志で正しい歴史を伝えようとしたとか、稗田阿礼《ひえだのあれ》が天武の伝えを誦習《しょうしゅう》していたとか、それをもとにして太安万侶《おおのやすまろ》という官僚が書物に仕立てたとかいうような、その「序」に書かれた内容は真実から遠いのかもしれません。そうした疑問を明らかにするために、古事記という作品のもとになった「古《ふる》事《こと》」が生み成された地平へと向かおうとしたのがこの本です。

たしかに、わたしたちの前に置かれた書物としての古事記は、「序」で述べられているような道筋を経て成立したのでしょう。しかし、わたしが知りたいのは、その前の世界です。古事記という固有の作品が出現するのに先立って、「ふること（古事）」を支えていた人びとが語ろうとした世界に向き合うことこそが、わたしたちに真実を明かしてくれるだろうと考えるからです。

古事記は、和語（日本語）を生かした音仮名（いわゆる万葉仮名）を包み込みながら、その全体は漢文によって記述されています。いわば外国語によって書かれた作品だということになりますが、文字化以前にこの物語に介在していたであろう音声の世界へと錘鉛《すいえん》を下ろすことで、書かれた古事記を突き抜けることができるのではないか、わたしはそう考えました。外国語を用いて、天皇家や国家のために書かれた古事記の神話や歴史を、文字と国家との呪縛を解いた世界に置きなおしてみることで、神がみや英雄たちの活躍する空想冒険叙事詩として、哀しい恋物語や陰謀のうずまく戦《いく》さ語りとして再生させることができるのではないか、延《ひ》いてはそれが国家とか天皇とか権力とかを無化する一つの方法になるのではないかと考えたのです。

古事記に描かれている神がみの世界や人びとの時代を、高天《たかま》の原《はら》から降りてきた者たちのものとしてではなく、大地に芽ぶく草と同じように萌え出ては枯れてゆくふつうの人びとの側に送り込んでみようとしたのです。それはロマンチシズムだよと笑う人もいるでしょう。また、国家や天皇の本質を隠蔽しようとしているのではないかと批判する方もいるかもしれません。しかし、そうでないことはこの本を読んでいただければわかります。

わたしは、この本にひとりの古老を登場させ、古老の語りによって「ふること（古事）」を再現しました。その語り部の古老は、得体の知れない言葉を使うあやしげな人物です。しかし、わたしには明確な像が結ばれています。

この古老は、おそらく七世紀の中頃にヤマトの王権の近くにいた人物です。ヤマトの王権を支える神話や歴史を語り継ぐ語り部の末裔《まつえい》である彼は、大地から萌え出た者でありながら、天から降りてきたと主張する者たちの近くにいて、その王のために、そして同時に、敗れていった者たちのために語りごとを語り継いでいたのです。いつも、語り部はみずからの身をはざまの世界に置いて、いくつもの世界を往き来しながら過ぎ去った世の出来事を語る者たちです。語り部の古老によって見つめられている「古（去《い》にし辺《へ》）の事」が、王権あるいは国家の側に向いていながら、もう一つの世界にも向きあっているように見えるのはそのためです。

わたしたちの使う文字は、ある一つの世界へと物事を集約しようとしますが、語りごとはいくつもの世界へと拡散しようとする表現だと言えるのではないかと思っています。語りは、文字のようにただ一つのものを求めようとはしないのです。その言葉はかならず消えてしまいますが、不確かな耳しか持たないわたしたちの世界とは別の世界にも届かせようとする言葉、それが語りごとなのです。そうした音声の世界を根底に抱え込んでいるために、現存する書かれた古事記でさえも、正史として編纂された日本書紀ほどには単純になれないのです。

長々とした前口上は退屈を誘うだけでしょうからこの辺で切り上げますが、もう一言だけ付け加えさせてください。ここに登場する語り部の古老は、「天皇」という言葉をもっていません。なぜなら、天皇という呼び名は七世紀後半の天武天皇の時代にならないと出現しないからです。また、古老はここで、書かれた古事記の三巻構成を無視して、神の代の語りごととしてカムヤマトイハレビコを語っています。たしかに、イハレビコは語られている内容からみても、この列島の歴史を考えてみても、神がみの中に置いたほうがわかりやすくなります。おそらく古老は、カムヤマトイハレビコを神の代に繰り込むことで、神がみの世界と人の代との違いをはっきりと示そうとしているのだと思います。

現代のわたしたちが読むと、古老の語りには不自然なところがあるかもしれません。それは、わたしたちがごくふつうに使っている音読の漢語をまったく使おうとしないからです。すこし違和感があるかもしれませんが、文字を目で追うのではなく言葉の流れとリズムに合わせれば、ごく自然に入り込んでくるはずです。そのすべては無理だとしても、おもしろそうなところを声に出して読んでみれば、古老の言葉がいかなるものかということはおわかりいただけるでしょう。

この本の中心は古老の語りごとにありますが、それを補うために、研究者の立場から大量の注釈を加えました。現在の研究レベルを踏まえてかなりの深みまで掘り下げながら、わたし自身の見解を示しました。古老の語りごとを理解する参考にしていただければ幸いです。

なお、この本を読み進めるための約束事を次に記しておきます。語りごとに入る前に、ざっと目を通しておくとわかりやすいのではないかと思います。

〈凡例〉

1・この文庫版では、『口語訳　古事記』を神代《かみよ》篇と人代《ひとよ》篇の二冊に分けました。

2・神名や人名はすべて、旧かな遣いによるカタカナ表記で統一しました。その意図は、旧かなのほうが原義を復元しやすいのと、カタカナの場合、目から入る意味性が弱まり、音による異界性が浮かび上がるのではないかと考えたからです。氏族名や国名・地名などは、原則として原文の漢字を生かして表記しましたが、場合によっては現在の慣用表記に改めたり、全体の文字表記を統一したりした部分もあります。なお、神人名の読みはテキストによって異なる場合もありますが、ここでは『日本思想大系　古事記』(岩波書店)によりながら各種のテキストを参照して統一しました。それらのテキストや参考文献については、人代篇巻末に掲げてあります。

3・神名には、その末尾に「神」(大神・大御神)や「命《みこと》」などの尊称が付されていますが、一部を除いてすべて削除しました。また、「天皇」号は先に述べた理由から「大君」に統一し、「皇子」「王」などの尊称も、神名と同様に必要な場合を除いて削除しました。多くの場合、これら神名や人名に付く尊称は、神話や歴史が筆録される際に整えられたと考えたからですが、語りごとに移した場合、尊称がないほうがわかりやすいという点も考慮しました(原文表記は人代篇巻末の「神人名索引」で確認できます)。同様の配慮で、敬語の使用は最小限にとどめています。

4．系譜や注記を含めて、古事記の三巻すべてをほぼ忠実に訳していますが、一部に語り部の独白や背景説明が加えられています。その部分については注釈に記したので、古事記本文の復元は容易にできるはずです。なお、当然のことながら、原文にある訓読注記は削除しました。

5．各章末の注釈は、時にたんなる言葉の説明を逸脱して、わたしの神話や説話の解釈に向かっていますが、その利用の仕方はお読みいただく方の自由です。まったく無視していただいてもかまいません。なお、地名と氏族名については、人代篇巻末の「地名解説」「氏族名解説」に一括して記述しました。

6．神代篇の巻末には、「古事記の世界（解説）」に加えて、「序」の現代語訳と神々の系図を、人代篇の巻末には地名解説、氏族名解説、主要参考文献のほか、歴代天皇の系図、参考地図などを収めました。また、神人名および動植物名、注釈の中の主要な事項と語彙については、人代篇の終りに索引を添えました。必要に応じてご参照ください。

神の代の語りごと

其の一　イザナキとイザナミ――兄妹の国土創成

(1)なにもなかったのじゃ……、言葉で言いあらわせるものは、なにも。あったのは、
そうさな、うずまきみたいなものだったかいのう。
この老いぼれはなにも聞いてはおらぬし、見てもおらぬでのう。知っておるのは、
天《あめ》と地《つち》とが出来てからのことじゃ……。
(2)天《あめ》と地《つち》とがはじめて姿を見せた、その時にの、(3)高天《たかま》の原《はら》に成り出た神の御名《みな》は、
(4)アメノミナカヌシじゃ。つぎに(5)タカミムスヒ、つぎに(5)カムムスヒが成り出たのじゃ。
この三《み》(6)柱《はしら》のお方はみな(7)独り神での、いつのまにやら、(8)その身を隠してしまわれた。

そうよのう、できたばかりの下の国は、土とは言えぬほどにやわらかくての、椀《まり》に浮かんだ(9)鹿猪《しし》の脂身《あぶらみ》のさまで、(9)海月《くらげ》なしてゆらゆらと漂っておったのじゃが、そのときに、泥《どろ》の中から(10)葦牙《あしかび》のごとくに萌えあがってきたものがあっての、そのあらわれ出たお方を、(11)ウマシアシカビヒコヂと言うのじゃ。(12)われら人と同じく、土の中

から萌え出た方じゃで、この方が人びとの祖《おや》と言うこともできるじゃろうかのう。つぎにアメノトコタチ……、(13)この方は天《あめ》に成ったお方じゃ。このお二方《ふたかた》も独り神での、いつの間にやら、すがたを隠してしまわれたのじゃ。

この五《いつ》柱の神は、別天《ことあま》つ神と呼ばれておるのじゃ。

それにつづいて成り出た神の名は、クニノトコタチ、つぎにトヨクモノ。この二《ふた》柱の神もまた独り神での、にぎわうこともなく、姿を隠してしまわれたのじゃ。

そのつぎに成り出た神の名は、ウヒヂニ、つぎに妹《いも》スヒヂニ。つぎにツノグヒ、つぎに妹イクグヒ。つぎに(14)オホトノヂ、つぎに妹(14)オホトノベ。つぎにオモダル、つぎに妹アヤカシコネ。つぎに(15)イザナキ、つぎに妹(15)イザナミ。……(16)男と女《おなご》とが、並んでつぎつぎにあらわれ出たのじゃった、よかったよのう。

今あげたクニノトコタチからイザナミまでを、あわせて神世《かみよ》七代《ななよ》と呼びなろうておっての、はじめのクニノトコタチとトヨクモノとはそれぞれが一代《ひとよ》、つぎに並び出た十《と》柱の神がみは二柱の神を合わせて一代とするのでの、あわせて七代ということになるのじゃよ。

さてそこで、(17)天《あま》つ神の、もろもろの神がみのお言葉での、イザナキ、イザナミの

お二方《ふたかた》に向こうて、

「この漂っている地《くに》(18)を、修めまとめ固めなされ」と仰せられ、アメノヌボコ(19)をお授けになり、ことを委《ゆだ》ねられたのじゃ。

そこで、お二方は天《あめ》(20)の浮橋にお立ちになり、そのヌボコをズッと下に向けて指しおろしての、流れ漂《ただよ》うておる海と泥との混じる塩を、コヲロコヲロ(21)と掻《か》き回し掻き鳴らして引き上げなさる、その時に、ヌボコの先からしたたり落ちた塩が、累《かさ》なり積もりに積もって島になったのじゃ。これがほれ、オノゴロ島(22)じゃ。

そこで、イザナキ、イザナミのお二方は、そのオノゴロ島に天降《あも》りなされての、天(23)の御柱《みはしら》を見立て、八《や》尋殿《ひろどの》(24)を見立てなさったのじゃ。なあに(25)、そこにあるものとして見れば、ありありとあるものよ。

そして、イザナキは、その妹《いも》イザナミにお尋ねになったのじゃった。

「お前の体はいかにできているのか」との。

すると、答えて、

「わたしの体は、成り成りして、成り合わない(26)ところがひとところあります」と、イザナミは言うた。

それを聞いたイザナキは、

「わが身は、成り成りして、[26]成り余っているところがひとところある。そこで、[27]このわが身の成り余っているところを、お前の成り合わないところに刺しふさいで、国土《くにつち》を生み成そうと思う。生むこと、いかに」と問うたのじゃ。

するとイザナミは、

「それは、とても楽しそう」とお答えになったのじゃった。

それでイザナキは、

「それならば、われとお前と、この天の御柱を行きめぐり、逢ったところで、[28]ミトノマグハヒをなそうぞ」とおっしゃったのじゃった。

そして、そう言うて契《ちぎ》るとすぐに、

「お前は右よりめぐり逢え、われは左よりめぐり逢おうぞ」と言われた。

お二方の神は契り終えるとすぐに柱をめぐり、めぐり逢われたところで、イザナミが、まっさきに、

「ああ、なんてすてきな殿がたよ」と言い、それに続けてイザナキが、

「ああ、なんとすばらしいオトメなのだ」と言うた。

そしての、それぞれが言い終えたのちに、妹《いも》に告げたそうな。

「おなご[29]が先に求めるのはよくないことよ」との。

それなのに止《や》めることはできなかったのじゃな、そのまま秘め処《ど》[30]にまぐわいなされての、なんと、お生みになった子は、骨無しのヒルコ[31]よ。この子は葦船《あしぶね》に入れて流し棄ててしまわれた……。

つぎに、アハ島[32]をお生みになった。かげろうのごときはかない子じゃで、これもまた子の数には入れないのじゃ。

それでの、どうにもうまく事が運ばなかったので、お二方は話し合われての、

「今、われらが生んだ子は良くない。やはり天つ神のもとに出向いて申しあげ、尋ねようぞ」とイザナキがおっしゃっての、すぐさま連れだって高天《たかま》の原《はら》に参り上り、天つ神のお言葉を請われたのじゃった。すると天つ神は、太占《ふとまに》[33]で占い合わせて、そのわけをお伝えなさるには、

「女《おみな》[34]が先に誘いをかけたのが良くないのだ。今ひとたび下に帰り、あらためて言い直しせよ」と、こうおっしゃったのじゃった。

そこで、お二方は帰り降りての、ふたたびその天の御柱を、前とおなじく行きめぐったのじゃ。そうして、このたびはイザナキが先に、

「ああ、なんてすばらしいオトメよ」と言い、のちに、イザナミが、

「ああ、なんてすてきな殿がたよ」と応《こた》えたのじゃった。

かくのごとくに言い終えての、結び合われてお生みになった子が、[35]アハヂノホノサワケの島じゃ。つぎに[36]イヨノフタナの島を生まれた。この島は、体は一つでありながら面《おも》が四つもあるのじゃ。[37]面ごとに名があっての、伊予《いよ》の国はエヒメと言い、讃岐《さぬき》の国はイヒヨリヒコと言い、粟《あわ》の国はオホゲツヒメと言い、土左《とさ》の国はタケヨリワケと言うのじゃ。

つぎに、[38]オキノミツゴの島をお生みになった。またの名はアメノオシコロワケじゃ。

つぎに[39]ツクシの島をお生みになったが、この島もまた、体が一つで面《おも》が四つもあったのじゃ。面ごとに名があっての、筑紫の国はシラヒワケと言い、豊《とよ》の国はトヨヒワケと言い、肥《ひ》の国はタケヒムカヒトヨクジヒネワケと言い、熊曾《くまそ》の国はタケヒワケと言うのじゃ。

つぎに、[40]イキの島をお生みになった。またの名はアメノヒトツハシラと言うのじゃ。つぎに、[40]ツの島をお生みになった。またの名はアメノサデヨリヒメと言うのじ

ゃ。つぎに、[41]サドの島をお生みになった。つぎに、[42]オホヤマトトヨアキヅの島をお生みになった。またの名はアマツミソラトヨアキヅネワケと言うのじゃ。[43]知っておろうが、これが、われらの生まれ育った島のまことの名よ。

そうしての、この八つの島をはじめにお生みになったによって、ここを、[44]オホヤシマの国と言うのじゃよ。[45]覚えたかの、まだまだ続くぞ。

そうして後に、お二方の神がお帰りになる時に、[46]キビノコの島を生んだ。またの名はタケヒカタワケじゃ。つぎに、アヅキの島を生んだ。またの名はオホノデヒメじゃ。つぎに、オホの島を生んだ。またの名はオホタマルワケじゃ。つぎに、メの島を生んだ。またの名はアメノヒトツネじゃ。つぎに、[47]チカの島を生んだ。またの名はアメノオシヲじゃ。つぎに、[47]フタゴの島を生んだ。またの名はアメノフタツヤじゃ。キビノコの島からアメノフタツヤの島まで、あわせて六つの島をつぎつぎにお生みになったのじゃった。

ようやく国を生み終えてのちに、さらには神がみをお生みになった。

そこでまずお生みになった神の名は、オホコトオシヲ。つぎにイハツチビコを生み、つぎにイハスヒメを生み、つぎにオホトヒワケを生み、つぎにアメノフキヲを生み、つぎにオホヤビコを生み、つぎにカザモツワケノオシヲを生み、つぎに海の神、名はオホワタツミを生み、つぎに水戸《みなと》の神、名はハヤアキツヒコ、つぎに妹《いも》ハヤアキツヒメを生みたもうた。

[48]いわれのわからない神がみも多いがの、岩や土や風や海を領《うしは》く神じゃろうて、オホコトオシヲからアキツヒメまで、みなで十《と》柱の神をお生みになったのじゃ。

ここに生まれたハヤアキツヒコとハヤアキツヒメとのお二方の神が、[49]河と海とを分け持たれてお生みになった神の名は、アワナギ、つぎにアワナミ、つぎにツラナギ、つぎにツラナミ、つぎにアメノミクマリ、つぎにクニノミクマリ、つぎにアメノクヒザモチ、つぎにクニノクヒザモチでの、アワナギからクニノクヒザモチまで、あわせると八《や》柱の神がみになるかのう。

つぎにまた、イザナキとイザナミのお二方は、風の神、名はシナツヒコを生み、つぎに木の神、名はククノチを生み、つぎに山の神、名はオホヤマツミを生み、つぎに野の神、名はカヤノヒメを生みたもうた。カヤノヒメのまたの名はノツチと言うておるの。シナツヒコからノツチまで、あわせると四《よ》柱の神がみじゃ。

ここに生まれたオホヤマツミとノツチとのお二方の神が、(50)山と野とを分け持たれて、お生みになった神の名は、アメノサヅチ、つぎにクニノサヅチ、つぎにアメノサギリ、つぎにクニノサギリ、つぎにアメノクラト、つぎにクニノクラト、つぎにオホトマドヒノコ、つぎにオホトマドヒノメでの、アメノサヅチからオホトマドヒノメまで、あわせると八柱の神がみになるかのう。

さてまた、イザナキとイザナミとがまぐわわれての、お生みになった神の名は、トリノイハクスブネ、またの名はアメノトリフネと言い、(51)鳥のごとくに空翔《か》ける船の神じゃ。つぎに(52)オホゲツヒメを生んだ。つぎにヒノヤギハヤヲを生んだ。またの名はヒノカガビコと言い、またの名はヒノカグツチとも言うて、燃えさかる火の神じゃ。それで、この子をお生みになったために、イザナミはみ(53)秀処《ほと》を焼かれてしもうての、病み臥《ふ》せってしまわれたのじゃった。

そして、その病いの苦しみのなかで、イザナミの(54)たぐりから成り出た神の名は、カナヤマビコ、つぎにカナヤマビメ。つぎに、糞《くそ》から成り出た神の名は、ハニヤスビコ、つぎにハニヤスビメ。つぎに、(55)ゆまりから成り出た神の名は、ミツハノメ、つぎにワクムスヒ。この神の子は、(56)トヨウケビメと言うのじゃ。

こうしてイザナミは、火の神をお生みになったために、ついに神避《かむさ》りたもうた。この時に生まれたアメノトリフネからトヨウケビメまで、あわせると十《と》柱の神になろうかのう。

すべて、イザナキ、イザナミのお二方の神が共にまぐおうてお生みになった島は、十《とお》あまり四つ、また、ここに生まれた神がみは、[57]両《もろ》の手を四たびも折り数えるほどにもなるかのう。これは、イザナミがまだ神避《かむさ》らぬ前にお生みになった神がみじゃ。ただ、オノゴロ島だけは生んだ子ではないので数には入れておらぬし、ヒルコとアハ島も子の数には入れぬのじゃ。

さてここに、イザナキは大いに悲しみ、

「いとしいわが妹《いも》のいのちを、子の[58]一つ木と取りかえるとは思いもしないことよ」

とおっしゃって、すぐさま、イザナミの枕元に腹這いになり、足元に腹這いになりして、大声で哭《な》いたのでの、その時に、流れた涙から生まれた神が、香山《かぐやま》の畝尾《うねお》にある木の本《もと》に坐《いま》す[59]ナキサハメと呼ばれる神なのじゃ。

そこで、その神避《かむさ》りたもうたイザナミは、出雲の国と伯伎《ははき》の国との堺の比婆《ひば》の山に葬ったのじゃった。

ここに、残されたイザナキは、腰に佩《は》いた(60)十拳《とつか》の剣《つるぎ》を抜き放つとの、その子カグ(61)ツチの首を斬り落としてしもうた。(62)すると、その御刀《みはかし》の先のところに付いた血は、まわりの岩群《いわむら》に飛び走りつき、そこに成れる神の名はイハサク。つぎにネサク。つぎにイハツツノヲ。この三《み》柱の神じゃ。

つぎに、御刀の手もとのあたりに付いた血もまた、まわりの岩群に飛び走りつき、そこに成れる神の名はミカハヤヒ。つぎにヒハヤヒ。つぎにタケミカヅチノヲ、またの名はタケフツ、またの名はトヨフツ。この三柱の神じゃ。

つぎに、御刀の握りに集まった血が、指の間から漏《も》れ垂れての、その滴《したた》り落ちた血によって成れる神の名は、クラオカミ。つぎにクラミツハ。

この、イハサクからクラミツハまでの、あわせて八《や》柱の神は、御刀の力を受けてお生まれになった神じゃ。

父神イザナキによって殺されたカグツチの、その亡《な》き骸《がら》からも神がみがあらわれ出ての、まず、(63)その頭《かしら》に成れる神の名はマサカヤマツミ、つぎに、胸に成れる神の名はオドヤマツミ、つぎに、腹に成れる神の名はオクヤマツミ、つぎに、陰《ほと》に成れる神の名はクラヤマツミ、つぎに、左の手に成れる神の名はシギヤマツミ、つぎに、右の手に成れる神の名はハヤマツミ、つぎに、左の足に成れる神の名はハラヤマツミ、つぎに、右の足に成れる神の名はトヤマツミじゃった。このマサカヤマツミからトヤマツミまで、あわせて八《や》柱の山の神が生まれたことになるかのう。

その、カグツチをお斬りになった太刀の名は、アメノヲハバリと言い、またの名はイツノヲハバリとも呼びなろうておる。

そののち、イザナキは、神避《かむさ》ってしもうた妹《いも》イザナミをひと目見ようと思うての、(64)黄泉《よみ》の国へと追いかけて行《ゆ》かれたのじゃ。そして、イザナミが、黄泉の国に建つ殿《との》の閉《と》ざし戸を開けて外に出てお迎えになった時、イザナキはこう言うた。

「いとしいわが妹よ、われとお前とで作った国は、いまだ作り終えてはいない。さあ、帰ろうではないか」

すると、それを聞いたイザナミが答えることには、

「くやしいことよ、もっと早く来てくださらなくて。わたくしは、(65)ヨモツヘグヒをしてしまいました。それでも、いとしいあなた様が、この穢《けが》れた国まで入り来てくださいましたことは、おそれ多くうれしいことでございます。そこで、わたくしも帰りたいと思いますゆえ、しばらく、(66)黄泉《よみ》の国を領《うしは》く神とむずかしい話し合いをい

たします。そのあいだ、どうかわたくしを見ないでくださいませ」と、こう申しあげての、その殿の内にもどってしもうて、そのまま久しく長い時が過ぎて、イザナキは待ちきれなくなってしもうたのじゃった。

そこで、左のみずら[67]に刺してござったユッツマ櫛《ぐし》[68]の大きな歯を一つ、ポキリとへし折っての、一つ火[69]を灯《とも》して暗い殿のなかに入ってみたのじゃが、その時、一つ火に浮かび上がったイザナミの体には、なんと蛆《うじ》[70]が数えられぬほどに這いまわっておっての、ゴロゴロという音が聞こえるほどじゃった。そして、その頭《かしら》にはオホイカヅチがおり、胸にはホノイカヅチがおり、腹にはクロイカヅチがおり、陰《ほと》にはサキイカヅチがおり、左の手にはワカイカヅチがおり、右の手にはツチイカヅチがおり、左の足にはナリイカヅチがおり、右の足にはフシイカヅチがおり、あわせて八つのイカヅチ[71]どもがわき出し蠢《うごめ》いておるのじゃった。

それを見たイザナキはおそろしうて、横たわるイザナミに背を向けて逃げ出したのじゃが、その時、その妹《いも》イザナミは、爛《ただ》れゆがんだ顔をイザナキに向けると、「われに恥《はじ》をかかせおって」と言うて、すぐさまヨモツシコメ[72]を遣わして追わせたのじゃ。

それでイザナキは、頭《かしら》に巻いておった[73]クロミカズラを取って、後ろにポイと投げ棄《す》てると、すぐにエビカズラが生えてきての。シコメどもがその実をつまんで食うておる間に逃げたのじゃが、食い終えると、なおもまた追いかけてくるので、次には右のみずらに刺しておったユツツマ櫛《ぐし》の歯を引き欠いての、後ろにポイと投げ棄てると、すぐに[74]タケノコが生えてきたのじゃ。やつらがまたそれを食うておる間に、逃げに逃げたのじゃった。

またその後《のち》には、あの、イザナミの骸《むくろ》にうごめいておった八つのイカヅチどもに、千《ち》五百《いほ》もの黄泉《よみ》の国の軍人《いくさびと》どもを副《そ》えて追わせたのじゃ。そこでイザナキは、腰に佩《は》いておった十拳《とつか》の剣《つるぎ》を抜いて、[75]後ろ手で剣を振り振りしながら逃げてきたのじゃが、なおもやつらは追ってきての、ようようのことで、[76]黄泉《よも》つ平坂《ひらさか》の坂のふもとに辿り着いた時に、その坂本に生えておった桃の実を三つ取って、待ちうけて投げつけたところが、怖かったのかのう、みな、逃げ帰ってしもうた。

そこでイザナキは、その桃の実に言うたのじゃ。

「汝《なんじ》よ、われを助けたごとくに、[77]葦原《あしはら》の中つ国に生きるところの、[78]命ある青人草《あおひとくさ》が、苦しみの瀬に落ちて患《わずら》い悩む時に、どうか助けてやってくれ」

こう仰せになって、その桃の実に[79]オホカムヅミという名をお授けになったのじゃった。

それでもかたがつかなくての、しまいには、いよいよその妹《いも》イザナミが自ら追いかけてきよった。

そこでイザナキは、千人《ちたり》がかりで引いて、ようよう動かせるほどの大岩を、その黄泉《よも》つ平坂《ひらさか》の中ほどに引き据えて道を塞《ふさ》いでの、その塞《さ》えぎり岩を中に置いて、それぞれ、こちらとあちらとに向き立ち、(80)言戸《ことど》を渡すことになったのじゃが、その時、イザナミが怒りにふるえて言うた。

「いとしいわたくしのあなた様よ、これほどにひどい仕打ちをなさるなら、わたくしは、あなたの国の人草《ひとくさ》を、ひと日に千頭《ちがしら》絞《くび》り殺してしまいますよ」

するとイザナキは、それに答えて、

「いとしいわが妹ごよ、お前がそうするというのなら、われは、ひと日に千五百《ちいほ》の(81)産屋《うぶや》を建てようぞ」と、こう言うたのじゃ。

それゆえに、葦原の中つ国では、(82)ひと日にかならず千人《ちたり》の人が死に、ひと日にかならず千五百人《ちいほたり》の人が生まれることになったのじゃ。

そこで、そのイザナミを名付けて、(83)ヨモツオホカミと言うのじゃ。また言うことには、逃げるイザナキに追い着いたところから、[84]チシキノオホカミとも名付けたのじゃった。また、その黄泉の坂を塞《ふさ》いだ大岩は、[85]チガヘシノオホカミと名付け、また、塞《さえ》ぎりいます[86]ヨミドノオホカミとも言うのじゃ。そして、ここに言うところの黄泉《よも》つ平坂は、今、出雲の国の[87]伊《い》賦《ふ》夜《や》坂のことだと言うておるがのう。

ここに、ようようのことで葦原《あしはら》の中つ国に戻りきたイザナキの大神は、「われは、なんともひどくよごれた穢《けが》らわしい国に行ってしまったことよ。それゆえに、われはこの身の[88]禊《みそ》ぎをせねばならぬ」と言われての、筑紫《つくし》の日《ひ》向《むか》の橘の小門《おど》の阿《あ》波《わ》岐《き》の原にお出ましになり、禊《みそ》ぎ[89]祓《はら》いをなされたのじゃった。

その時にの、投げ棄てた御杖《みつえ》から成り出た神の名は、ツキタツフナト。つぎに、投げ棄てた御帯から成り出た神の名は、ミチノナガチハ。つぎに、投げ棄てた御[90]袋から成り出た神の名は、トキハカシ。つぎに、投げ棄てた御衣《みけし》から成り出た神の名は、ワヅラヒノウシ。つぎに、投げ棄てた御褌《みはかま》から成り出た神の名は、チマタ。つぎに、投げ棄てた[91]御冠《みこうぶり》から成り出た神の名は、アキグヒノウシ。つぎに、投げ棄てた左の御手の手纏《たまき》から成り出た神の名は、オキザカル、つぎにオキツナギサビコ、つぎにオキツカヒベラ。つぎに、右の御手の手纏から成り出た神の名は、ヘザカル、つぎにヘツナギサビコ、つぎにヘツカヒベラ。

この、フナトからヘツカヒベラまでの十《とお》あまり二《ふた》柱の神がみは、(92)身に着けた物を脱ぐことによって生まれた神なのじゃ。

ここにまた、イザナキが仰せになることには、

「上《かみ》のあたりの瀬は流れが速く、下《しも》のあたりの瀬は流れが弱すぎようぞ」とて、はじめて中のあたりの瀬に降り、水の中に潜って身を洗いすすぎたもうた、その時に成れる神の名は、ヤソマガツヒ、つぎにオホマガツヒじゃ。このお二方は、その穢《けが》れ繁き国に到った時の(93)汚れた垢《あか》から成り出た神じゃ。つぎに、その身に付いた(94)禍《まが》を直そうとして成り出た神の名は、カムナホビ、つぎにオホナホビ、つぎにイヅノメ、

この三《み》柱の神じゃ。

つぎに、水の底に沈んですすぐ時に成り出た神の名は、ソコツワタツミ、つぎにソコツツノヲじゃ。また、水の中ほどあたりですすいだ時に成り出た神の名は、ナカツワタツミ、つぎにナカツツノヲじゃ。また、水の面《おもて》のあたりですすいだ時に成り出た神の名は、ウハツワタツミ、つぎにウハツツノヲじゃった。

この三柱の(95)ワタツミは、(96)阿曇《あずみ》の連《むらじ》らが祖神《おや》として祀《まつ》り拝む神での、阿曇の連らは、

そのワタツミの子、ウツシヒガナサクの末《すえ》と伝えておるのじゃ。また、そのソコツツノヲ、ナカツツノヲ、ウハツツノヲの三柱の神は、(97)墨《すみ》の江の三前《みまえ》の大神のことじゃ。

さて、禊《みそ》ぎの果てに、イザナキが左の御目《みめ》を洗いたもうた時に成り出た神の名は、(98)アマテラス。つぎに、右の御目を洗いたもうた時に成り出た神の名は、(99)ツクヨミ。つぎに、御鼻を洗いたもうた時に成り出た神の名は、(100)タケハヤスサノヲじゃった。先にあげたヤソマガツヒからハヤスサノヲまでの十《とお》あまり四《よ》柱の神がみは、黄泉の国から戻ったイザナキが、その穢《けが》れた身を洗いすすぐことによってお生まれになった神がみなのじゃ。

(101)それにしても、イザナキは男《お》の神じゃで、一人で子を生むことはできぬはずじゃが、黄泉の国に行き、そこから戻って生む力を身につけたのかのう。おのれ独りの力でつぎつぎに神を生み成していったのじゃ。

さて次には、イザナキの禊ぎの果てにお生まれになった貴い三柱の神の伝えを語って聞かせようかのう。

〈注釈〉

（1）**なにも**　以下の二段落は前置きとして加えたもので、古事記の原文には存在しない。

（2）**天と地とが**　古事記の冒頭は、「天地初発之時、於高天原成神名、……」というふうにあっさりと始まる。

（3）**高天の原**　天空に浮かぶ神々の住まう世界。そこは、川や山があり草木の繁る大地で、宮崎駿の描いた『天空の城ラピュタ』のようなイメージか。

（4）**アメノミナカヌシ**　天之御中主神で、抽象的な神格をもつ。おそらく後に構想された神とみてよいだろう。

（5）**タカミムスヒ・カムムスヒ**　タカミ（高御）、カム（神）はほめ言葉。ムスヒのムスは「生す」意で、ヒは霊力をあらわす接尾辞。ムスヒはものを生み出す力をもつ神の意で、後には「結び」と解されてゆく。

（6）**柱**　神や皇子などを数える数詞。

（7）**独り神**　男と女とにわかれる以前の神。したがって、配偶者を得て結婚することができない。

（8）**その身を隠して**　神は時がくると姿を隠してしまうのだが、それは、いわゆる死ではなく、目では確認できない存在になることを意味する。

（9）**鹿猪の脂身・海月**　どちらも、海の上を流れ漂う、陸地ができる以前の状態を表す比喩。獣の肉（鹿猪＝シシ）もクラゲも、彼らにとって身近なものだったのだろう。

（10）**葦牙**　カビは芽のこと。アシの芽が大地を突き抜けて萌え出てくるところに、生命力の根源を感じているのである。

（11）**ウマシアシカビヒコヂ**　立派な葦の芽の男神の意。この神の誕生のイメージは、「青人草《あをひとくさ》」と呼ばれる人間の誕生と重ねられている。

（12）**われら**　この一文、補入。
人間の誕生について、古事記は何も語らないが、後に出てくる「青人草」や「人草」という言葉から考えると、人は「草」であり、土の中から萌え出た草の仲間であると考えていたらしい。

（13）**この方は**　「アメ（天）」という神名からみて、アメノトコタチは高天の原に起源をもつ神であったはずだが、数字を整えるためにこういうかたちになったのだろう。

（14）**オホトノヂ・オホトノベ**　この二神の名の「ト」は性器のこと（ホトのト）で、立派な性器を持つ男（ヂ）、立派な性器を持つ女（ベ）の意であろう。はじめて、男女の性が形を顕したのである。

（15）**イザナキ・イザナミ**　イザは誘いかける語。ナは格助詞「の」で、キとミとは男と女とを表す接尾辞。兄と妹との関係については後述する。

（16）**男と女**　この一文、補入。

（17）**天つ神**　すべての神々は、高天の原を出自とする「天《あま》つ神」と地上世界に根拠をもつ「国《くに》つ神」とにわかれる。

（18）**地**　クニという語は、土地の、ある一定の範囲をいうのが原義。

（19）**アメノヌボコ**　高天の原にある立派なホコ（矛）。ホコは、両方に刃のある槍のような武器で、祭具としても用いる。

（20）**天の浮橋**　高天の原と地上（葦原の中つ国）との間に浮かぶ宇宙ステーションのような中継基地。

（21）**コヲロコヲロ**　原文は音仮名表記。古事記は、伝承されていた語句や音声的な部分を音仮名で表記する場合が多い。文字化以前の語りの姿を強く残しているとみなせよう。

（22）**オノゴロ島**　自凝島の意で、自然に凝り固まった島。地上に最初に出現した堅い大地である。

（23）**天の御柱**　トーテム・ポールのような、世界の中心を象徴する柱。

（24）**八尋殿**　壮大な御殿。「見立て」とあり、実際に柱や御殿を建てたと考える必要はない。

（25）**なあに**　この一文、補入。

（26）**成り合わない・成り余って**　女陰と男根との比喩表現。こういう描写に語りのおもしろさがある。

（27）**このわが身の**　以下の描写は性交の隠喩。男女の交わりの起源を語る神話は他にもあり、日本書紀には、セキレイが尾を振っているのを見て交わる方法を知ったと語られている。

（28）**ミトノマグハヒ**　ミトは、御処の意で、すばらしいところ。マグハヒは交叉させること。性交をあらわすもっとも美しい言葉。最初の結婚が兄と妹とによって語られるのは、世界的に例が多く、兄妹始祖神話と呼ばれる。

世界の始まりを語る時、一対の男女によって世界や人間が生み成されたという語り方をするのが普遍的で、その時、最初に登場する一対の男女を兄と妹として語る、それが兄妹始祖神話である。その場合、社会的には兄妹婚はタブー（禁忌）であり、それが社会を成り立たせる大前提としてあるから、始源の兄妹の結婚にはいつもタブー性が抱え込まれてしまうのである。多くの場合は、洪水によって始源以前にいた者たちがすべて死に絶え、兄と妹だけが生き残ったというかたちでタブー性を越えようとする。旧約聖書・創世記のノアの方舟などもそうした洪水型の兄妹始祖神話の痕跡を残しているとみなせるだろう。

（29）**おなごが**　ここには、男尊女卑（男性優位）の考え方が反映している。柱をめぐる場面の、男を左からめぐらせるという「左」優位の考え方とともに、中国思想の影響かともいわれている。

（30）**秘め処**　原文は「久美度《くみど》」で、「籠《く》み処《ど》＝籠めるところ」の意。寝室と解する説もあるが、女陰をさすと解しておく。

（31）**ヒルコ**　原文に「水蛭子」とあり、骨がなく、人や動物の体に吸盤で吸いついて血を吸うヒルのような子をいう。ここで最初の子生みに失敗すると語るのは、文脈的にみれば、女であるイザナミが先に物を言ったことに対する罰として読める。しかし、より本質的には、兄と妹とのタブーを犯した交わりに原因があったのであろう（古事記は、兄妹相姦の影を薄めようとしている）。

最初の男女が兄妹で、その二人の結婚によって人類が誕生したと語る神話（兄妹始祖神話）は世界的に語られるパターンであり、それが、タブーを犯した結婚であることによって、罰を受けたり不具の子が生まれたりすると語る例も多い。なお、ヒルコは、骨無しの子ではなく、「日る（ルは古格の格助詞でノの意）子」で、太陽の子の意であるとみる説もあるが、こじつけに近い。

（32）**アハ島**　原文「淡島」。出産の時の胞衣《えな》（胎児をつつむ膜や胎盤などで、後産《あとざん》という）のことかという。

（33）**太占**　シカの肩の骨に印を付け、火で焼いた時のひび割れ方で神意を知る占い法の一種。もうひとつの主要な占いは、亀卜《きぼく》と呼ばれ、ウミガメの甲羅を焼いて占う。

（34）**女が先に**　前にふれたように、子生みの失敗の原因はいくつか考えられるが、この神話ではその原因を女が先に声をかけたという点に見出すことによって、兄妹始祖という古層性を隠していったのである。

（35）**アハヂノホノサワケの島**　淡路島のこと。この国生み神話の舞台は、淡路島を中心とした大阪湾から瀬戸内海であり、そのあたりを本拠とする海人《あま》系の人々によって伝承されていたのではないかといわれる。

（36）**イヨノフタナの島**　現在の四国全体をさす呼称。

（37）**面ごとに名があって**　大地はただの土の固まりではない。神がいますことによって大地は豊かな世界になるのだ。

（38）**オキノミツゴの島**　隠岐島のこと。島前《どうぜん》と島後《どうご》と中ノ島の三島を中心とした多くの島からできているのでミツゴ（三つ子）という。

（39）**ツクシの島**　今の九州全体をさす呼称。ただし、南端までは版図に入っていない。

（40）**イキの島・ツの島**　壱岐・対馬のこと。

（41）**サドの島**　新潟県の佐渡島のこと。この神話では、佐渡島がもっとも北の世界として認識されている。それが、この神話の版図である。

（42）**オホヤマトトヨアキヅの島**　今の本州をさす呼称だが、東北地方までは認識のなかには含まれていないらしい。最後にもっともすばらしいものが生まれるという発想。

(43) **知って**　この一文、補入。

(44) **オホヤシマの国**　八は聖数。ただし、大八島（大八洲）という総称が、「倭《わ》」や「大和《やまと》」と同様に、古代において国名として一般的に認知されていたかどうかは疑わしい。

(45) **覚えたかの**　この一文、補入。

(46) **キビノコの島**　以下の、キビノコの島・アヅキの島・オホの島・メの島は、いずれも瀬戸内海に浮かぶ小島をさすと考えられている。比定地については、人代篇巻末の「地名解説」参照。

(47) **チカの島・フタゴの島**　チカの島は長崎県の五島列島のなかにある島、フタゴの島は、五島列島の南にある男女群島のなかの島かという。これが、版図のもっとも西に位置する。

(48) **いわれの**　この部分の神々のうち、神の役割（海の神とか水戸の神とか）を記しているもの以外は性格がよくわからない。「領く神じゃろうて」までの部分は、補入。

以下、神名が列挙されているが、神名の構成は一般的に、「その神の能力や性格を表す語」＋「上の語と下の語とをつなぐ格助詞（ノ・ツ・ナ）」＋「神格を示す接尾辞」という形になっている。接尾辞としては、男神と女神とを示すヒコ・ヒメ、ヲ・メ、キ（ギ）・ミという対をなす接尾辞（イザナキ・イザナミ、ツラナギ・ツラナミなどのキ・ギやミ）のほか、ヒやチなどをもつ神が多い。「〜の神」という言い方は、それらさまざまな神格を統一するために付け加えられたもので、本来的な呼称ではなかったと考えられる。たとえば、山の神はオホヤマツミと呼ばれるが、その語構成は、オホ（大＝ほめ言葉で

「偉大な」の意）ヤマ（山=この神名の中心部分）ツ（格助詞で「～の」の意）ミ（神格を表す接尾辞）となり、オホヤマツミで「偉大なる山の神」という意味になる。ところが古事記では、「大山津見神《おほやまつみのかみ》」と表記されて、「ミ」とは別に「神」という神格を表す語がすべての神名の下に付されて統一化されている。本書における語り部の語りでは、原則としてその「～の神」という部分を削って、本来的な呼称に戻している。

（49）**河と海とを分け持たれて**　ハヤアキツヒコとハヤアキツヒメの二神が、イザナキ・イザナミの役割を分担して、海と河とにかかわる部分を受け持ち、そこを司る神を生んだのである。

（50）**山と野とを分け持たれて**　前と同様、オホヤマツミとノツチとの二神が、分担して野山にかかわる神を生んだのである。生まれた神の名はよくわからないが、狭い土地（サヅチ）や霧のわく地（サギリ）、暗い谷間（クラト）など、山野の谷間を司る神らしい。谷に入ると迷いやすいからトマドヒの神も生まれる。

（51）**鳥のごとくに**　この句、補入。トリフネ（鳥船）とは、まさに宇宙船である。

（52）**オホゲツヒメ**　偉大なる（オホ）食べ物（ケ）の（ツ）女神（ヒメ）の意。大地母神的な性格をもつ神で、後に語られる神話によれば、スサノヲに殺され、体から五穀の種が誕生する（其の三、冒頭部分参照）。

（53）**み秀処**　ミは接頭辞、ホトはもっともすばらしいところの意で、女陰をさす。「ほ（秀）」はこんもりと高くなっているところを原義とし、あらゆるすばらしいものをいう。たとえば、「国のほ」「まほろば」「稲穂」などの「ほ」。

（54）**たぐり**　嘔吐した、その吐瀉物。

（55）**ゆまり**　オシッコのこと。ユは湯の意。マリは排泄物（マルは排泄することをいう。幼児の使う便器をオマルというが、そのマルはこの語の名詞化）の意。

（56）**トヨウケビメ**　豊かな穀物の女神の意で、伊勢神宮の外宮《げくう》の祭神である。外宮は、アマテラスを祀る内宮《ないくう》に対して、食べ物などを捧げて仕える役割をもつ。

（57）**両の手を四たび**　古事記には「三十五神」と記すが、二神で一緒に生んだのは十七神、イザナミが病臥して、その排泄物から生まれたのが六神、二神の子神が生んだのが十七神で、合わせると四十神になる。

（58）**一つ木**　一人という意。ここは神のことだが、「子」を数える数詞を「木」で表現するのは、もともと人は土の中から植物のように生まれたと考えていた（前述、注12参照。また、後述の注78参照）からであろう。なお、神や貴人を数える数詞は、一般的に「はしら（柱）」だが、これも「木（植物）」とかかわるとみてよい。

（59）**ナキサハメ**　「哭き沢女」の意で、泉の女神。妻を亡くしたイザナキの涙から生まれたという、なかなかきれいな名前の女神である。

（60）**十拳の剣**　立派な刀剣をほめる決まり文句。握りの部分が十握り分もあるような大きく立派な剣の意。

（61）**カグツチ**　カグは、輝くのカガ、「かぐやひめ」（竹取物語）のカグなどと同じく、光り輝くものをいう語。ツは格助詞で「〜の」の意、チは神格を表す語で、カグツチは、燃え盛る火の神格化である。

（62）**すると**　以下の描写は、血の飛び散る、なかなか凄惨な場面である。こうした描写は、昔話などでは描かれることが少なく、神話のもつリアリティといってよいだろう。それにしても、あらゆるものから神は生まれる。

なお、血《ち》は古代の人々にとって生命の根源と考えられていた。母乳もチ（乳）と呼ばれて血液と同じ言葉で表される。神格を表す接尾辞の「チ」も、血や乳の「チ」と同じ語であろう。

（63）**その頭に**　以下の、頭・胸・腹・陰……と、身体を八つの部分に分けて描写するのは、以下にもしばしば現れる常套表現である。音声による語りは、決まった表現をくり返すのがふつうである。

（64）**黄泉の国**　死者のいます世界。ヨミという語の語源は、ヤミ（闇）ともヨミ（夜＋ミ＝ミは霊格をあらわす接尾辞）とも言われ、用字は中国で死者の世界をいう「黄泉」を借用したもの。

死者の向かう黄泉の国は、古事記では地下にある世界と認識されていたとみてよいが、それが古代の人々の普遍的な観念であったとは言えない。最近の考古学などの成果によれば、死者は海の彼方へ行くと考えられていたとみなすべき遺物なども多く出土する。地域や時代によってさまざまな他界がありえたはずだが、古事記では、神々の住む高天の原、人々の生活する葦原の中つ国、死者の住む黄泉の国の三つが、天・地上・地下という垂直的なかたちで構造化された世界観を持っていたのである。なお、黄泉の国のイメージは、横穴式の古墳における玄室《げんしつ》（死者を納めた棺を安置する空間）と羨道《せんどう》（玄室に入る通路）から発想されているとみてよかろう。また、死後の儀礼を行う殯宮《ひんきゅう》（喪屋《もや》）でのさまも反映しているだろう。

（65）**ヨモツヘグヒ**　ヘグヒのへは、へっつい（竈）の「へ」でカマドのこと。黄泉の国のカマドで調理した食事を食べることをいう。よその世界の物を食べると、その世界の住人になってしまうと考えるのである。
(66) **黄泉の国を領く神**　原文には「黄泉神」とあるが、この神話の最後の部分にあるように、イザナミはのちに「黄泉津大神」と呼ばれ、黄泉の国を支配する神となる。したがって、ここに登場する黄泉神は物語の進行のためだけにあらわれた神らしい。
(67) **みずら**　青年男子の髪形で、左右に分けた髪を耳の上あたりで束ねたもの。
(68) **ユツツマ櫛**　ユツは「神聖な」の意、ツマ櫛は爪の形をした櫛をいう。
(69) **一つ火**　殿の中は暗闇だということがわかる。日本書紀によれば、これが、一つだけ火を灯すことを忌むもとになったという。
(70) **蛆虫が**　腐乱した死体にウジ虫が湧いているという映像的な表現である。こうした生々しい描写にも、神話のもつリアリティを窺うことができる。
(71) **イカヅチ**　「雷神」と原文にあり、イカは威力ある、の意。ツは格助詞で「〜の」の意、チは、ヲロチ、ミツチ（水神）などのチで、霊力のあるものをいう接尾辞。
(72) **ヨモツシコメ**　黄泉醜女の意で、黄泉の国にいる恐ろしい女たち。醜女とは醜い女というより、パワフルな女のこと。
(73) **クロミカズラ**　蔓草の一種。イザナキはそのツルを束ねて冠として頭にかぶっていた。これは、クロミカズラの冠の呪力を得ようとする行為。蔓草を投げたから、エビカズラ（山ぶどう）が生えてきたのである。
(74) **タケノコ**　櫛の材料が竹であったことがわかる。しばしば出土する考古学遺物などでも、古代の櫛はツゲやタケで作られている。

（75）**後ろ手**　後ろ手で何かをするのは、呪詛などマジカルな所作であるが、ここの場合は、追いかけられているので、その敵から逃れようとして、必死に剣を振りながら逃げている場面である。サスペンス映画や小説などでも追いかけごっこはもっともポピュラーな場面だが、神話や昔話にも追いかけごっこは頻繁に語られる。

（76）**黄泉つ平坂**　ヒラは崖の意、サカは境界をあらわす言葉で、サカイと同じ。黄泉の国と地上世界との境界は、断崖のようになっていると考えられていたらしい。

（77）**葦原の中つ国**　地上世界をいう。中つ国（中国）は、中華中国の「中華」（真ん中がすばらしい世界であることをいう）というより、天（高天の原）と地下（黄泉の国）との間にある国の意であろう。葦原はアシの繁っている原の意だが、不毛のというのではなく、繁栄したさまをいうほめ言葉である。

（78）**命ある青人草**　原文に「ウツシキ青人草」とあり、人間のこと。ウツシキは現実の、の意。青人草は「青々とした人である草」の意で、人は草であると考えられていた（「草のような人」という比喩表現ではなく、人は草なのである）。前に出てきたウマシアシカビヒコヂのように、人は土の中から萌え出してきた草（木）だと考えられていたのである。

（79）**オホカムヅミ**　偉大な（オホ＝大）神の（ヅ）実、という意。桃に呪力があると考えるのは、中国の神仙思想などとかかわるか。

（80）**言戸**　原文「事戸」。コトドを渡すとは、最後通告といった意味か。ここは、夫婦の関係を破棄する宣言をすること。日本書紀の一書には「絶妻之誓」とある。

（81）**産屋**　赤子を出産するために籠もる建物。日常の家屋とは別に作られた。

（82）**ひと日に……**　人間の死と生とが、循環するものとして、しかも日々増殖するものとして健全に語られている。こうした発想は、人の誕生を「草」としてみる思考法とかかわっているだろう。なお、人間（天皇）の死の起源については別に語られている（其の六、参照）。

（83）**ヨモツオホカミ**　原文に「黄泉津大神」とあり、黄泉の国を支配する神。この神話によって、この宇宙の中で死の世界が定位され秩序づけられたことになる。

（84）**チシキノオホカミ**　原文に「道敷大神」とあり、道を追いついた神の意。

（85）**チガヘシノオホカミ**　原文に「道反之大神」とあり、道を引き帰らせた神の意。

（86）**ヨミドノオホカミ**　ヨミドは「黄泉戸」で黄泉の国への出入り口。そこに鎮座する神の意。

（87）**伊賦夜坂**　所在は明確になっていないが、出雲国風土記、意宇郡条に伊布夜の社（現在の島根県八束郡東出雲町揖屋《いや》町にある揖夜《いや》神社のこと）がある。

（88）**禊ぎ**　ミソギは、「水滌ぎ《みそそぎ》」の約で、水をそそぐことによって心身を浄化する宗教的儀礼。日本人の宗教観において、もっとも重視されるのがミソギである。ケガレが水に流せるという考えは、水の浄化作用から発想されたものだろう。

（89）**祓い**　身についた汚れなどを払い落とす行為。もともとミソギ（前項）とは別の宗教的行為だが、両者は古くから混同されている。

（90）**御袋**　古代の人々は、旅などの折には腰に袋を付けて小物類を入れていた。官人の出仕の装いでもあったらしい。

（91）**御冠**　黄泉の国から逃げる際には、頭に巻いていたクロミカズラを投げている。そのカズラとは別に冠もつけていたというのはいささか不自然な気もするが、語りにおいてはすでに前の場面は忘れられているのだろうから、こだわる必要はない。

(92) **身に着けた物** 穢れた世界へ行くと、本人ばかりではなく、身に着けていた着物や所持品もすべて穢れてしまうと考えるために投げ棄てるのであり、そこから、この世のもろもろの穢れが神として生じたのである。日本語の「神」は善なるものだけをいう語ではなく、人には推し測れない力をもつもの、あるいは力そのものを「神」と呼ぶ。したがって、原義的にはカミは恐ろしいものであり、それが「チ」や「ヒ」などの接尾辞によって表されるのである。

(93) **汚れた垢** 着物や所持品ばかりでなく、身体も穢れており、垢はその証しだと考えられていた。したがって、それは時に恐ろしいものになるのである。昔話には、ものぐさな爺と婆のコンビ(垢)から作られた人形が活躍する「コンビ太郎」という話が語られている。

(94) **禍** マガはマガマガシイのマガで、曲がったもの、邪悪なものの意。それをまっすぐに矯正するのがナホビの役割。ナホは素直のナホで、まっすぐな状態をいう。

(95) **ワタツミ** ワタ(海)のミ(霊力のあるものをいう接尾辞)で、海の神のこと。

(96) **阿曇の連** 阿曇(安曇)氏は、博多湾の志賀島あたりを本拠地とし、ワタツミ(海の神)を祀る海人系の一族で、日本海沿岸の各地に勢力を築いていた。

(97) **墨の江の三前の大神** いわゆる住吉三神と呼ばれる神で、難波の住吉神社の祭神。津守氏が祀る神で、航海の神。神名にあるツツは「星」のことともいわれるが、ソコ(底)ツ(格助詞「〜の」の意)ツ(津の意で、港のこと)ノ(格助詞)ヲ(男)と解釈するのがよいか。

（98）**アマテラス**　天照大御神と表記される天皇家の最高神で、太陽神。以下、特別な場合を除き、すべてアマテラスと表記する。

（99）**ツクヨミ**　月読命と表記される月の神だが、記紀神話ではほとんど活躍することがない。

（100）**タケハヤスサノヲ**　建速須佐之男命あるいは速須佐之男命と表記され、これ以降の神話において重要な役割を担い、アマテラスと対立する神。後に根の堅州の国の大神となる。タケ・ハヤは猛々しさや威力のあることを讃える接頭辞。スサは地名（出雲国の須佐の地）ともスサブ・ススムのスサ（スス）と同源で、横溢し猛進する力を表すとも説かれるが、少なくとも、古事記に描かれたスサノヲはローカルな地名を背負った神ではなく、国家の最高神アマテラスに対立する荒々しい神として構想されている。ノは格助詞、ヲは男の意。

（101）**それにしても**　以下、語り部の独白。

日本書紀の本文では、アマテラス（日神）以下の三神はイザナキ・イザナミの性交によって生み成される（一書には古事記と同じ形もある）。もっとも重要な神であるアマテラスを単性生殖によって生むというのは興味深い語り方で、あるいは古いのかもしれない。

其の二　アマテラスとスサノヲ——高天の原の姉と弟

禊ぎの果てに、三柱《みはしら》の貴い神を生み成したイザナキは、いたく喜んでの、

「われは、子を生み生みて、生みの果てに三柱の貴い子を得たことよ」と言うて、すぐさま、項《うなじ》に掛けた首飾りをはずし、その玉を貫いた緒《お》をゆらゆらと取りゆらかしながら、アマテラスに向こうて、

「そなたは、神がみの坐《いま》す高天《たかま》の原を治めたまえ」と仰せになり、すべてのことを委《ゆだ》ねて首飾り(1)を授けられたのじゃった。

その首飾りの名を、ミクラタナと言うておるの。

つぎに、ツクヨミに仰せて、

「そなたは、夜が召し(2)あがる国を治めたまえ」と言うて、ことを任せられたのじゃ。

そしてまた、タケハヤスサノヲに仰せて、

「そなたは、海原《うなばら》を治めたまえ」と言うて、ことを委ねられたのじゃった。(3)しかし

のう、それがよきことであったかどうか……。

そこで、それぞれの神は父神の仰せのままにお治めになる中で、ハヤスサノヲだけは、おのれが委ねられた国を治めようとはせずにの、(4)あごひげが長く長く伸びて胸の前あたりまで垂れるほどになっても、いつまでも(5)哭《な》きわめいておったのじゃ。しかも、その泣くさまはというと、青々とした山は枯れ山のごとくに泣き枯らしてしまい、河や海の水はスサノヲの涙となってことごとくに泣き乾《ほ》してしまうほどじゃった。

このために、蠢《うごめ》き出した悪《あ》しき神がみの音《こえ》は、(6)五月蝿《さばえ》のごとくに隅々にまで満ち溢れ、(7)あらゆる物のわざわいが、ことごとくに起こり広がったのじゃった。

そこで、困り果てたイザナキの大御《おおみ》神《かみ》は、哭きわめくハヤスサノヲに向こうて、

「いかなるわけがあって、なんじは、われがことを委ねた海原を治めもせずに、哭きさわいでいるのか」と問うたのじゃ。

するとスサノヲは答えて、

「わたしは、(8)妣《はは》の国である根(9)の堅州《かたす》の国に罷《まか》り行かんことを願っているのです。だ

から、こうして哭いているのです」と言うた。

それを聞いたイザナキの大神は、ひどくお怒りになっての、

「そうであるならば、なんじは、この国に住むことはならぬぞ」(10)と仰せになると、すぐさま、スサノヲを神逐《かむや》らいに逐らいたもうたのじゃった。父と子との心のすれ違いが大ごとになってしもうて、騒ぎはますます広がってゆくことになるのじゃった。

そのイザナキも今は身を隠してしまわれての、(11)淡海《おうみ》の多賀《たが》に坐《いま》すのじゃ。

さて、父のもとから逐《や》らわれたハヤスサノヲは、

「しからば、アマテラスさまにわけを申しあげてからおいとましようか」と言うて、(12)すぐさま天《あめ》に参り上《のぼ》る時に、山や川はあまねく轟《とどろ》きわたり、国や地《つち》はことごとくに震《ゆ》れたのじゃ。

すると、アマテラスはその音を聞いて驚き恐れての、

「わがいとしき弟の上りくるわけは、かならずや善い心からではないはずだ。わが国、この高天の原を奪おうと思っているにちがいないはず」と言うたかと思うと、すぐさま、頭《かしら》の頂きで結うておった女《め》の髪を解いて、(13)みずらに編みあげて男の姿に

なっての、その左のみずらにも右のみずらにも、頭《かしら》にかぶったかずら(14)にも、左の手にも右の手にも、それぞれに大きな勾玉《まがたま》の、五百箇《いほつ》もの勾玉の、緒《お》に貫いた玉を巻きつけての、その背には(15)千入《ちの》りの矢筒を背負い、腹には(15)五百入《いほの》りの矢筒を縛り付けての、また、その響きが仇《あた》をおびえさせるイツ(16)の高鞆《たかとも》を左の臂《ひじ》に巻き付けての、その手には(17)弓腹《ゆばら》を握りしめ振り立てての、左の足は堅い土を踏みしめ、その力のあまりにズブズブと太股までめり込ませての、その土を、めり込んだ左足で沫雪《あわゆき》のごとくに蹴《け》散らかしての、おそろしい雄叫《おたけ》びをあげ、踏み叫《たけ》びながら待ち受けたかと思うとの、

「いかなるわけにて、上りきたるや」と、なじり問うたのじゃった。

するとスサノヲは答えて言うた。

「わたしには、(18)邪《よこしま》な心などありません。ただ、父上、イザナキの大御神《おおみかみ》のお言葉がくだり、わたしが哭《な》くさまをお尋ねになるがゆえに、

「わたしは、妣《はは》の国に行かんことを願って哭いているのです」と申し上げたのです。すると大御神が仰せになるには、

「そなたはこの国に住むことはならぬぞ」と言うて、わたしを神逐《かむや》らいに逐ら

われたのです。

それゆえに、罷《まか》り行かんさまを姉上に申しあげ、お暇乞《いとまご》いをしようとして、参り上りきたのです。そのほかの、いささかの異心《ことごころ》も持ってはおりません。
(19)スサノヲの言葉にいつわりはなかろうと、この老いぼれは思うておるがのう……。
ところが、アマテラスは、

「しからば、そなたの心の清く明《あか》きは、いかにして知ることができようぞ」と仰せられたのじゃ。(20)端《はな》から弟の振る舞いを疑ごうておったのじゃからのう。

そのために、

「おのおの、(21)ウケヒをして子を生むことにいたしましょう」とでも答えるしかないところへ、スサノヲは追い込まれてしもうたのじゃった。
(22)そこでアマテラスとスサノヲとは、それぞれ、(23)天《あめ》の安《やす》の河を間に挟んでウケヒをすることになったのじゃが、その時に、アマテラスが、まず、タケハヤスサノヲの佩《は》いておった十拳《とつか》の剣《つるぎ》を乞い取っての、それを三つに打ち折り、(24)玉の音も軽《かろ》やかに、ユラユラと天の(25)真名井《まない》に振りすすいでの、それを口の中に入れたかと思うと、バリバリと嚙《か》みに嚙んでの、(26)息吹《いぶき》のごとくに吹き出した狭霧《さぎり》とともに成り出でた神の名は、タキリビメ、またの名はオキツシマヒメ。つぎに、イチキシマヒメ、またの名はサヨリビメ。つぎに、タキツヒメ。まず、この三《み》柱の女《め》の神が吹き成されたのじゃ。

つづいて、ウケヒに立ったタケハヤスサノヲは、アマテラスが左のみずらに巻いてござった、八《や》尺《さか》の勾玉の、五百箇《いほつ》ものみすまるの(27)玉の音も軽やかに、ユラユラと天の真名井に振りすすいでの、それを口の中に入れたかと思うと、バリバリと嚙みに嚙んでの、息吹のごとくに吹き出した狭霧とともに成り出でた神の名は、(28)マサカツアカツカチハヤヒアメノオシホミミじゃった。また、右のみずらに巻いてござった玉を乞い取っての、それを口の中に入れたかと思うと、バリバリと嚙みに嚙んでの、息吹のごとくに吹き出した狭霧とともに成り出でた神の名は、(29)アメノホヒじゃ。また、かずらに巻いてござった玉を乞い取っての、それを口の中に入れたかと思うと、バリバリと嚙みに嚙んでの、息吹のごとくに吹き出した狭霧とともに成り出でた神の名は、アマツヒコネじゃ。また、左の手に巻いてござった玉を乞い取っての、それを口の中に入れたかと思うと、バリバリと嚙みに嚙んでの、息吹のごとくに吹き出した狭霧とともに成り出でた神の名は、イクツヒコネじゃ。また、右の手に巻いてござった玉を乞い取っての、それを口の中に入れたかと思うと、バリバリと嚙みに嚙んでの、息吹のごとくに吹き出した狭霧とともに成り出でた神の名は、クマノクスビじゃ。

　こうして、スサノヲの口からは、あわせて五柱《いつ》の男《お》の神が吹き成されたのじゃった。

　そしての、それぞれが子を生み終えるとすぐに、アマテラスは、ハヤスサノヲに向かい合うと、

「この、後に生まれた五柱《いつ》の男《お》の子は、その物実《ものざね》(30)がわが物によりて成れり。それゆえに、おのずからにわが子なり。また、先に生まれた三柱《み》の女《め》の子は、物実がそなたの物によりて成れり。ゆえに、その持ち主のままにそなたの子なり」と言うて、それぞれの子の親を詔《の》(31)り別けられたのじゃった。

　さて、その先に生まれた三柱の女《め》の神のうちのタキリビメは、胸形《むなかた》の奥津《おきつ》宮《みや》に坐《いま》し、つぎにイチキシマヒメは、胸形の中津宮に坐し、つぎにタキツヒメは、胸形の

辺《へ》津《つ》宮《みや》に坐すのじゃ。この三柱の神は、(32)胸形の君らが敬い祀る(33)三前《みまえ》の大神じゃでのう。

(34)それから、後《のち》に生まれた五《いつ》柱の男《お》の神の中の、アメノホヒの子タケヒラトリは、出雲の国造《くにのみやつこ》、武蔵《むざし》の国造、上《かみ》つ海上《うなかみ》の国造、下《しも》つ海上の国造、伊自牟《いじむ》の国造、津島の県《あがた》の直《あたい》、遠江《とおとうみ》の国造、これらの族《うから》の祖《おや》にあたる神じゃ。つぎに、アマツヒコネは、凡川内《おおしこうち》の国造、額田部《ぬかたべ》の湯坐《ゆえ》の連《むらじ》、茨木《うばらき》の国造、倭《やまと》の田中の直、山代《やましろ》の国造、馬来田《うまくた》の国造、道の尻《しり》の岐閇《きへ》の国造、周芳《すわ》の国造、倭の淹知《あむち》の造《みやつこ》、高市《たけち》の県主《あがたぬし》、蒲《かま》生《ふ》の稲寸《いなき》、三枝部《さきくさべ》の造、これらの族《うから》が祖《おや》として祀る神じゃ。(35)みな、古くからの大きな家門《いえかど》をもつ者たちよのう。

(36)それにしてものう、スサノヲの心はいかばかりじゃったろうの。オシホミミを吹き成したのはスサノヲじゃったのに、アマテラスはおのれの子じゃと言うて詔《の》り別けてしもうたでのう。それに、ウケヒの答えをいかに取ればいいものか。マサカツアカツという名をもつ神は、男《お》の子のオシホミミじゃで、男の子を生んだ神が正しいということになるのは間違いなかろうがのう。

それにしても、男の子を生み成したのはどちらじゃろうのう。やはり、物実《ものざね》を持っておったアマテラスなのかのう。なにせ、遠い遠い神の振る舞いじゃで、この老いぼれにも、しかとはわからぬのじゃ。

それでものう、この老いぼれは、スサノヲがいとしうてのう。いくたびも異《け》しき心は持たぬと言うてござったじゃろうが……。あの言葉にいつわりはなかったと思いたいのじゃ。

そもそも、ウケヒ生みの前に、なんの取り決めもなさらなかったというのは、なぜじゃろうのう。それがないとウケヒは成り立たんのじゃが……。いや、どうにも、この老いぼれにはわからんわい。神の代のことじゃでのう。

さて、その後《のち》のことじゃが、ハヤスサノヲは、アマテラスに言うたのじゃった。

「わが心は清く明《あか》し。それゆえに、わたしは[37]手弱女《たわやめ》を生み成すことができたのです。これによりて申せば、わたしは、おのずからにウケヒに勝ったのです」

そう言うて、こともあろうに、勝ちにまかせてアマテラスの営んでおった田の畔《あぜ》を壊し、その溝を埋め、また、アマテラスが[38]大嘗《おおにえ》を召し上がる殿に入って糞《くそ》をし、それを撒《ま》き散らしたのじゃ。それなのに、これほどひどいことをしても、アマテラスはひと言も[39]咎《とが》め立てすることもなくての、

「糞をしたのは、祭りの酒に[40]喜び酔うて吐き散らすのだと、わが愛《いと》しき弟は、かくのごとき振る舞いをしたのでしょうよ。また、田の畔を壊し、溝を埋めたのは、稲を植えるところが狭くなって惜しいというので、わが愛しき弟はそんな振る舞いをなされたのでしょうよ」と言うて、スサノヲの振る舞いを言の葉で言い直そうとなさるのじゃった。

[41]それにしても、高天の原に弟のスサノヲをお迎えになった時とは、えろう違《ちご》うてござるとは思わんか、アマテラスの受け答えのさまが……。まことに、手弱女を得たスサノヲがウケヒに勝ったのかのう。勝ちは、男《お》の子の素《もと》になる物実を持っておったアマテラスに行ったのではなかったのかのう、詔《の》り別けがあったでのう。

さて、そのアマテラスの言い直しの言の葉など心にも掛けずに、スサノヲの悪《あ》しき振る舞いは止むどころか、[42]なおのことひどくなってゆくのじゃった。

ある時、アマテラスが[43]忌服屋《いみはたや》に入って、機織り女《め》たちに[44]神御衣《かんみそ》を織らせておった時に、スサノヲは、その服屋《はたや》の頂《むね》に穴を空け、天《あめ》の斑馬《ふちうま》を[45]逆剝《さかは》ぎに剝いだ、その斑《まだ》ら馬の[46]皮を、穴から堕とし入れたのじゃ。[47]ひどいことをするよのう。

それでの、布《ぬの》を織っていた[48]天の機織り女のひとりが、堕ちてきた皮を頭からかぶってしもうての、あまりの驚きと恐れで機《はた》からころげ堕ちてしもうて、手から放りだした梭《ひ》(49)でもって、おのれの秀処《ほと》を衝き刺してしもうての、そのまま死んでしもうたのじゃ。

それを目《ま》のあたりにしたアマテラスは、もう、言の葉で言い直すことはできぬと思うたのじゃろうか、おびえてしもうての、天の岩屋の戸を開いて中に入ると、しかと戸を閉ざして籠(50)もってしもうたのじゃった。

さあ、アマテラスが籠もってしもうたので、高天の原は隅々まで真っ暗闇になってしもうて、葦原《あしはら》の中つ国もことごとく闇に覆われてしもうた。

そのために、上の国も下の国も、常夜《とこよ》(51)が続くことになっての。それとともに、す(52)べての悪《あ》しき神がみの音《こえ》は、五月蠅《さばえ》のごとくに隅々まで満ち溢れ、あらゆる恐ろしい物のわざわいがことごとくに起こり広がったのじゃった。

さても困った八百万《やおよろず》の神がみは、天《あめ》の安《やす》の河の河原に我も我もと集まり集《つど》うてきての、タカミムスヒの子のオモヒカネ(53)に、どうすればよいかを思わしめることにしたのじゃった。

このオモヒカネはかしこい神での、思いをめぐらし考えに考えての末に、まず、常世《とこよ》[54]の長鳴き鳥を集めて鳴かせたのじゃ。夜[55]は明けたというわけじゃのう。

[56]そうしておいて、天の安の河の河上にある天の堅石《かたしわ》[57]を取ってきての、天の金山《かなやま》の真金《まがね》[58]も取ってきての、鍛人《かぬち》[59]のアマツマラ[60]を探してきての、イシコリドメ[61]に言いつけて鏡を作らせての、つぎには、タマノオヤ[62]に言いつけて、八尺《やさか》の勾玉の五百箇《いほつ》[63]のみすまるの玉飾りを作らせての、つぎには、アメノコヤネ[64]とフトダマ[65]とを呼び出しての、天の香山《かぐやま》に棲む大きな男鹿《おじか》の肩骨をそっくり抜き取っての、天の香山に生えておった天のハハカ[66]を取ってきての、その男鹿の肩骨をハハカの火で焼いて占[67]わせての、天の香山に生えている大きなマサカキ[68]を根つきのままにこじ抜いての、そのマサカキの上の枝には八尺《やさか》の勾玉の五百箇《いほつ》のみすまるの玉を取りつけての、中の枝には八尺《やあた》の鏡を取り掛けての、下に垂れた枝には、白和幣《しろにきて》[69]、青和幣《あおにきて》を取り垂らしての、そのいろいろな物を付けた根付きマサカキは、フトダマが太御幣《ふとみてぐら》[70]として手に捧げ持っての、アメノコヤネが太詔戸言《ふとのりとごと》[71]を言祝《ことほ》ぎ唱えあげての、アメノタヂカラヲ[72]が、天の岩屋の戸のわきに隠れ立っての、アメノウズメ[73]が、天の香山《かぐやま》の天のヒカゲ[74]を襷《たすき》にして肩に掛けての、天のマサキ[75]をかずらにして頭に巻いての、天の香山の小竹《ささ》の葉を束ねて手草《たくさ》として手に持っての、天の岩屋の戸の前に桶《おけ》を伏せて置いての、その

上に立っての、足踏みして音を響かせながら神懸かりしての、二つの乳房《ちぶさ》を掻き出しての、解いた裳《も》の緒《お》を、秀処《ほと》のあたりまで押し垂らしたのじゃ。

すると、ほのかな庭火《にわび》に浮かぶウズメの踊りを見ておった(76)八百万《やおよろず》の神がみは喜んでの、闇におおわれた高天の原もどよめくばかりの大声に包まれて、神がみは皆、ウズメの踊りに酔いしれてしもうたのじゃった。

さあ、外のさわぎを聞きつけたアマテラスは、あやしいことじゃとお思いになっての、天の岩屋の戸を細めに開けて、内から声をかけたのじゃ。

「われが籠もりますによりて、天の原はおのずからに暗く、また葦原の中つ国もみな暗いだろうと思うていたのに、いかなるわけか、アメノウズメは(77)遊びをなし、また八百万《やおよろず》の神がみは喜びの声をあげているのか」

すると、アメノウズメが答えることには、

「あなた様にも益《ま》して貴き神のいますゆえに、(78)喜びえらき遊んでいるのです」と、そう言うたのじゃ。

そして、ウズメが答えておる隙《すき》に、アメノコヤネとフトダマとが、根こじのマサカキの枝に取り掛けて捧《ささ》げ持っていた鏡をすっと差し出しての、アマテラスにお見せすると、(79)アマテラスともあろうお方が、すっかりだまされてしもうたのかのう、(80)いよいよあやしいことだとお思いになって、いま少し戸のうちから歩み出て、鏡の前に近づいてきなさったのじゃが、その時に、戸のわきに隠れておったアメノタヂカラヲが、そのアマテラスの御手《みて》をさっと握って外に引き出したかと思う間もなく、フトダマが、アマテラスの後ろに(81)尻くめ縄を張り渡しての、

「ここから内にはお帰りになれませんぞ」と申し上げたのじゃった。

すると、アマテラスがお出ましになるとともに、高天の原も葦原の中つ国も、おのずからに照り輝いての、みな明るい光に包まれたのじゃ。

さて、もとにも増してすばらしい世にはなったのじゃが、このままではまずいというでの、八百万《やおよろず》の神がみは、みなで話し合われて、この騒ぎの元をつくったハヤスサノヲに、(82)いくつもの置戸《おきど》の上に山ほどに盛り上げた償《つぐな》いの品物を出させての、また、スサノヲの伸びたひげと手足の爪とを切っての、(83)清めのお祓いをしたうえで、スサノヲを高天の原から神逐《かむや》らいに逐らいたもうたのじゃった。

(84)またも、スサノヲは追い払われることになったというわけじゃ。

〈注釈〉

（1）**首飾りを授け**　イザナキは、アマテラスにだけ、自分が身につけていた首飾りを与えるのだが、これは、アマテラスが天皇家の祖先神になってゆくからである。それにしても、女神が最高神になっているというのは、父系的な性格の強い天皇家を考えた場合に興味深い。じつは、天皇家の場合も、男系になるのはそれほど古いことではないのかもしれない。八世紀以前には女性の天皇も多い。ただし、制度的には男系こそが天皇家を成り立たせているわけで、そうした矛盾を抱え込んでアマテラスという最高神は存在する。

（2）**夜が召しあがる国**　原文「夜の食国《をす》」とあり、夜が召し上がる国、の意。「をす＝食べる」ことは自分のものにすることであり、そこから、支配することを意味する。

（3）**しかしのう**　この一文、補入。

（4）**あごひげが**　以下の描写は、長い年月の経過をいう時のパターン。

（5）**哭きわめいて**　哭くという行為は、無秩序な世界を象徴する。スサノヲは、そうした横溢して抑制できない無秩序な力を秘めた存在である。

（6）**五月蠅のごとくに**　原文「五月蠅なす」は、たくさんのハエが梅雨時に充満してまがまがしい声をたてるさまで、恐ろしい状態が蔓延することの比喩（「うるさい」を「五月蠅い」と表記するのはこうした意味から）。日本書紀には、ハエが集まり重なって十丈（三十メートル）にもなり、雷のような音をたてて信濃の坂を飛び越えたという記事がある（推古三十五年）。

（7）**あらゆる物**　原文「万《よろづ》の物」。モノとは、恐ろしい力を秘めた正体不明の魑魅魍魎《ちみもうりよう》をいう。上の「悪しき神がみ」と同じ。

（8）**妣の国**　「妣」は亡き母の意で、ここはイザナミの領《うしは》く黄泉の国のこととも解せるが、スサノヲにとってイザナミは妣とはいえない。原郷の国といった意味で用いているのか。あるいは、この三神は、もとはイザナキとイザナミとによって生み成されたのかもしれない（日本書紀はそう語っている）。

（9）**根の堅州の国**　前の「妣の国」と同義ということになるが、根の堅州の国は、根源の堅い砂の国の意で、以降の神話や「大祓《おおはらえ》」の祝詞によれば、海底にもつながる地下世界でありながら、草原の広がる大地をもち、死者の住まう黄泉の国とは性格を異にする。沖縄におけるニライ・カナイ（ニーラスク）のように、あらゆる生命の根源をやどす異界と考えられていたのであろう。後に、スサノヲが根の堅州の国の支配者として語られるのだが、これは、スサノヲがもともと根の堅州の国を領く神であったと考えるとわかりやすい。

（10）**父と子との**　この一文、補入。

（11）**淡海の多賀**　イザナキは近江の国の多賀神社（滋賀県犬上郡多賀町）に祀られているが、日本書紀には、淡路島の「幽宮《かくりのみや》」に身を隠したともいう。古事記では近江の国は近淡海と表記することが多く、この淡海は淡路の誤記かもしれない。淡路島には伊佐奈伎神社（淡路市多賀）があり、イザナキが祀られている。

（12）**すぐさま**　以下のアマテラスの武装場面は、リズミカルな文体で描写され、音声的な語り口調が生き生きと伝わってくる。

（13）**みずら**　前にも出てきたが、みずらは青年男子の髪形。アマテラスはここで、女から男へと変身するのである。

以下、アマテラスは、男の髪形に結って男装し、武装して弟スサノヲを迎えるのだが、その態度はきわめて挑発的である。突然に物語をスリリングな展開にもってゆくという手法は、なかなか巧みで、語りを盛り上げてゆくことになる。

（14）**かずら**　イザナキもそうだったが、神は頭に蔓草で作った冠をつけている。シャーマンの装いからイメージされているのか。

（15）**千入り・五百入り**　矢が千本も五百本も入るような大きな靫（ゆぎ＝矢筒）のこと。

（16）**イツの高鞆**　イツは威力のある、の意。鞆は、矢を射る時、射た反動で弦が跳ね返って自分の腕を傷つけないようにする防具で、弓を持つ手の臂《ひじ》から手首にかけてつける。ここの高鞆は、弦が当たると大きな音を立てて相手を威嚇するようになっているらしい。

（17）**弓腹**　弓の中程あたり。

（18）**邪な心**　アマテラスの問答無用という態度に対して、スサノヲはあくまでも穏やかである。以下、この神話においては、スサノヲの心の清濁が問われることになる。

（19）**スサノヲの**　この一文、補入。

イザナキが、海原を治めるようにとスサノヲに命じたあとの展開を読むかぎり、スサノヲに高天の原を奪おうとするような邪心があったとは思えない。姉アマテラスに挨拶をしてからというスサノヲの言葉に偽りはなかったはずである。それが、スサノヲの言葉を信じようとしないアマテラスの行為によって、予期しない方向へと物語は展開する。そこに、この神話の起伏に富んだおもしろさがあるといえるだろう。しかも、そうした構想は、文字による推敲を重ねた結果として生じたというよりは、語られる物語がおのずと選んでいったものだとみなければならない。

（20）**端から**　この一文、補入。

（21）**ウケヒ**　神意を伺うための呪術的な行為。ふつうウケヒは、あらかじめ、結果がAなら神意はa、結果がBなら神意はb、と前提を定めた上で、決めたことをする（ここでいえば、子を生む）。

子を生むという行為に結果が均等になるような二つの前提を与えるとすれば、生まれる子が男か女か、ということになるはずで、男が生まれたら（結果A）邪心がない（神意a）、女が生まれたら（結果B）邪心がある（神意b）というふうに、結果と神意とを前提として定めておいて子を生み、その結果がAかBかで神意を判定するのがウケヒである（ウケヒの前提は、およそ半々の結果を予測できるものでないと成り立たない）。

ところが、あとを読んでゆけばわかるように、この場面のウケヒには、その前提がまったく語られておらず、これではウケヒは成立しないということになってしまう。

（22）**そこで**　以下の二つの段落も、くり返し句を多用しながらリズミカルに語られている。〜して、〜して、というふうに文脈を繋げてゆき、擬声語や擬態語を用いた同じフレーズがくり返されるのが音声による語りの特徴である。ことに、スサノヲが五柱の男神を吹き出す部分の描写は、まったく同じ表現を五回くり返しており、語りの文脈の特徴が明瞭にみてとれることに注目してほしい。

（23）**天の安の河**　天空の高天の原を流れている川。高天の原には、川があり、泉があり、田があり、山があり、木があり、宮殿が建っている。

（24）**玉の音も軽やかに、ユラユラと**　この部分、原文に「奴《ぬ》那《な》登《と》母《も》々《も》由《ゆ》良《ら》迩《に》」とあり、ヌナトは「瓊音（石玉の音）」、モユラニのユラニは、揺れるさまを表す擬態語（モは接頭語)。ここでは、泉にすすぐのは玉ではなく剣だが、決まり文句として使われているため、ヌナト(玉の音)という語が出てくる。ユラニは、もとは擬態語だったものが、玉がふれあってたてる軽やかな音を表す擬音語としても用いられる。

(25) **天の真名井** 高天の原にある神聖な泉。

(26) **息吹** 口に入れて嚙んで咀嚼することで唾《つば》と混ぜ合わせ、それを吹き出すのである。唾には呪力があると考えていた。

(27) **みすまる** ミは接頭語、スマルはスベル(統べる)と同じで、まとまっている、統一する、の意。ここは、緒に貫いてひとまとめにした玉飾りをいう。ちなみに、星座の名「すばる」も、このスベル(スマル)と同じ。

(28) **マサカツアカツカチハヤヒアメノオシホミミ** 原文に正勝吾勝勝(表記は「々」)速日天之忍穂耳とあり、「勝」という漢字が三回も使われていることに注目したい。アマテラスを継ぐ存在となるのだが、この神がアマテラスの子かスサノヲの子かという点は、以後の展開にとって重要な意味をもっている。

(29) **アメノホヒ** このあと地上平定に差し向けられるが失敗する。出雲臣一族の祖先神とされている神。

(30) **物実** サネ(実・核)は、物のもっとも本質にあたる部分をいう。

(31) **詔り別け** このアマテラスの発言は、いかにも唐突で、独りよがりな感じがする。日本書紀には本文のほかに何本かの異伝が伝えられているが、こうした詔り別けは本文以外の異伝にはない。その理由については後述する(注36参照)。

(32) **胸形の君** 宗像氏。九州北部の宗像地方(福岡県宗像市)を本拠地とする豪族で、航海にかかわる一族らしい。

（33）**三前の大神**　宗像氏の祭祀する宗像神社の祭神で、奥津宮・中津宮・辺津宮にそれぞれの女神を祀る。奥津宮は玄界灘にあり、海の正倉院として有名な沖ノ島に祀られている。その発掘品は宗像神社（宗像市田島）の宝物館に展示されている。

（34）**それから**　以下に挙げられている氏族は、各地に散在した地方豪族である。国造とは、朝廷から地方豪族に与えられた称号であり、朝廷から土地の支配権を委ねられていた。律令制度が整えられると、地方支配は、中央官僚が「国司」として派遣されるようになるが、それ以前は、土着豪族が朝廷に承認されてその地方を支配した。それは、当然、地方の氏族が朝廷（天皇家）に服属したことを表すのであり、服属と引き換えに与えられるのが「国造」という名誉なのである。なお、それぞれの氏族の本拠地などについては、人代篇巻末の「氏族名解説」を参照のこと。

（35）**みな**　この一文、補入。

（36）**それにしてものう**　以下の四段落（六二頁8行目まで）は語り部の独白であり、古事記には描かれていない。

　ここに語られているウケヒ神話の解釈については、さまざまな見解があり定説を見ない。語り部も述べているように、スサノヲの心はどちらだったのか。問題になるのは、注21に述べたように、ウケヒを行う場合に絶対に必要な「前提」（男が生まれたら清い心、女が生まれたら汚い心を持つ。あるいはその逆）が、この神話では語られていないという点である。

　ちなみに、日本書紀では、男が生まれたら清、女が生まれたら濁、という前提がきっちりと語られている。また、オシホミミの名が、マサカツアカツ（正に勝つ我が勝つ）という冠辞を持っているのをみても、男が生まれたら勝ちというのが自然である。とすれば、スサノヲは負けたことになり、濁心があったということになるが、もう一つ厄介なのは、子を生み終えた後の、アマテラスの「詔り別け」である。考えようによっては、アマテラスが横やりを入れてスサノヲの吹き出した男神を奪い取ってしまったとも読めるわけで、もともとは「詔り別け」はなかったのかもしれない。そうだとすれば、男神を生んだのはスサノヲということになり、スサノヲの心は清かったということになる。

どうも、この神話は本来の形からねじ曲げられているように思えてならない。そして、そのねじ曲げは、天皇家の、アマテラスから男系への接続を語るためにこそ必要だったのではないか。

（37）**手弱女**　タワヤメは、手の弱い女と漢字を宛てられるが、タワの原義はタワム（撓む）で、よくしなう意（ヤは間投助詞）。しなやかな体の女性がすばらしいとされたのである。

前述の通り、女の子を生んだから勝ったというのは理屈に合わない。

（38）**大嘗を召し上がる殿**　収穫感謝のために神をもてなす神聖な御殿。

（39）**咎め立てすることもなく**　前の神話とくらべると、アマテラスの態度は別人のようにやさしい。このあたりにも、何か問題が隠されているような気がする。

（40）**喜び酔うて吐き散らす**　酒は神祀りのための飲み物であり、酔うことは神を迎えることを意味した。それゆえに、酔って吐くことは咎められる行為ではなかった。

（41）**それにしても**　以下、この段落は、古事記には描かれていない。語り部がこうした独白を加える理由については、注36に述べた。

（42）**なおのこと**　先にスサノヲの名前についてはふれたが（其の一、注100参照）、スサは、スサブ・ススムなどのスサ（スス）と同じで、出来事がどんどん突き進んで（多くはよくない方へ）、制御できない状態になることをいう。このあたりのスサノヲの行為がまさにそれである。

（43）**忌服屋**　神聖な機織り小屋。

（44）**神御衣**　神のお召し物として神に捧げる衣。

（45）**逆剝ぎ**　通常の剝ぎ方とは逆の、タブーとされる皮の剝ぎ方。たとえば、皮を首のほうから剝ぐのが通常だとすれば、尻のほうから刃を入れて剝ぐといったやり方。狩猟民には、皮剝ぎに関して厳しいタブーがある。

（46）**皮を**　原文には斑馬としかなく、皮を投げ入れたのか、皮を剝いだ肉のほうを投げ入れたのかは見解がわかれるが、ここは絶対に皮でなければならない。

（47）**ひどい**　この一文、補入。

（48）**天の機織り女**　アマテラスに仕える機織り女だが、もともとは、アマテラス自身が斑ら馬の皮をかぶせられて死ぬという神話があったのかもしれない。日本書紀の一書には、日女（ヒルメ＝アマテラスの別名）自身のこととして語られているものもある。

（49）**梭**　機織り機で、張られた縦糸に横糸を通す道具。尖った船のような形をしていて、糸が巻き付けてある。梭でホトを突くという描写は、雄馬と女神との性交の隠喩として読める。何か、馬と女との交わりを語る神話や儀礼があったのかもしれない。

（50）**籠もって**　機織り女の死に恐れて天の岩屋に籠もったと語られているが、岩屋に籠もるという行為を、アマテラス自身の死の隠喩と解釈することも可能である。

（51）**常夜**　永遠につづく夜の世界。下文に出る「常世」とは逆の状態。

（52）**すべての**　以下の描写は、スサノヲがイザナキの命令に背いて哭き続けた時と同じ。どちらの行為も無秩序な世界を出現させる。

（53）**オモヒカネ**　「思い」を兼ね備えた神の意で、抽象的な思慮の神。以下の行為は、すべてオモヒカネの思慮によって仕組まれた芝居であり、オモヒカネは脚本家兼演出家兼舞台監督の役割を兼ねた存在である。

（54）**常世の長鳴き鳥**　ニワトリのこと。

（55）**夜は明けた**　この一文、補入。

（56）**そうして**　以下、この段落の文章は、句点で切ることなく、「〜て、〜て」と繋いで語っている。先のウケヒの場面と同様、リズミカルな緊迫感のある語りの口ぶりを窺わせる。

（57）**天の堅石**　鉄を鍛える金床に使う堅い岩石。

（58）**真金**　鉄のこと。砂鉄であろう。

（59）**鍛人**　鍛冶屋のこと。

（60）**アマツマラ**　マラは男根の意で、立派な男根をもつ神の意。

（61）**イシコリドメ**　石を固める（コル＝凝）女神（ドは格助詞「ツ」の転訛、メは女の意）。イシコリドメがアマツマラの男根を固くするように、鍛えて堅い鉄を作るのである。こうしたエロチックなリアルさも、語られる神話の本領である。

（62）**タマノオヤ**　玉造氏一族の祖先神。

(63) **五百箇の**　多数をあらわす修飾句。
(64) **アメノコヤネ**　大和朝廷の祭祀を司る中臣氏の祖先神。
(65) **フトダマ**　忌部《いんべ》という祭祀氏族の祖先神。
(66) **ハハカ**　カニワザクラのこと。
(67) **占わせ**　鹿の肩骨をハハカの火で焼く占い方法を「太占《ふとまに》」という。
(68) **マサカキ**　榊のこと。マはほめ言葉。
(69) **白和幣、青和幣**　和幣は、糸を束ねた神への捧げ物で、白和幣はコウゾの繊維、青和幣はアサの繊維を用いて作る。
(70) **太御幣**　立派な神への捧げ物。
(71) **太詔戸言**　立派な神への唱え言、いわゆる祝詞《のりと》のこと。
(72) **アメノタヂカラヲ**　高天の原にいる、強い力を持つ神。文字通りの腕力。
(73) **アメノウズメ**　神懸かりする女性シャーマン。以下に神懸かりするさまが語られているが、流れとしては、あくまでもオモヒカネの演出によって神懸かりを演じているということになる。ここに描かれた神懸かりは動的な所作を伴うが、日本列島にみられるシャーマンの神懸かりは、籠もりを伴った静的な事例が多い。朝鮮半島のシャーマン（ムーダンと呼ぶ）などは動的な動きと喧騒の中で神懸かりする。
(74) **ヒカゲ**　ヒカゲノカズラ科の常緑羊歯《しだ》植物。茎は地を這ってのびる。
(75) **マサキ**　マサキノカズラ・テイカカズラの古名という。蔓草。丸く束ねて「かずら」として頭にかぶるのが、巫女の装いの一つ。
(76) **八百万の神がみ**　ウズメの神懸かりを見物する神で、彼らも演出されていたのかどうかはわからないが、いわゆる観客の立場に置かれていると見たほうがよい。とすれば、オモヒカネの演出はまんまと成功し、ウズメのストリップまがいの神懸かりに、八百万の神々は魅了されてしまったということになる。

（77）**遊び**　神を迎え、神と共に楽しむこと。

（78）**えらき**　充足した喜びをあらわす語。現代語では、エム（微笑む）もワラウも同じ意味になっているが、古代では、「わらふ」という語は軽蔑や罵倒など相手と敵対する行為に限られ、「ゑむ」が親和的な微笑をいい、「ゑらく」が充足した喜びをあらわす声のある笑いをいう。

（79）**アマテラスとも**　以下の二句、補入。

（80）**いよいよあやしいことだ**　この展開を見ると、アマテラスは鏡を知らなかったということになる。鏡を知らない無知な者を笑う話は、昔話「松山鏡（尼裁判）」などによってよく知られているが、この場面は、そうした笑い話につながる。

この神話には、冬至の頃に行われる鎮魂祭や大嘗祭（天皇の即位儀礼）が反映していると指摘されている。冬至の頃に、さまざまな民族の間で太陽の死と再生にかかわる祭儀が行われており、この神話にもそうした性格があるだろう。ところが一方、この神話はエロと笑いのドタバタ劇という性格ももっているわけだが、それは、冬至における祭儀という側面と矛盾するものではない。祭儀には、ここに描かれているような喧騒が必要だったのであり、あまり真面目一方に考えたのでは神話の本質を見誤る危険があるということにもなる。

（81）**尻くめ縄**　しめ縄のこと。

（82）**いくつもの置戸の上に……品物を出させて**　原文に「千位《ちくら》の置戸を負《お》ほせ」とあり、たくさんの台の上に調え並べた償いのための品物を、犯した罪に対する代償として出させたのである。

（83）**切って**　身体に生じ伸びたヒゲ（髪）や爪は穢れのたまるところであり、それを切って祓うことで、身についた穢れを除去するのである。

（84）**またも**　この一文、補入。

其の三　スサノヲとオホナムヂ――文化英雄の登場

高天《たかま》の原からも逐《や》らわれたスサノヲは、さまよう道中《みちなか》で、食べ物をオホゲツヒメ(1)に乞うたのじゃ。すると、オホゲツヒメは、鼻や口、また尻からも、くさぐさのおいしい食べ物を取り出しての、いろいろに作り調《とと》えてもてなしたのじゃが、その時に、そのしわざを覗《のぞ》いて見ておったハヤスサノヲは、わざと穢《けが》して作っておるのだと思うての、すぐさま、オホゲツヒメを斬り殺してしもうたのじゃ。あい変わらず(2)よのう。

すると、殺されたオホゲツヒメの身につぎつぎにものが生まれてきての、頭《かしら》には蚕《かいこ》(3)が生まれ、二つの目には稲の種が生まれ、二つの耳には粟《あわ》が生まれ、鼻には小豆《あずき》が生まれ、陰《ほと》(4)には麦が生まれ、尻には大豆《まめ》が生まれたのじゃった。

そのさまを見ておったのが、高天の原に坐《いま》すカムムスヒの母神での、これをスサノヲに取らせて、もろもろの実のなる草の種と成しての、あらためてスサノヲに授(5)

けられたのじゃった。われらが今もいただいておる御食《みけ》は、こうして生まれ、われらの土に植えられることになったのじゃ。(6)

さて、遠ざけられ追われたスサノヲは、出雲の国の肥《ひ》の河(7)のほとり、名は鳥髪《とりかみ》というところに降りてきたのじゃった。この時、箸(8)がその河を流れくだってきたのじゃ。それで、その箸を見たスサノヲはすぐに、人がこの河の上《かみ》に住んでおるはずだと思うて、流れをさかのぼって尋ね求めて行くとの、老いた男と老いた女との二人がおって、若いむすめを中にはさんで泣いておったのじゃ。

そこでスサノヲは、

「お前たちは誰だ」と尋ねた。

すると、その老いた男が答えて、

「わたしめは、オホヤマツミ(9)の子です。わたしの名はアシナヅチ(10)と言い、妻の名はテナヅチ(10)と言い、娘の名はクシナダヒメ(11)と申します」と、こう名乗った。

そこでまた、

「お前たちが哭《な》くゆえは何か」と尋ねると、答えて、

「わたしどもの娘は、もともと八人《やたり》いたのですが、コシノヤマタノヲロチ(12)が、年ご(13)

とにやってきて喰ってしまいました。今またそやつが来る時が近づきました。それで、泣いているのです」と言うた。

するとスサノヲは、また尋ねて、

「そやつの姿はどんなか」と問うと、

「その目はアカカガチのごとくに赤く燃えて、[14]体一つに八つの頭と八つの尾があります。また、その体にはコケやヒノキやスギが生え、その長さは谷を八つ、山の尾根を八つも渡るほどに大きく、その腹を見ると、あちこち爛《ただ》れていつも血を垂らしております」と答えたのじゃ。アカカガチという言葉は、若い者は知らぬかもしれぬが、真っ赤に熟《う》れたホオズキの実のことじゃ。

そのヲロチとやらのさまを聞いたスサノヲは、老夫《おきな》に向こうて、

「この、[15]お前の娘をわれにくれるか」と聞いたところ、

「恐れ多いことですが、あなた様のお名前も知りませんので」と老夫は答えた。

するとスサノヲは、大きな声で名乗っての、

「[16]われは、アマテラス大御《おおみ》神《かみ》の、母をひとしくする弟である。今まさに、高天の原より降《くだ》り来たのだ」と、こう言うて、その生まれを明らかにしたのじゃった。

するとすぐに、アシナヅチと妻テナヅチの二人は、声をそろえて言うた。

「それほどに貴いお方とは恐れ多いことでございます。よろこんで娘を奉ります」

その申し出を聞いたスサノヲは、すぐさま、その童女《おとめ》の姿を美しい櫛《くし》に変えてしもうて、おのれのみずらに刺し隠しての、そばにおったアシナヅチとテナヅチに告げて言うことには、

「(17)お前たちは、幾たびも幾たびもくり(18)返して醸《かも》した強い酒を作り、また垣根を作り廻らし、その垣に八つの門《かど》を作り、門ごとに八つの(19)桟敷《さじき》を設け備え、その桟敷ごとに(20)酒船《さかふね》を置き、その船ごとに、幾たびも醸した強い酒をあふれるほどに満たして待っておれ」と、こう教えたのじゃ。

そこで、教えられたとおりに設け備えて待ち受けておった、その時に、そのヤマタノヲロチが、まことにアシナヅチの言葉どおりの姿でやってきたのじゃった。そして、すぐさま船ごとにおのれの八つの頭《かしら》を垂れ入れての、その酒をみな飲み乾してしもうたのじゃ。そして、ハヤスサノヲの企《たくら》みのとおりに、やつは飲み酔うて動けなくなっての、そのままつっ伏して寝てしもうたのじゃった。

さあ、それを待っておったハヤスサノヲは、みずからの腰に佩《は》いておった十《と》拳《つか》の

剣《つるぎ》を抜き放つと、その(21)蛇《くちなわ》を、たちどころに斬り刻んでしもうた。それで、肥の河は血に変わってしもうて流れたのじゃ。(22)今も赤かろうが、肥の河の流れは。(23)ところでの、そのヤマタノヲロチというのは、酔うて寝ておるところをよくよく見たれば、ただのクチナワの大きなやつだったというわけじゃ。

そやつを斬り刻んでおる時じゃが、八つもある尾の、(24)中のあたりの尾を切った時にの、スサノヲの太刀の刃《は》が欠けたのじゃ。それで、あやしいこともあるものよと思うて、太刀の先でもってその尾を刺し割いてみるとの、なんと、(25)ツムガリの太刀が出てきた。

そこで、その太刀を取り出してはみたものの、いかにしても恐れ多く妖《あや》しいものなのでの、高天の原に坐《いま》すアマテラスの許《もと》に使いを遣わし、わけを伝えて差し上げなさったのじゃった。

これが、ほれ、あの(26)草薙《くさなぎ》の太刀《たち》なのじゃ。(27)あとで詳しく語ることになろうが、ヤマトタケルの話は知っておるかのう。

さて、はじめに契ったとおりにクシナダヒメを手に入れたハヤスサノヲは、宮を作るにふさわしいところを出雲の国に探し求めたのじゃった。そして、巡り歩いた果てに、(28)須賀《すが》というところに到り着くと、

「われはここに来て、心がすがすがしくなったことよ」と仰せになった。

それで、そこに宮を作って住まわれることになったのじゃ。それゆえに、そこを、今に至るまで須賀と呼んでおるのじゃ。

この大神がはじめて須賀の宮をお作りになった時に、まるで宮を包み込もうとでもするがごとくに、まわりから雲がわき立ちのぼってきての。それを見たハヤスサノヲの口をついて、喜びの歌があふれ出たのじゃった。その歌というのは、こうじゃ。

八重にも雲のわき立つ　出雲の八重の垣よ　　やくも立つ　いづもやへがき
共寝に妻を籠《こ》めるに　八重の垣を作るよ　　つまごみに　やへがきつくる
そのすばらしい八重の垣よ　　そのやへがきを

知(29)っておろうが、今も妻呼ばいの祝いに歌われておるからのう。

そして、宮ができると、アシナヅチを召しての、「なんじは、わが宮の長《おさ》となれ」と仰せになっての、また、名を賜《たも》うて、稲田の宮《みや》(30)主《ぬし》スガノヤツミミとお付けになったのじゃった。


さて、ハヤスサノヲはクシナダヒメと結ばれ、(31)隠所《くみど》に秘めごとをなされての、生んだ神の名は(32)ヤシマジヌミというのじゃ。

また、ハヤスサノヲは、オホヤマツミの娘、名はカムオホイチヒメを妻としての、生んだ子は(33)オホトシ。つぎに(34)ウカノミタマ、この二柱じゃ。

その兄のヤシマジヌミが、オホヤマツミの娘、名は(35)コノハナノチルヒメを妻としての、生んだ子はフハノモヂクヌスヌ。この神が、(36)オカミの娘、名は(37)ヒカハヒメを妻としての、生んだ子はフカブチノミヅヤレハナ。この神が、アメノツドヘチネを妻としての、生んだ子は(38)オミヅヌ。この神が、フノヅノの娘、名はフテミミを妻としての、生んだ子はアメノフユキヌ。この神が、サシクニオホカミの娘、名はサシクニワカヒメを妻としての、生んだ子は(39)オホクニヌシ。またの名は(40)オホナムヂと言い、またの名は(41)アシハラノシコヲと言い、またの名は(42)ヤチホコと言い、またの名は

[43]ウツシクニタマとも言うての、あわせて五つもの名をお持ちの神なのじゃ。

[44]そうよ、名は力じゃで、これほど多くの名をもつオホクニヌシこそが、われらが主《あるじ》となられるお方だというのも、まこと、さにあらんじゃのう。

そこで、われらの神の代の語りごとも、このハヤスサノヲの六《む》継ぎの孫オホクニヌシ様の世へと移ってゆこうかのう。このお方は五つもの名をお持ちじゃで、語りごともいろいろと多いのじゃ。そしてのう……、いや、まあ聞いてもらおうか。

さて、このオホクニヌシには、兄君と弟君とをあわせると[45]八十《やそ》あまりの神がみがおっての。互いに競いおうていたのじゃが、みな、国はオホクニヌシにお譲り申したのよ。その譲ったわけというのは、つぎのごとき出来事があったからじゃった。[46]すこし長くなるが、聴いてもらおうかのう。

その八十の神がみは、みな、[47]稲羽《いなば》のヤガミヒメを妻にめとりたいと思うていての、もろともに稲羽の国に出かけて行ったのじゃ。その時に、[48]オホナムヂに[49]袋を担《かつ》がせて、いやしいお伴のひとりに加えておった。八十の神がみは、先を競うて東《ひんがし》に向こうておったのじゃが、[50]気多《けた》の岬を通りかかった時に、皮を剝《は》がれた赤裸《あかはだ》のウサギが倒れ臥《ふ》せっておった。

それを見た八十の神がみは、そのウサギをからこうての、

「なんじ、することには、前の海の塩水を浴び、風通しのよい高い山の尾根の上に臥《ふ》せっているとよいぞ」と言うたのじゃ。

それで、そのウサギは八十の神がみの教えに従《した》ごうて、言われたままに臥せっておるとの、見る見るうちに塩が乾いて、その身のうす皮は風に吹かれて乾き裂けてしもうたのじゃった。

そのために、ウサギが痛み苦しんで泣き臥せっておるとの、はるか後《おく》れて果てにやってきた袋かつぎのオホナムヂが、そのウサギを見つけて、

「(51)どうしてお前は泣き臥せっているの」と聞いたのじゃ。するとウサギは答えて、おのれの身の上を語り出したのじゃ。

(52)わたしは、(53)オキの島に住んでいまして、こちらの地《くに》に渡りたいと思っていたのですが、渡るすべがありませんでした。そこで、海に棲《す》む(54)ワニをだまそうと思い、

「われわれと君たちと、数競《かずくら》べをして、どちらが(55)族《うから》が多いか少ないかを数えて

みないかい。そのために、君は、その族のありったけをことごとに連れて来て、この島から気多の岬に向かって、みな並び伏して連なってくれないか。そうすれば、わたしがその上を踏みしめて、走りながら数え挙げて渡るから。そうすれば、わが族と君たちの族と、どちらが多いか少ないかを知ることができるではないか」と言ったのです。

(56)こう言いましたところ、ワニはまんまとだまされまして、言ったとおりに並び伏した時に、わたしが、その上を踏みしめ、ひとつ、ふたつと数え挙げながら渡って来て、今一足《ひとあし》で地《つち》に下りようとしたその時、わたしはうれしくなって、つい口が滑ってしまいました。

「君たちはわたしにだまされたんだよ」

そう言い終わるか終わらないかのうちに、(57)もっとも岸近くに伏していたワニが、わたしを捕まえて、ひと噛みで、わたしの白い皮を裂き剝《は》いでしまったのです。

そんなわけで泣き悲しんでおりましたところ、先に行かれた八十《やそ》の神がみのお言葉で、

「前の海の塩水を浴び、風通しのよい高い山の尾根の上に臥《ふ》せっているとよい

ぞ」と教えられました。そこで、わたしが教えのとおりにいたしましたところ、わたしの膚《はだ》はことごとに裂けて、こうしたひどいありさまになってしまいました。

とまあ、かくのごとくに語ったのじゃった。

それを聞いたオホナムヂは、その赤裸《あかはだ》のウサギに教え告げての、

「今すぐに、この河の川尻《かわじり》に行き、真水《まみず》でお前の体をよく洗い、すぐさま、その水《みず》辺《べ》に生えている(58)蒲《がま》の穂を取り、その穂を敷き散らして、その上にお前の身を転がし横たわっていれば、お前の体は元の膚《はだ》のごとくに治るだろう」と、こう言うたのじゃ。

そこで教えのとおりにしたところがの、ウサギの体は元のとおりに白い毛におおわれたのじゃった。

これが、あの稲羽《いなば》のシロウサギじゃ。今に至るも、(59)ウサギ神と言うておろうが。

そういうことがあって、そのウサギ神はオホナムヂに、

「あの八十《やそ》の神がみは、きっとヤガミヒメを手に入れることはできないでしょう。袋を担いではいらっしゃるが、あなた様こそ、ヤガミヒメを妻になさることができるでしょう」と、お告げ神のごとくに申し上げたのじゃった。

さて、妻問いを受けたヤガミヒメは、ウサギ神がオホナムヂに告げたとおりに、八十の神がみに言うたのじゃった。

「わたくしめは、あなたがたのお言葉をお受けすることはできません。オホナムヂ様のもとに嫁《とつ》ぎたいと思います」

それを聞いた八十の神がみは怒《いか》りくるっての、オホナムヂを殺してしまおうと皆で話し合《お》うて、(60)伯耆《ははき》の国の手間《てま》の山のふもとにオホナムヂを連れて行っての、

「(61)赤いイノシシがこの山にいる。そこで、おれたちが皆で山の上から追い下ろすから、おのれは下で待っていて捕まえろ。もし、待ち獲《と》ることができなかったならば、きっとおのれを殺してしまうぞ」と言い置いての、火でもって、イノシシの姿に似せた大きな岩を真っ赤になるまで焼いて、それを山の上から転がし落としたのじゃ。

そこで、言われたとおりに、追い下ろされた赤いイノシシを待ち獲るとの、そのまま、焼けた岩に押しつぶされて、オホナムヂは死んでしもうた。

そのことを伝え聞いた(62)オホナムヂの母神は、殺されたわが子を見て哭《な》き悲しんでの、すぐさま高天の原に飛び昇って行って、(63)カムムスヒにお願いしたのじゃ。すると、カムムスヒはすぐに(64)キサガヒヒメと(65)ウムギヒメとを遣わして、オホナムヂを作り生かさせてくれたのじゃ。

いかに作り生かしたかというとの、キサガヒヒメが、焼けた岩にへばり付くごとくに死んでおったオホナムヂの骸《むくろ》を、貝の殻でもって少しずつ岩から剝がしての、ウムギヒメが、それを待ち受けて、母神の(66)乳《ち》の汁に薬をまぜ合わせての、ひどく焼けただれたオホナムヂの体にくまなく塗ったのじゃ。すると、まもなくオホナムヂはうるわしい男にもどって(67)生き返っての、元のとおりに出歩いて遊びまわったのじゃった。

さあ、それを見た八十の神がみは怒《おこ》っての、またもやオホナムヂをだまして山に連れて行《ゆ》き、大きな樹《き》を切り倒し、縦《たて》に中ほどまで切れ目を入れての、その割れ目に(68)楔《くさび》を打ち込んですき間を作ると、その中にオホナムヂを押し込めるやいなや、楔をはずしてしもうたのじゃった。言うまでもなかろうて、オホナムヂは太い木の割れ目に挟まれて、またもや殺されてしもうた。

すると、(69)またまた母神が現れての、哭きながらわが子を探すと、木のあいだに挟まれて押し潰されたオホナムヂを見つけ、すぐさまその木を二つに裂いてわが子を取り出し活かしての、

「あなたはここに住んでいるかぎり、いつかは八十《やそ》の神がみのために滅ぼされてしまうでしょう」と言うて、すぐに、(70)木の国のオホヤビコのもとに、八十の神がみを避けてオホナムヂを逃がしなさったのじゃった。

ところが、どこで聞きつけたものか、八十の神がみはオホナムヂを探し求めて木の国まで追いかけて行っての、弓に矢を番《つが》えながらオホナムヂを出せと迫ると、オホヤビコは、木の俣《また》に空いておった虚《うろ》から、オホナムヂをこっそり逃がしながら、

「スサノヲ様の坐《いま》す(71)根の堅州《かたす》の国にお出《い》でなさいませ。かならずやその大神がよき議《はか》りごとを考えてくださるでしょう」と言うのじゃった。
(72)木の虚《うろ》は、根っこをとおって地《つち》の下の国につながっておるらしいのよのう。それにしてものう、驚いたことに、イザナキに逐《や》らわれ、高天の原からも追われたスサノヲが、おのれの望みどおりに根の堅州の国の主《あるじ》になっておるとはのう。いかなる

いきさつがあったものか、この老いぼれは、なにも聞いてはおらぬのじゃ。

さてさて、オホナムヂが、教えられた言葉のままにスサノヲのもとに参り到ると、その娘のスセリビメが出てきての、たがいにうっとりと目を見合わせたかと思うと、すぐさま心を許してしもうて、(73)結び合われたのじゃ。(74)すばやいことじゃのう。

そして、スセリビメは殿のうちに戻ると、父のスサノヲに、

「とてもうるわしいお方がいらっしゃいました」と言うた。そこで、大神も外に出て、ひと目見るなり、

「こやつは(75)アシハラノシコヲというやつよ」と言うて、すぐさま殿のうちに呼び入れての、奥の屋《や》のヘビの室屋《むろや》に寝かせなさった。

すると、その妻スセリビメは、ヘビの(76)領巾《ひれ》をその(77)夫《つま》に授けての、

「もし、その室《むろ》のヘビどもがあなたを咋《く》おうとしたならば、この領巾を三《み》たび振ってうち払いなさいませ」と言うたのじゃ。それで、教えのとおりにするとの、なんとヘビはすっかり静まってしもうた。それで、オホナムヂは安らかに眠り、朝になると、さわやかな顔で出てきたのじゃった。

また、つぎの日の夜には、ムカデとハチとの室屋に入れられたのじゃが、またも

や、スセリビメがムカデとハチとの領巾《ひれ》を授けての、前と変わらずその使い方を教えたのじゃ。それでまた、安らかに眠り、朝になるとすこやかに出てきたのじゃった。

(78)つぎにスサノヲは、(79)鳴り鏑《かぶら》を大きな野の中に射《い》入れて、その矢を探し採らせようとしたのじゃった。そして、オホナムヂがその矢を探しに野の中に分け入るとみるや、すぐさま、まわりから火をつけての、その野をぐるっと焼きめぐらしてしもうた。

さあ、オホナムヂが逃げ出るところを見つけられないで困っておると、(80)ネズミが足元に来て鳴いたのじゃ。それで、よくよく耳をこらしてみると、その鳴き声は、

(81)内《うち》はホラホラ、外《と》はスブスブ

と、こう聞こえるので、足元の土を踏みつけてみたところが、虚《うろ》になっていたのじゃな、オホナムヂはどすんと下に落ち入っての、その中で身を縮めておるうちに、火は頭の上を焼け過ぎていったのじゃ。(82)あぶないところじゃった。

そこへ、さっきのネズミが鏑矢《かぶらや》をくわえ持ってきて、オホナムヂの前に進み出て奉ったのじゃ。その矢の羽根は、皆そのネズミの子が喰いちぎってしもうてはおったがのう。

そうとは知らぬ妻《つま》のスセリビメは、夫《つま》は死んだと思うて(83)葬《はぶ》りのための品々を持ち、哭《な》きながらやってきての、その父スサノヲの大神も、すでに聟《むこ》は死んだわいと思うて、その野に出で立ったのじゃ。

そこへ、オホナムヂが射入れた矢を持って現れ出たので、ついにスサノヲも折れるしかなくての、オホナムヂを家の中に連れて入り、大きな大きな室屋《むろや》に呼び入れての、おのれの頭《かしら》のシラミを取らせなさったのじゃ。そこで、オホナムヂがスサノヲのシラミを取ろうとして、その頭を見るとの、それは(84)シラミではのうて、なんと、大きなムカデがうじゃうじゃと這いまわっておったのじゃ。

それで、オホナムヂが困っておると、またもや、その妻スセリビメが、ムクの木の実と赤土とを持ってきての、こっそりと夫のオホナムヂに渡したのじゃ。それを見て、しばらく考えておったオホナムヂは、わかったのじゃな。すぐにその木の実を咋《く》いちぎると、赤土といっしょに口の中に含んで唾《つば》き出したのじゃ。すると、そのさまを見た大神は、(85)ムカデを咋いちぎって唾き出しておるのじゃと思うての、心のなかでいとしい奴じゃと思うて、心を許して眠ってしもうたのじゃった。

そこでオホナムヂは、眠っておるスサノヲの長い髪の毛をつかむと、その室屋《むろや》の屋根の裏に渡してある垂木《たるき》ごとにの、その髪をわけて結び着け、五百人《いほたり》がかりでしか引けぬ大岩をその室屋の戸口に運んできて閉ざしての、その妻スセリビメを背負うと、急いで、その大神の宝物の(86)生太刀《いくたち》と生弓矢《いくゆみや》と、また、その(87)天《あめ》の詔琴《のりごと》とを取り持って逃げ出そうとした、その時、手に持っておった天の詔琴の絃《つる》が、室屋《むろや》の傍らに立つ(88)樹《き》にふれてしもうての、地《つち》も揺れ動くばかりに鳴り響いたのじゃ。

その音を聞いて、ぐっすりと寝ておった大神が驚いてとび起きたのでの、垂木ごとに結ばれておった髪の毛に引かれて、その室屋が引き倒されてしもうたのじゃ。そのために、すぐにはあとを追うこともできなくての、スサノヲが倒れた室屋の垂木の一つ一つに結びつけられたおのが髪の毛をほどいているすきに、オホナムヂとスセリビメは、遠く遠く逃げることができたのじゃった。

それでもスサノヲは、葦原《あしはら》の中つ国につながる(89)黄泉《よも》つ平坂《ひらさか》まで追って行っての、ようようにはるか遠くにふたりの姿を望み見て、オホナムヂに呼びかけたのじゃ。

　その、お前の持っている生太刀《いくたち》と生弓矢《いくゆみや》とをもって、そなたの腹違いの兄どもや弟どもを、坂の尾根まで追いつめ、また、河の瀬までも追い払い、おのれが葦原の中つ国を統《す》べ治めて[90]オホクニヌシとなり、また、[91]ウツシクニタマとなりて、そこにいるわが娘スセリビメを[92]正妻《むかひめ》として、[93]宇迦《うか》の山のふもとに、土深く掘りさげて底の磐根《いわね》に届くまで宮柱を太々《ふとぶと》と突き立て、高天の原に届くまでに屋《や》の上の[94]ヒギを高々と聳《そび》やかして住まうのだ、この奴《やっこ》め。

　そこで、オホナムヂは、その生太刀と生弓矢とをもって、八十《やそ》の神がみを追い払い遠ざけての、坂の尾根ごとに追いつめ、河の瀬ごとに追い払《はろ》うて、葦原の中つ国を統《す》べ治め、はじめて国を作りたもうたのじゃ。

　[95]こうしてオホナムヂはの、スサノヲにもろうたオホクニヌシの名のとおりに、葦原の中つ国の主《あるじ》になりたもうたのよ。稲羽への旅から始まって、苦しくはるかな道のりじゃったよのう。

そうして、はじめの契りどおりに、稲羽のヤガミヒメを出雲の国に連れてきたのじゃが、ヤガミヒメは、あの正妻《むかひめ》スセリビメの妬《ねた》みに恐れてしもうての、みずからが生んだ子を木[96]の俣に刺し挟んで稲羽の国に帰ってしもうた。そこで、その子を名づけて、キノマタの神と言い、またの名をミヰの神[97]と言うのじゃ。

〈注釈〉

（1）**オホゲツヒメ**　偉大なる（オホ）食べ物（ケ）の（ツ）女神（ヒメ）の意。大地母神的な性格を持つ神で、殺された女神の死体から穀物が誕生するという神話は、インドネシアなど南太平洋一帯に分布しハイヌヴェレ型穀物起源神話と呼ばれる。

（2）**あい変わらず**　この一文、補入。

（3）**蚕**　養蚕が穀物栽培とともに古く重要な生業と考えられていたことがわかる。日本列島における養蚕は、すでに弥生時代から行われていた。

（4）**二つの目**　古事記では、以下の稲・粟・小豆・麦・大豆を五穀とするが、五穀を、稲・粟・稗・麦・豆とする場合もある。いずれにしろ、稲だけが特権化されるのではなく、麦や粟・稗・豆などの雑穀類が並べられているのは、日本列島の農耕を考える場合に興味深い。

（5）**スサノヲに取らせて**　原文は「令取」と使役の形になっているだけで誰に取らせたのか明確ではないが、他に取らせる相手がいないので、スサノヲを補って訳した。なお、「スサノヲに授けられたのじゃった」という句も、内容から判断して補った。穀物の種は、いったん高天の原にもたらされ、そこから地上へと下されることで、神からの授かり物となるのである。スサノヲは地上に種を持ち下した神と考えられていたのである。

（6）**われらが**　この一文、補入。

（7）**肥の河**　斐伊《ひい》川のこと。鳥取県との県境の船通山を水源とし、南から北へと流れ下り、現在は宍道湖に注いでいるが、江戸時代以前は、西に折れて神門《かんど》の水海《みずうみ》（現存しない）から直接日本海に流れ込んでいた。

（8）**箸**　物を食べるハシではなく尻を拭くヘラ（籌木《ちゅうぎ》という）とみるべきか。

（9）**オホヤマツミ**　イザナキ・イザナミの生んだ子とされる山の神。既出。

（10）**アシナヅチ・テナヅチ**　足を撫で、手を撫でして娘を育てる者という意か。

（11）**クシナダヒメ**　スサノヲによって櫛に姿を変えられたための名とも読めるが、もともとの意味は、霊妙な稲田の女神（原文は櫛名田比売、日本書紀は奇稲田姫）で、水田の守護神であろう。それゆえに、稲種をもたらすスサノヲと結婚することになるのである。

（12）**コシノヤマタノヲロチ**　原文に「高志之八俣遠呂智」。高志は越の国（北陸地方）の意で、コシはイヅモにとって辺境の未開地と考えられていたので、怪物の名になったのだろう。ヤマタは、後に語られるヲロチの姿を表している。ヲロチは、ヲ（尾）のチ（霊力）という意味をもち（ロは格助詞で、「〜の」の意）、得体の知れない怪物を表す言葉。したがって、ヲロチはもともと大蛇を意味する言葉ではなく、得体の知れない恐ろしいモノを表す呼び名である。

（13）**年ごとに**　原文に「年毎」とあるが、ここから、ヲロチと老夫婦との間に何らかの契約関係があり、娘を差し出すかわりに、老夫婦の側もヲロチの力を得ていたと読める。

（14）**体一つに**　以下のヲロチの姿の描写は、肥の河（斐伊川）とその両岸の姿を写したものと考えられる（八つの頭と尾はいくつにも分かれた河口や支流のさまを、体に生えたコケや木は両岸のさまを、谷や尾根を渡る姿は蛇行する斐伊川の流れを、爛れ流れる血は崩れ落ちた両岸の山肌のさまを表し、赤い目はその妖怪性を強調する）。つまり、このヲロチは水の神としての肥の河を象徴する自然神なのである。それゆえに、老夫婦は娘を生贄として差し出すことで、川の恵みを手に入れていたのだ。

（15）**お前の娘を**　スサノヲは、ヲロチを倒すかわりに娘をくれという条件を出すわけで、老夫婦にとって、娘クシナダヒメをヲロチに差し出すのとスサノヲに差し出すのとでは相手に違いがあるだけで、関係性は同じである。それでもヲロチを棄ててスサノヲを選ぶのは、スサノヲのほうが条件がよかったからである。

（16）**われは**　以下、原文に「吾は天照大御神の伊呂勢《いろせ》なり」（イロセは、女性からみて同母の男兄弟をいう）とあり、アマテラスの弟であるということを強調していることに注目したい。つまり、世界（高天の原）を統治する神の弟だと名乗ることによって、スサノヲはおのれの力を誇示するのである。それは、世界の秩序を護る神の弟だということによって、自分もまた秩序＝文化を体現する英雄神となり、ヲロチという自然神を打ち破ることができるからである。

（17）**お前たちは**　以下、スサノヲの教えた内容は、ヲロチを殺すための準備だが、ここにスサノヲの文化英雄の性格がよく表れている。

文化英雄にとってもっとも必要な力は「知恵」なのである。ヲロチはスサノヲの計略に嵌まってしまうのだが、こうした知恵こそが英雄には必要なのだ。ある場合には、それは卑怯なだまし討ちのように見えることもある。そのことは、ヤマトタケルの物語（人代篇、其の三）を読めば明らかになるはずである。

（18）**くり返して醸した強い酒**　原文に「八塩折の酒」とある。麹を用いて発酵させる以前の酒は口で嚙んで唾液によって発酵させていた。それゆえに、酒を作ることを「かむ」という。

（19）**桟敷**　神への供え物を載せる棚。

（20）**酒船**　酒を入れる桶。

（21）**その蛇**　原文では、ここに至ってはじめて「其蛇」と、「蛇」という文字を用いている。つまり、得体の知れないヲロチは、殺される場面になって初めて、「蛇」という存在の確認できるただの生き物になったのである。

（22）**今も**　この一文、補入。

斐伊川の水が赤いことのいわれを語る伝承になっている。この川は上流に砂鉄の産地が多く、濁っていたのであろう。そのために、ヲロチ退治神話と製鉄集団との関わりをみる解釈も根づよくあるが、ここではそうした見解はとらない。

（23）**ところでの**　この一文、補入。

注21に書いた通り、ヲロチは、じつは「蛇」だったというふうに最後の場面で謎解きされるのだが、こうした語り方は、昔話などにも見出すことができる。たとえば、旅人が古屋や山小屋に泊まると、化け物が出てきて、「俺はさいちくりんのけい三足だ」などと言って脅すが、旅人は、西の竹林にいるニワトリの足の化け物など怖くはないというふうに、出てくる化け物の正体を次々に見破って退治してしまう「化物問答」という昔話や、「四

足八足大足二足横行左行眼天にあり」と言って脅す化け物の正体をカニであると見破って退治する「蟹問答」という昔話などがよく知られている。いずれも、正体や名前がわかることによって、その恐れは消滅してしまうのである。

（24）**中のあたりの尾**　ヲロチの名は「尾の霊力」に由来するが（注12参照）、それはヲロチの威力が尾にあるからであり、その証拠として、尾の中から、ヲロチの力を象徴する剣が出現する。

（25）**ツムガリの太刀**　ツムガリは、物を断ち切るときの擬音語であろうといわれている。名を持つのは名刀の証し。

（26）**草薙の太刀**　天皇家の三種の神器の一つ。あとの二つは、先のアマテラスを岩屋から引き出す場面で小道具として準備された「鏡」と「玉」である。王権が、倒した仇敵の神宝を自らの宝物にするのはよくみられることで、それは、相手の力を内部に取り込むことを意味する。草薙の太刀は、後に地上にもたらされ、伊勢神宮に祀られるが、ヤマトタケルによって運ばれ、尾張の熱田神宮にとどまることになる（人代篇、其の三、参照）。

（27）**あとで詳しく**　この一文、補入。

（28）**須賀**　現在の、島根県雲南市大東町須賀の地で、ここには須賀神社が祀られている。

　須賀という地名の由来が単純な語呂合わせによって語られているが、同じような語り口をもつ地名起源譚は風土記にも数多く伝えられている。しかも、その多くは来訪した神の言葉や行為として語られており、それが音声による語りの一つの様式であったことがわかる。

（29）**知っておろうが**　この一文、補入。
　この歌は、祝婚歌として伝えられていたものであろう。ただし、古事記では定型音数律（五・七・五・七・七）をもつ短歌形式に整えられているが、口頭で歌われていた時には、短歌形式ではなかったはずである。
（30）**スガノヤツミミ**　スガは地名。ヤツミミは、原文「八耳」で、「耳」の名をもつのは、神の声を聞くことのできるシャーマンをあらわす。
（31）**隠所**　イザナキとイザナミとの結婚の場面に出てきた「秘め処」（神代篇、其の一、注30）と同じで、女陰をさす。
（32）**ヤシマジヌミ**　以下、注記しない神名は、語義が判然としない。おそらく、水や稲作に関わる神であろう。
（33）**オホトシ**　大年で、実りの神。
（34）**ウカノミタマ**　ウカは穀物の意。
（35）**コノハナノチルヒメ**　木花の散る女神の意。後の神話に、同じくオホヤマツミを父とするコノハナノサクヤビメ（木花の咲く女神）が出てくる。
（36）**オカミ**　水神の名。
（37）**ヒカハヒメ**　肥の河とかかわる名。
（38）**オミヅヌ**　大水主《オホミヅヌシ》の約で水の神。出雲国風土記、意宇郡条に記された国引き詞章で、島根半島を海の彼方から引いてきた神、ヤツカミヅオミヅヌと同一神か。
（39）**オホクニヌシ**　原文に、大国主神。偉大なる国の主の意で、葦原の中つ国を統一し、最初の王者となるところから名付けられている。スサノヲの六世の孫と位置づけられたオホクニヌシは、多くの別名を持つが、神の名はその力を示すもので、それだけさまざまな力を持っていることを表している。ただし、別名で呼ばれている神は、もとは別の神であり、それをオホクニヌシ（大国主神）という名で統合をはかったと考えられる。

（40）**オホナムヂ**　原文に大穴牟遅とあり、偉大なる（オホ）大地（ナ）の男神（ムヂ）の意。

（41）**アシハラノシコヲ**　地上世界（アシハラ）の勇猛なる（シコ）男（ヲ）の意。

（42）**ヤチホコ**　原文に八千矛神とあり、たくさんの武器（ホコ）を持つ神の意か。あるいは、立派なホコを持つ神の意で、男根を象徴するか。つぎの其の四の主人公となる。

（43）**ウツシクニタマ**　この世（ウツシ）の国魂の意で、土地神の呼称。

（44）**そうよ**　以下の二段落、語り部の独白。

（45）**八十あまりの神がみ**　原文に「兄弟、八十神坐しき」とあるが、物語の中では、オホナムヂの対立者として一人の神（兄）のように語られる。以下は、その兄と弟オホナムヂとの兄弟対立譚として語られてゆく。

（46）**すこし**　この一文、補入。

（47）**稲羽のヤガミヒメ**　出雲の国の東に位置する因幡の国で、ヤガミはその国の地名（八上）。地名を背負う男神や女神は、その土地を守護し支配する神であり、その女神を得ようとするのは土地を領有するためである。

（48）**オホナムヂに**　以下、この章段は、オホクニヌシの別名の一つであるオホナムヂという名前の主人公によって語られる。

（49）**袋を担がせて**　旅などにおける袋担ぎは、いやしい従者の仕事。

（50）**気多の岬**　因幡の国気高郡（鳥取市の西方）にある。

（51）**どうして**　八十の神がみとウサギとの間に会話は成立していなかったが、オホナムヂとウサギとの間には会話が成立しているということは重要である。両者の関係性は、はじめから親和的である。

（52）**わたしは**　以下、ウサギ自身の語りが始まる。ウサギが自ら語る物語は、アイヌのカムイ・ユカラ（神謡）における動物神の自叙（一人称語り）ときわめてよく似た構造と語り口をとっている。独立させて考えれば、ウサギの神謡と言えるようなものがあったのかもしれない。

（53）**オキの島**　普通名詞で、沖にある島と解することもできるが、島前《どうぜん》・島後《どうご》と中ノ島からなる隠岐の島とみてよいだろう。

（54）**ワニ**　原文は和迩。ワニは、フカ・サメ類をいう語で、中国地方の山間部には、今も方言として残る。いろいろな神話や伝承において、海の神はワニの姿によって描かれている。

（55）**族**　ウカラは血縁的な一族を言い、ヤカラは建物（屋）を共有する家族をいう。

（56）**こう言いましたところ**　ここに語られている「ウサギとワニ」の話は、インドネシアからマレイ半島あたりで、バンビとワニの話として語られていることが指摘されている。ただし、そこでは、ウサギはまんまとワニを騙しおおせて、対岸に無事に渡ることができるのである。それは、海の者と陸の者との対立・競争を語る話では、陸の者がもつ知恵の優位性を語るというパターンをもつからである。ところが、この神話では、ウサギは失敗してしまう。それは、知恵をもつ陸のウサギよりも、より優位なオオホナムヂを主人公とする話においては、主人公オホナムヂの知恵を強調するために、本来の主人公であるウサギがわき役に回ってしまうからである。もとは、独立した民間伝承として語られていたのであろう。

(57) **白い皮**　日本霊異記という仏教説話集に、ウサギを捕まえて皮を剝ぎ、そのまま野に放すのを喜びとしていた猟師が仏罰を受けるという話がある。肉を傷つけず、血を出さずに皮を剝げば生きているという経験が背後にあるのだろうか。

(58) **蒲の穂**　ガマの穂は、古来より血止めの薬などに用いられている。こうした医療技術をもつ神としてオホナムヂが語られているところに、この神の人文神的な性格は明らかであり、オホナムヂは、メディカル・シャーマン（巫医）であることによって、王となる資格を持つのである。この神話では、八十の神がみとオホナムヂとが、ウサギによって、王としての資格を試されているというふうに読むことができる。

(59) **ウサギ神**　じつは、このウサギはただのウサギではなく、神だったのだと種明かしされる。ここに、八十の神がみとオホナムヂとが、ウサギ神によって、王になるための、女を得るための資格試験を受けていたのだということが明らかになる。ただし、資格を得たオホナムヂがヤガミヒメと結婚し、地上の王となるのは、自らの力で八十の神がみを倒した後のことである。

(60) **伯耆の国**　鳥取県西部をさす。

(61) **赤いイノシシ**　白いイノシシやシカは神の使い（あるいは神そのもの）として伝承の中にしばしば現れるが、赤い動物はめずらしい。このイノシシは焼いて赤くなった石だが、「赤」が怪しいモノをあらわす色であるというのは、先のヤマタノヲロチの目の色からもわかる。

なお、ここに語られているイノシシ狩りの様子は、巻狩りと呼ばれる集団猟を思わせる。巻狩りは、勢子《せこ》と呼ばれる者たちが獲物を追い出し、隠れている射手《いて》が近づいた獲物を仕留めるという狩猟法である。ただし、巻狩りの場合は、獲物を山の下から山の上に追い上げるのが普通で（そのほうが獲物の逃げ足は鈍る）、この場面のように、上から下へ追い降ろすようなことはしない。

（62）**オホナムヂの母神**　前に語られていた系譜によれば、オホナムヂ（オホクニヌシ）は、アメノフユキヌを父とし、サシクニワカヒメを母として生まれたとある。ただし、その系譜にいう母と、ここにいう母神とが同一神であるかどうかはわからない。

（63）**カムムスヒ**　ものを生み出す力をもつ神（ムスは生み出す意）。この神は、古事記神話の冒頭に語られていたように、高天の原ができた時に最初に顕れた三神のうちの一柱である。

（64）**キサガヒヒメ**　赤貝の女神。その殻には縦に溝がありギザギザになっているところからの呼称。ちなみに、赤貝という名前は、肉の色から付けられている。

（65）**ウムギヒメ**　蛤の女神。

（66）**乳の汁**　母のおっぱいは、子にとって生命力の根源であると考えられていた。また、「乳」は、母のシンボルとして、子との絆をもっとも強く意識させるものである。赤い血液も白い母乳も、ともに「チ」という語で表すのは興味深い。おもに、赤いチは父との、白いチは母とのつながりを象徴する。そして、言うまでもなく、いつの時代も白いチの絆は強い。

（67）**生き返って**　英雄は不死身と語られる場合が多く、アイヌの英雄叙事詩でも、主人公は死んでも何度も生き返る。

（68）**楔**　細長い三角形をしたもので、木などを裂いたり、ものを締めつけたりする時に使う道具。

（69）**またまた**　オホナムヂは、自らの力を発揮するというよりは、援助者に救われることが多い。次に語られる根の堅州の国では、妻であるスセリビメやネズミ、ここでは母が援助者となるわけで、スサノヲのような強さはないが、このように援助者が次々に現れるのも英雄の条件である。

（70）**木の国**　紀伊の国のことで、今の和歌山県。なぜ木の国へ逃がすのかは判然としないが、出雲の国にも木の国にも熊野があり、両地はつながりをもっていたらしい。また、「木」に挟まれたからキの国へという音による連想も働いているだろう。

（71）**根の堅州の国**　大地の下にある堅い砂でできた国。前に出てきた死者の行く黄泉の国も地下世界で同一視する見方もあるが、こちらは、あらゆる生命力の宿る根源の世界であり、黄泉の国とは別の異界。沖縄でいうニライ・カナイなどにも通じる。

その国を支配しているのがスサノヲである。スサノヲは前に、「妣の国、根の堅州の国」に行きたいといって哭きわめき、父イザナキから追放されたのだが、ここでは、行きたいといった国の主になっている。須賀に宮を作ってクシナダヒメと結婚して以降のスサノヲの消息は何も語られない。そこから考えると、スサノヲはもともと、根の堅州の国の支配者とされる神であったのだろう。

（72）**木の虚は**　以下、この段落は語り部の独白。

（73）**結び合われた**　原文に「相婚」とあり、そのまま結ばれたのである。
（74）**すばやい**　この一文、補入。
（75）**アシハラノシコヲ**　前に出てきたオホクニヌシの五つの名の一つ。今までは、オホナムヂと呼ばれていたのに、ここに突然アシハラノシコヲという名が出てくるのは、もともとは前の部分と以降の部分とでは別の物語だったのではないかと思わせる。あるいは、アシハラノシコヲという呼び名は、地下にある根の堅州の国の側から地上世界の勇者をさす呼び名であるとも考えられる。
　ただし、このあとにはアシハラノシコヲの名は出てこない。また、オホナムヂの名も、根の堅州の国から逃げる場面に一回出てくるだけで、あとは「夫《つま》」という語で呼ばれる。また、スサノヲも「大神」という呼称となり、固有名詞は使われないが、訳文では、何所か、スサノヲとオホナムヂという名前を補った。
（76）**領巾**　長いスカーフ状の布で、シャーマンの呪具。仏教絵画や彫刻の飛天像などにもみられる。
（77）**夫**　古代では、夫も妻も、ともに「つま」と呼ぶ。配偶者の意。
（78）**つぎにスサノヲは**　同じような内容を何度かくり返して語るというのが、音声における語りの様式である。今までの神話でも、こうした語り方はみられたが、ここでは、ヘビの室、ムカデとハチの室、火攻めというふうに三回にわたって試練が与えられている。多くの場合、こうしたくり返しは三回であり、それがもっとも安定した語りの様式であった。
（79）**鳴り鏑**　射ると回転しながら音を轟かせて飛ぶようにした、空洞のカブラ状のものを先端に付けた矢で、威嚇や合図に用いられた。
（80）**ネズミ**　根の国に住んでいるから「根棲み（ネズミ）」だという説がある。
（81）**内はホラホラ、外はスブスブ**　中ががらんどうで、外がすぼまっていることを知らせる一種の呪文。このように、呪文が発せられると、その意味を理解するということが重要。その知恵や判断力が試されているのである。
（82）**あぶない**　この一文、補入。
（83）**葬りのための品々**　葬式を行うための品物。
（84）**シラミではのうて**　シラミが実はムカデだったと語るのは、スサノヲの体躯が巨大であるということを示している。

　この神話に限らず、文化英雄は巨大な体躯をもつ神として想像されているらしい。たとえば、アイヌのカムイ・ユカㇻ（神謡、オイナなどとも呼ばれる）における、アイヌラックルとかコタンコㇽカムイとか呼ばれる村を守る神（文化英雄）も巨大な姿をもつ神として語られることが多い。出雲国風土記の「国引き詞章」（意宇郡）におけるヤツカミヅオミヅヌも巨大な体躯を持つ神であるゆえに、海彼から大地を引いてきたという神話が語られるのである。
（85）**ムカデを咋いちぎって唾き出しておる**　ムクの実は熟すと真っ黒になり、それと赤土とを口の中で嚙み混ぜると、赤い腹と黒い背をもつムカデを嚙んで吐き出しているように見えたのである。

　この場合も、危機に直面して二つの何の役にも立ちそうもないものを与えられながら、その使い方に気づくというところに、オホナムヂの知恵や判断力が試されているのである。

この一連のスサノヲによる試練をくぐり抜けることで、オホナムヂは、少年から大人へと成長するのである。こうした試練の描写は、成人式の通過儀礼において少年たちに課せられる試練とかかわるのではないかと言われている。たしかにそうした一面もあるのだが、この神話は、オホナムヂがスサノヲの試練を切り抜けることによって、地上の王者として再生するという、王になるための通過儀礼が語られているとみることが必要である。

(86) **生太刀と生弓矢**　根の堅州の国のスサノヲがもつ呪宝で、威力のある太刀と弓矢。オホナムヂは、この呪宝を手に入れることによって王になるための力を手に入れたのである。

(87) **天の詔琴**　これも根の堅州の国の呪宝で、琴は神を降ろす際に用いられる楽器。オホナムヂは、祭祀王としての力を手に入れたのである。

(88) **樹にふれて**　琴が木にふれて鳴るというのは、イギリスの童話「ジャックと豆の木」の、天上の大男からハープを奪って逃げる話と同じ語り口である。影響関係があるというのではなく、発想がひとしいということだろう。

(89) **黄泉つ平坂**　黄泉の国の神話で、イザナキが逃げ帰ってきたときの、地上世界との通路と同じ。その名からみても黄泉の国にあるべきだが、根の堅州の国と黄泉の国とはともに地下にあり、いくつかある地上との出入り口の一つを共有していると考えていたらしい。

(90) **オホクニヌシ**　オホナムヂはここで、スサノヲから「大国主」という名を与えられることによって、ついに、地上の王となる資格を得たのである。その力の象徴として、根の堅州の国の呪宝を手に入れ、スセリビメを妻にしたのである。

（91）**ウツシクニタマ**　オホクニヌシの五つの名の一つ。系譜の部分以外ではここにしか出てこない。この世の国土を護る神の意で、オホクニヌシの分身的な名前である。
（92）**正妻**　原文には「嫡妻」とある。
（93）**宇迦の山**　出雲国風土記には出雲郡宇賀郷がある。現在の出雲大社の東方。
（94）**ヒギ**　ヒギ（氷木）はチギ（千木）とも言い、神社などの屋根の上に高く伸びた棒。神を迎えるための依り代か。
（95）**こうして**　この段落、語り部の独白。稲羽のヤガミヒメ求婚における袋かつぎの従者であったオホナムヂが、ここに至ってようやく、地上統一を成しとげ、地上の王者になることができたのである。
（96）**木の俣に刺し挟んで**　生んだ子を置いて帰るのは、子の帰属権が父の側にあるからか。なぜ、木の俣に挟むのかはわからないが、あるいは、女の股から生まれるということとかかわるか。
（97）**ミヰの神**　原文「御井神」だが、そう呼ばれるのは、木と井（泉）とがかかわるためだろう。

其の四　ヤチホコと女たち――求婚と嫉妬の物語

さて、(1)葦原《あしはら》の中つ国の主《あるじ》となったオホクニヌシは、強い弓矢をもつお方じゃで、ヤチホコとも呼ばれておった。ところが、この神は色ごとにかけても並ぶ神はいないほどでの、口の悪いやからは、おのれの身のホコがすごいからヤチホコ様じゃ、と言うて笑《わろ》うておるがの、あるいはそれが当たっておるのかもしれんのう。

そのヤチホコが、ある時、(2)高志《こし》の国の(3)ヌナカハヒメを妻にしようとて、妻問いの旅にお出ましになっての、はるばると出雲から高志のヌナカハヒメのもとに出かけて行《ゆ》き、その家に着くとすぐに、長々と妻求めの歌を歌《うと》うたのじゃった。

(4)ヤチホコの　神と呼ばれるわれは
治める国に　似合いの妻はいないとて
遠い遠い　高志の国には

やちほこの　神のみことは
やしまくに　妻まきかねて
とほとほし　こしの国に

すぐれた女が　いると聞(5)かれて
うつくしい女が　いると聞かれて
妻を求めて　お立ちになって
妻問いに　遠くもいとわずお通いになり
太刀の紐《ひも》さえ　解くのももどかしく
旅の衣《ころも》を　脱ぐこともせず
おとめごの　お眠りになる板の戸を
がたんがたんと押し続け　わが立ちなさると
ぐいぐいと引きに引いて　わが立ちなさると
夜も更けて青い山には　(6)ヌエめが鳴いた
時は経て　野中のキジが声響かせる
庭のニワトリ　夜明けを告げる
にくいやつらだ　うるさい鳥ども
こんな鳥など　叩きのめして息の根とめろ
つき従う　天《あめ》をも駆《か》ける伴《とも》たちよ
——(7)お語りいたすは　かくのごとくに

さかしめを　ありと聞かして
くはしめを　ありと聞こして
さよばひに　あり立たし
よばひに　ありかよはせ
たちがをも　いまだとかずて
おすひをも　いまだとかねば
をとめの　なすやいたとを
押そぶらひ　わが立たせれば
引こづらひ　わが立たせれば
あをやまに　ぬえは鳴きぬ
さのつとり　きぎしはとよむ
にはつとり　かけは鳴く
うれたくも　鳴くなるとりか
このとりも　打ちやめこせね
いしたふや　あまはせづかひ
ことの　語りごとも　こをば

すると、その歌を聞いたヌナカハヒメは、すぐには戸を開けずにの、寝屋《ねや》の中からお返しをなさった。その歌というのは二つあっての、こんなじゃった。

ヤチホコの　いとしいお方よ
風にしなう草に似た　女ですゆえ
わたしの心は　渚に漁《あさ》る鳥のごと
今はまだ　波におびえるわたし鳥
きっと後には　あなた鳥にもなりますものを
鳥たちの命は　どうぞお助けくださいませ
お慕いなさる　天《あめ》をも駆けるお使いよ
――お語りいたすは　かくのごとくに

あの青い山に　入り日が隠れ行けば
ヒオウギの実にも似た　闇の夜が顔を出す
その時あなたは　朝の日の笑顔を見せて

やちほこの　神のみこと
ぬえくさの　めにしあれば
わがこころ　うらすのとりぞ
今こそは　わどりにあらめ
のちは　などりにあらむを
いのちは　なしせたまひそ
いしたふや　あまはせづかひ
ことの　語りごとも　こをば

あをやまに　日がかくらば
ぬばたまの　よはいでなむ
あさひの　ゑみさかえ来て

(8)ま白き綱にも似た　わが腕《うで》を
あわ雪に似た　わが若き胸のふくらみを
そっと抱きしめ　(9)やさしく撫でていとおしみ
なめらかなわが手と　たくましいその手をさ
　し巻いて
からめた足ものびやかに　(10)尽きぬ共寝もいた
　すゆえ
はげしくつよい　恋の焦がれも今しばらくは
ヤチホコの　いとしいお方よ
――お語りいたすは　かくのごとくに

たくづのの　白きただむき
あわ雪の　わかやるむねを
そだたき　たたきまながり
またまで　たまで差しまき
ももながに　いはなさむを
あやに　なこひきこし
やちほこの　神のみこと
ことの　語りごとも　こをば

それで、さすがのヤチホコも、その夜は思いを遂げることができないままに夜が明けてしもうたのじゃが、つぎの日の夜にめでたく、ヌナカハヒメと共寝をなさったのじゃった。

まあ、こんなことがたび重なってはの、奥方もお悩みになるはずじゃ。それに、ヤチホコ様のお后《きさき》であったスセリビメは、あのスサノヲの娘だしの、それはそれはひどくうわなり(11)妬《ねた》みをなさる方だったのじゃ。

これには、さすがの男神《おがみ》も困ってしもうての、長く連れ添うたスセリビメがいやになってしもうたのじゃ。

それで、出雲の国から倭《やまと》の国へと上り行こうとなされての、すっかり旅の装いをして出で立とうとしながら、(12)ひとつの手は馬の鞍にかけ、ひとつの足はその鐙《あぶみ》に踏み入れての、今にも発《た》つぞというさまで、歌をお歌いになったのじゃ。まこと、(13)出て行くつもりでござったものかどうかはわからぬがのう、その歌というのはこんなじゃった。

ヒオウギの実の　黒い衣《ころも》を　　　ぬばたまの　くろきみけしを
すきもなく　粋《いき》に着こなし　　　まつぶさに　取りよそひ
羽繕《はつくろ》いする海鳥よろしく　胸元見れば　　　おきつとり　むな見るとき
(14)着ごこちたしかめ　これは似合わず　　　はたたぎも　これはふさはず

(15)後ろの波間に　ぽいと脱ぎ捨て
カワセミ色の　青い衣を
すきもなく　粋《いき》に着こなし
羽繕いする海鳥よろしく　胸元見れば
着ごこちたしかめ　これも似合わず
後ろの波間に　ぽいと脱ぎ捨て
山の畑に　蒔いたアカネを臼で搗き
染め粉《こ》の汁で　染めた衣を
すきもなく　粋に着こなし
羽繕いする海鳥よろしく　胸元見れば
着ごこちたしかめ　これはお似合い
いとしいやつよ　わが妹よ
群れ鳥のごと　われがみなと旅立ったなら
引き鳥のごと　われがみなを引き連れ行《ゆ》けば
泣きはしないと　お前は言うが
山のふもとの　ひと本《もと》ススキよ

へつなみ　そにぬきうて
そにどりの　あをきみけしを
まつぶさに　取りよそひ
おきつとり　むな見るとき
はたたぎも　こもふさはず
へつなみ　そにぬきうて
山がたに　まきしあたねつき
そめきがしるに　しめころもを
まつぶさに　取りよそひ
おきつとり　むな見るとき
はたたぎも　こしよろし
いとこやの　いものみこと
むらとりの　わがむれいなば
ひけとりの　わがひけいなば
泣かじとは　なはいふとも
やまとの　ひともとすすき

首をうなだれ　お前が泣くさまは
朝降る雨が　霧に立つごと涙でぐっしょり
萌え出た草にも似た　若くしなやかな妻よ
――お語りいたすは　かくのごとくに

うなかぶし　なが泣かさまく
あさあめの　きりに立たむぞ
わかくさの　つまのみこと
ことの　語りごとも　こをば

さあ、この歌を聞いてさすがのお后《きさき》スセリビメも困ったのかのう、大きな酒杯《さかずき》に酒を満たして手に持ち、おそばに立ち寄っての、酒杯を捧げて、つぎのごとくに歌をお歌いになったのじゃった。
男はこれには弱いのよのう。(16)

ヤチホコの神よ
あたくしのオホクニヌシ様
あなた様は　殿《との》がたでいますゆえ
歩きめぐる　島のあちこち
かきめぐる　磯の崎ももらさずに
若くしなやかな　妻をお持ちのことでしょう

やちほこの神のみことや
あがおほくにぬし
なこそは　をにいませば
うちみる　島のさきざき
かきみる　いそのさきおちず
わかくさの　つま持たせらめ

あたくしなどは　おなごですゆえ
あなたのほかに　殿ごは持てず
あなたのほかに　夫《つま》などいない
綾織《あやお》り仕切りに　ふんわりかこまれ
絹のしとねも　やわらかに
草布《くさぬの》しとねも　さやさやとして
あわ雪に似た　わが若き胸のふくらみ
ま白き綱にも似た　わが腕《うで》を
そっと抱きしめ　やさしく撫でていとおしみ
なめらかなわが手と　たくましいその手をさし巻いて
からめた足ものびやかに　尽きぬ共寝もなさいませ
さあさおいしいこのお酒　どうぞお召し上がりを
ヤチホコの(17)　いとしいお方よ
——お語りいたすは　かくのごとくに

あはもよ　めにしあれば
なをきて　をはなし
なをきて　つまはなし
あやかきの　ふはやが下に
むしぶすま　にこやが下に
たくぶすま　さやぐが下に
あわ雪の　わかやるむねを
たくづのの　白きただむき
そだたき　たたきまながり
またまで　たまで差しまき
ももながに　いをしなせ
とよみき　たてまつらせ

こうして歌を交わし合うと、お二人はすぐさま酒杯《さかずき》を傾けあって契りを結びなおし、(18)たがいの項《うなじ》に腕《かいな》をまわし合われての、今に到るまで、末ながく仲むつまじく鎮まり坐《いま》すことになったのじゃった。

(19)ほれ、道ばたに、男の神と女の神とが抱き合《お》うた石神が立ってござろうが、あの神よ。

この時うたい交わした五つの歌を、(20)神語《かむがた》りと呼んでおるのじゃ。

(21)このヤチホコ様の語りごとだけは、ほかのところと違《ちご》うて歌になっておるのじゃが、ずっと昔の神がみの語りごとは、みな、こうした歌で歌《うと》うたのじゃと、われら語りの者の祖《おや》から聞いておるのじゃ。ただ、この老いぼれが伝え聞いておるのはこだけでの、あとはいつもの語り口じゃった。いつものとはいうても、その語り口は、語りの者によってそれぞれ違《ちご》うておっての、この老いぼれのは、いつも語り聞かせてくれた祖父《おおじ》の口をまねておるのじゃ。ただ、祖父《おおじ》の口つきのままではのうての、語り口もおのれの口に合わせて変えておるし、言の葉も加えたり削ったりしておるがのう。語り伝えというのは、そうして伝え継がれてゆくものじゃでのう。その中で、この神語りだけは変えることができぬのじゃ。言の葉も歌い口もそっくり覚えて、そのまま伝えよと言われておるのでのう。歌というのは、そういうものなのじゃ。

[22]さて、ヤチホコ様の神語りを終えたところで、葦原の中つ国の主《ぬし》となられたオホクニヌシの族《うから》のにぎわいを語っておこうかのう。

この神には、三《み》たりの妻がおっての、それぞれの腹に生まれた子たちがあり、その血筋は長くにぎおうたのでの、神の名がしばらく続くことになるがのう。

まず、オホクニヌシは、胸形《むなかた》の奥《おき》つ宮にいます神、[23]タキリビメを妻としての、生んだ子は[24]アヂスキタカヒコネじゃ。つぎに妹ごのタカヒメ、またの名はシタデルヒメじゃ。このアヂスキタカヒコネは、今、[25]迦毛《かも》の大御《おおみ》神《かみ》と言うておる方じゃ。

オホクニヌシはまた、カムヤタテヒメを妻としての、生んだ子は[26]コトシロヌシじゃ。

また、オホクニヌシは、ヤシマムヂの娘のトトリを妻としての、生んだ子は[27]トリナルミ。この神が、ヒナテリヌカタビチヲイコチニを妻としての、生んだ子はクニオシトミ。この神が、アシナダカ、またの名はヤガハエヒメを妻としての、生んだ子はハヤミカノタケサハヤヂヌミ。この神が、アメノミカヌシの娘、サキタマヒメを妻としての、生んだ子はミカヌシヒコ。この神が、オカミの娘、ヒナラシビメを妻としての、生んだ子はタヒリキシマルミ。この神が、ヒヒラギノソノハナマヅミの娘、イクタマサキタマヒメを妻としての、生んだ子はミロナミ。この神が、シキヤマヌシの娘、アヲヌマウマヌマオシヒメを妻としての、生んだ子はヌノオシトミトリナルミ。この神が、ワカツクシメを妻としての、生んだ子はアメノヒバラオホシナドミ。この神が、アメノサギリの娘、トホツマチネを妻としての、生んだ子はトホツヤマサキタラシじゃった。

(28)さて、先に名の出た(29)ヤシマジヌミから辿って、末のトホツヤマサキタラシまでの神がみを数えると、その御代《みよ》は十《とお》あまり五《いつ》つになるかのう。十あまり七つの御代と言う者もおるが、それは異腹《ことはら》のアヂスキタカヒコネとコトシロヌシとを加えておるからじゃ。

(30)いずれにしても、オホクニヌシの血筋はえらく長く続いたものよのう。

(31)そうじゃ、忘れておったが、オホクニヌシが国作りにはげんでおった時に、こんなことがあったのう。

オホクニヌシが、出雲の(32)美保《みほ》の岬にいました時じゃが、波の穂の上を、(33)アメノカガミ船に乗っての、(34)ヒムシの皮をそっくり剝いで、その剝いだ皮を衣に着て依り来る神があったのじゃ。オオクニヌシがその名を問うたのじゃが何も答えず、また、お伴の神たちに尋ねてみても、みな、「知りません」と申し上げるばかりじゃった。

それで困っておると、(35)タニグクが進み出て、

「この方のことは、(36)クエビコがかならずや知っておりましょう」と、そう言うたので、すぐさまクエビコを召し出しての、お尋ねになると、クエビコは、

「この方は、カムムスヒの御子《みこ》、(37)スクナビコナ様にちがいありません」と答えたのじゃ。

そこで、母神であるカムムスヒに申し上げると、お答えになることには、

「この子は、まことにわが子です。子たちの中で、わたしが手の指の間から落としてしまった子なのです。どうか、あなた(38)アシハラノシコヲと兄と弟となって、あなたの治める国を作り固めなさい」ということじゃった。

そこでの、それからは、(39)オホナムヂとスクナビコナと二《ふた》柱の神はともに並んで力をあわせ、この国を作り固めなさったのじゃが、あるとき、スクナビコナは、ふっと(40)常世の国に渡ってしまわれたのじゃった。

それで、そのスクナビコナの名と筋とを明《あか》らめ申した、あのクエビコは、今でも(41)山田のソホドというのじゃ。この神は、足を歩ませることはできぬが、何から何ま

でこの世のことをお見通しの神なのじゃ。

さて、スクナビコナに去られたオホクニヌシは、いたくなげき悲しんでの、「われ独りで、いかにしてか、よくこの国を作ることができようぞ。いずれの神とわれとで、よくこの国を作ればよいのか」と、そう言うて憂えておったのじゃ。するとその時、海を輝きわたらせて依り来る神があっての。その神が仰せになることには、

「わが前を、よく治め祀ったならば、われが汝《なれ》とともによく国を作り成そう。もしそれができないならば、国を作り終えることは難しいぞよ」ということじゃった。

そこで、オホクニヌシが尋ねて、

「それならば、あなた様を治め祀るさまは、いかにすればよろしいのでしょうか」

と言うとの、その神は、

「われを、(42)倭《やまと》の青々とした山垣の、東《ひんがし》の方《かた》の山の上に祝い祀ればよい」と答えたのじゃった。

それでお祀りしたのが、今も(43)御諸山《みもろやま》の頂きに坐《いま》す方よ。

　さて、これも先に名の出た(44)オホトシじゃが、この神が、カムイクスビの娘、イノヒメを妻としての、生んだ子はオホクニミタマ。つぎに(45)カラカミ。つぎに(45)ソホリ。つぎにシラヒ。つぎにヒジリ。この五《いつ》柱じゃ。

　また、オホトシは、カグヨヒメを妻としての、生んだ子はオホカグヤマトオミ。つぎにミトシ。この二《ふた》柱じゃ。

　また、オホトシは、アメノチカルミヅヒメを妻としての、生んだ子はオキツヒコ。つぎにオキツヒメ、またの名は(46)オホヘヒメ。この神は、みながこぞってお祀りする竈《かまど》の神じゃのう。つぎの御子《みこ》はオホヤマクヒ、またの名はヤマスヱノオホヌシ。この神は、(47)近淡海《ちかつおうみ》の国の(48)日枝《ひえ》の山に坐《いま》して、また、(49)葛野《かずの》の松尾《まつのお》に坐して、(50)鳴り鏑《かぶら》をお持ちになる神じゃ。つぎの御子《みこ》はニハツヒ。つぎにアスハ。つぎにハヒキ。つぎにカグヤマトオミ。つぎにハヤマト。つぎにニハタカツヒ。つぎにオホツチ、またの名はツチノミオヤじゃ。

　オホトシとアメノチカルミヅヒメとの間に生まれたのは、(51)十《と》柱の御子じゃった。

　ここに名をあげたオホトシの子は、オホクニミタマからオホツチまで、あわせて(52)十《とお》あまり七《なな》柱になるかのう。

そのオホトシの子のなかのハヤマトは、[53]オホゲツヒメを妻としての、生んだ子はワカヤマクヒ。つぎにワカトシ。つぎに妹《いも》ワカサナメ。つぎにミヅマキ。つぎにナツタカツヒ、またの名はナツノメ。つぎにアキビメ。つぎにククトシ。つぎにククキワカムロツナネじゃ。

このハヤマトの子は、ワカヤマクヒからワカムロツナネまで、あわせて八《や》柱になるかのう。

[54]神の御名《みな》はどれもむずかしいよのう。

〈注釈〉

（1）**さて**　この段落、語り部の独白。

（2）**高志の国**　北陸一帯をいう地名だが、ここは、新潟県糸魚川辺り。

（3）**ヌナカハヒメ**　ヌは玉の意で（ナは格助詞）、玉の川の女神。ヌナ川は今、糸魚川市で日本海に注ぐ姫川と呼ばれる川で、その上流は、古代におけるヒスイ原石の東アジア唯一の産地として有名。

（4）**ヤチホコの**　三人称ではなく、狂言におけるシテの登場場面の名乗りと同様、自らの名乗りと解釈する。

（5）**聞かれて**　以下、自らの行為に尊敬語を用いて、神の言葉であることを示す。

（6）**ヌエ**　夜中に啼くトラツグミ。

（7）**お語りいたすは　かくのごとくに**　原文「ことの　語りごとも　こをば」は、一連の「神語り」の結末句。昔話における結末句などとも通じる。
（8）**ま白き綱**　原文「たくづの」はタクヅナの訛りで、コウゾの繊維で作った綱をいう。白く細くしなやかな腕の比喩。
（9）**やさしく撫でていとおしみ**　原文「たたき」は「手抱《ただ》き」、「まながり」はかわいがる。
（10）**尽きぬ共寝**　原文「いはなさむ」の「い」は名詞で、寝ること、「なす」は動詞「寝《ぬ》」の尊敬語。共寝することをいう定型表現。
（11）**うわなり妬み**　本妻が後妻に嫉妬すること。ウワナリは後から得た若い妻。妻の嫉妬という主題は古くから好まれたパターンのようで、人代篇、其の六では、聖帝オホサザキが后イハノヒメの嫉妬に悩むさまが、いささか滑稽に語られている。スセリビメとイハノヒメには伝承上の共通性があるという指摘もある。
（12）**ひとつの手は**　以下、今にも出発するぞというポーズ。劇的な所作を伴うのかもしれない。
（13）**まこと**　この一文、補入。
（14）**着ごこちたしかめ**　原文「はたたぎ」は鳥の羽ばたきで、着物の着心地をためしているさまを巧みに比喩する。
（15）**後ろの**　原文「そに」は「背に」の意だが、磯《いそ》のソを連想して、「辺《へ》つ波」を枕詞にとる。
（16）**男は**　この一文、補入。

（17）**ヤチホコの**　以下の二行は原文にないが、「やちほこの　神のみこと／ことの　語りごとも　こをば」という二行が欠落したと判断して補って訳した。

（18）**たがいの項に**　この男女二神が、腕をからめて抱き合うイメージは、飛鳥時代の庭園で噴水に使われたという「石人像」を思い出させる。この石像は、一九〇三年に奈良県明日香村石神の地で掘り出されたもので、現在、奈良文化財研究所飛鳥資料館（明日香村）に展示されている。男女が抱き合った立像で、男が口に当てた盃から水が出るようになっている。異国風の容貌にもみえるが、あるいは、ヤチホコとスセリビメの姿を写しているのかもしれない。

また、このような男女二神が抱き合う石像は、路傍に立つ双体道祖神と呼ばれる石像につながっているはずで、明日香村の「石人像」も道祖神と呼ばれている。

（19）**ほれ**　この一文、補入。

（20）**神語り**　原文「神語」。歌による掛け合いの形で物語られる神話であったと思われる。あるいは、男神と女神に扮した者たちによって演じられる芸能があったのかもしれない。人代篇、其の五に出てくる「このカニや」の歌謡など、そうした芸能者の存在を思わせる歌謡はほかにも存在する。万葉集には「乞食者《ほかひびと》」と呼ばれる芸能者の伝えていた歌謡が載せられている（巻十六）。

（21）**このヤチホコ様**　この段落は語り部の独白。

神話がもともと語られる段階で、「神語り」のような形態をもっていなければならなかったかどうかはわからないが、祭儀の場などで語られる神話は、おそらく韻律性のつよい表現であったということは、沖縄の神謡などを考えれば想像できる。この語り部の独白は、そうしたことを言っているのだろう。

（22）**さて**　以下の二段落も語り部の独白。

（23）**タキリビメ**　アマテラスとスサノヲとのウケヒによる子生みで、アマテラスがスサノヲの剣を嚙み砕いて吹き出した女神のひとり。胸形は宗像神社のこと。

（24）**アヂスキタカヒコネ**　よく切れる鋤の男神の意。鉄器（刀剣や農具）を象徴する神だろう。

（25）**迦毛の大御神**　奈良県御所市の高鴨神社に祀られている神。

（26）**コトシロヌシ**　原文、事代主。あとで、ヤヘコトシロヌシとして登場する。事は「言」でもあり、託宣する神。

（27）**トリナルミ**　この神も含め、以下の神名の意味はよくわからない。ただ、トリナルミ以下の系譜が、オホクニヌシの本系に属す神であり、この系譜の末尾に示されているように、スサノヲとクシナダヒメとの間に生まれたヤシマジヌミから続く「国つ神」（「天つ神」に対して、地上世界を出自とする神々の呼称）の主流に位置づけられている。次章の其の五に登場するアヂスキタカヒコネやコトシロヌシは、系譜的にみれば傍系の神である。

（28）**さて**　以下、この段落は、原文「右の件《くだり》のヤシマジヌミ神以下、トホツヤマサキタラシ神以前を、十七世の神と称《まを》す」とあるのを、わかりやすく語り変えた。

（29）**ヤシマジヌミ**　スサノヲとクシナダヒメとの間に生まれた神（其の三、注32参照）。

（30）**いずれにしても**　この一文、補入。

それにしても、古事記は天皇家の正統性を語る神話でありながら、「国つ神」系の神統譜がきわめて詳細に語られるというのは注目に値する。いわゆる出雲系神話（神代篇、其の三、四）の出自とかかわるだろう。それに反して、天皇家の祖先神の系譜はきわめて単純で、代数からみても深みが感じられないのはなぜか。

（31）**そうじゃ**　この一文、補入。

日本書紀には、オホナムヂやヤチホコの神話は載せられていないが、以下のスクナビコナと御諸山の神のエピソードだけは、ほぼ同一の神話が一書の伝えとして存在する。

（32）**美保の岬**　島根半島先端の岬。ミサキは神の依りつく場所である。

（33）**アメノカガミ船**　カガミは、ガガイモというマメ科の植物。ガガイモの実を二つに割ると船のような形をしている。

（34）**ヒムシ**　原文「鵝」とあり、ガ（蛾）の一種か、鳥の名か。訓《よ》み方についても異論があり判然としない。いずれにしろ、小さな体の神である。

（35）**タニグク**　ヒキガエルのこと。祝詞によれば、地の果てを支配する神。

（36）**クエビコ**　クエは「崩え」の意で、身体に障害のある神。下文にあるように、歩くことのできないカカシ（案山子）をいう。

（37）**スクナビコナ様**　原文に少名毘古那神とあり、巨軀をもつオホナムヂに対して小さな大地の神の意をもつ小人神。この二神の競争や共同事業を語る神話は、播磨国風土記に多く語られており、時に笑い話にもなる。

（38）**アシハラノシコヲ**　オホクニヌシの別名の一つ。根の堅州の国の神話でも、この名が一度出てきた。

（39）**オホナムヂとスクナビコナ**　ここでまた、名前がオホナムヂに戻るのは、オホナムヂとスクナビコナとをペアとする独立した伝承が語られていたからである（注37参照）。

（40）**常世の国**　水平線の彼方にある、神々の住まう永遠の世界。垂直的な高天の原とは出自が違うか。神仙思想の影響があるかもしれない。

（41）**山田のソホド**　田に立つカカシ。ソホドのソホは、濡れそぼつなどのソボと同じ。

（42）**倭の青々とした山垣**　原文「倭の青垣」とあり、青垣はヤマトのほめ言葉。山に囲まれた土地がすばらしいと考えているのである。

（43）**御諸山の頂きに坐す方**　御諸山は、御室山《みむろやま》などとも呼ばれて、神の鎮座する山（神奈備《かんなび》という）をさす呼称。ここにいうミモロヤマは、大和の三輪山のことで、オホモノヌシ（大物主）が鎮座する。麓には大神《おおみわ》神社があるが、この神社は今も神殿がなく、拝殿の向こうにある三輪山をご神体として祀っている。神の鎮座する神殿の成立が新しいとみなすのは、最近の考古学の成果からみて再考を要するが、こうした神殿をもたない神社建築は古い形態の一つである。

それにしても、この神が自らの名を名乗らず、オホクニヌシも名を尋ねないのは不審である。相手の名を知らないということは秩序化されていないことを意味しており、それは、オホモノヌシがしばしば祟り神として顕れることとかかわるか。

（44）**オホトシ**　スサノヲとオホヤマツミの娘カムオホイチヒメとの間に生まれた神（其の三、注33参照）。実りの神である。

スサノヲから始まる国つ神の神統譜には、このオホトシ系の系譜とは別に、スサノヲがクシナダヒメを妻として生んだヤシマジヌミ系の系譜がある。オホクニヌシの属しているヤシマジヌミ系が本系になるのだろうが、このオホトシ系の神々も大きな勢力を持っていたらしい。

(45) **カラカミ・ソホリ**　この二神は、名前からみて朝鮮系の神か。
(46) **オホヘヒメ**　「へ」はへっつい（竈）の「へ」と同じ。
(47) **近淡海の国**　近江の国（滋賀県）のこと。都に近い淡水の海（琵琶湖）のある国の意。ちなみに、遠淡海の国は、浜名湖のある遠江の国をいう。
(48) **日枝の山**　比叡山のこと。大津市坂本本町に日吉神社がある。
(49) **葛野の松尾**　京都市西京区嵐山に鎮座する松尾神社。渡来系の秦氏が祀る神社。
(50) **鳴り鏑をお持ちになる神**　松尾の神は、鳴り鏑になって川を流れ下り、オトメと交わったという神婚神話が伝えられていた。この系統の神話は、三輪山（丹塗矢《にぬりや》）型神婚神話と呼ばれ、三輪山のオホモノヌシにも同様の神話が語られており（其の七には、オホモノヌシとセヤダタラヒメとの神婚が語られる）、始祖神話（一族の起源を語る神話）に多いパターンである。
(51) **十柱**　原文に「九神」とあるのは数え間違いである。
(52) **十あまり七柱**　ここも原文「十六神」とあり、数え間違っている。
(53) **オホゲツヒメ**　スサノヲに殺された食べ物の女神と同名だが、同一神と考える必要はない。
(54) **神の御名は**　この一文、補入。

其の五　国譲りするオホクニヌシ——天つ神と国つ神

(1)オホクニヌシがこの葦原《あしはら》の中つ国をお治めになって、どのくらいの時が過ぎたかのう。神は数える年など持たぬから、その長さはよくはわからぬがの、葦原の中つ国はにぎおうて、そして穏やかな暮らしが長く長く続いておったのじゃ。

ところが、ある時、高天《たかま》の原を治めるアマテラスが、「(2)豊葦原《とよあしはら》の千秋《ちあき》の長五百秋《ながいほあき》の水穂《みずほ》の国は、わが御子《みこ》(3)マサカツアカツカチハヤヒアメノオシホミミの統《す》べ治める国でありますぞ」と、こう言葉をお寄せになっての、わが子アメノオシホミミを高天の原から中つ国に降ろそうとなされたのじゃ。あの、(4)ウケヒによる子生みの時に、スサノヲがまっ先に口の中から吹き出した子よのう。

そこで、アメノオシホミミは、(5)天《あめ》の浮橋に降り立っての、下の国を見て、「豊葦原の千秋の長五百秋の水穂の国は、ひどく騒がしく荒れていることよ」と言うたかと思うと、ふたたび高天の原に帰り昇り、降りられないわけをアマテラスに申し上げたのじゃ。

その言葉を聞いた(6)タカミムスヒとアマテラスは、天《あめ》の安《やす》の河原に八百万《やおよろず》の神がみを集めに集めての、前にも出てきた神じゃが、(7)オモヒカネに思わせ考えさせようとして、アマテラスは皆にこう言うたのじゃった。

「この葦原の中つ国は、わが御子の統《す》べ治める国であると言葉をかけ委ねた国である。ところが、この国は、ひどく騒がしく荒れ狂う国つ神どもに満ち満ちているとのことである。これを、いずれの神を遣わして(8)言向《ことむ》ければよかろうぞ」との。(9)人のものを欲しがるやからは多いがのう、神の世も同じじゃ。

そこで、オモヒカネと八百万の神がみは、ああでもないこうでもないと長いこと話し合われての、

「(10)アメノホヒ、この神を遣わすのがよろしいでしょう」と申し上げたのじゃった。

それで、アメノホヒが遣わされることになったのじゃが、オモヒカネの考えもこのたびばかりはうまくは運ばなくての、アメノホヒは、下の国に降りるとすぐにオホクニヌシにへつらい靡《なび》いてしもうて、(11)三年《みとせ》を経るまで高天の原には返し言《ごと》ひとつ

申し上げようとはしなかったのじゃった。

そういうわけで、タカミムスヒとアマテラスのお二方は、またもや、あらんかぎりの神がみを集めに集めての、

「葦原の中つ国に遣わしたアメノホヒは、久しく経っても返し言さえ寄こさない。つぎには、いずれの神を遣わせばよいであろうか」と問うたのじゃった。

そこで、オモヒカネ[12]が答えて申し上げた。

「アマツクニタマの子、アメノワカヒコを遣わすのがよろしいのではないでしょうか」

そこでこのたびは、アメノマカコ弓[13]とアメノハハ矢とをアメノワカヒコにお授けになっての、葦原の中つ国に遣わされたのじゃ。すると、アメノワカヒコは、その国に降りるとすぐに、オホクニヌシの娘のシタデルヒメ[14]を妻としての、また、その国をおのれのものにしようと企《たくら》み謀《はか》っての、八年《やとせ》を経るまで何ひとつ返し言もしなかったのじゃ。[15]……さすが、オホクニヌシは、戦《いく》さの力も計りごとも上手《うわて》じゃったということかのう。

さて、困りはてたアマテラスとタカミムスヒは、またもやもろもろの神たちに問うての、

「アメノワカヒコは久しく何も言ってはこない。つぎには、いかなる神を遣わして、アメノワカヒコがいつまでも留まっているわけを尋ねればよかろうぞ」と、こう言うたのじゃった。

それで、もろもろの神たちとオモヒカネ⑯とが、

「キジ⑰の、名はナキメ⑱を遣わすのがよろしいかと……」と答え申し上げると、アマテラスはすぐさま、そのナキメに向こうての、

「なんじ、行《ゆ》きてアメノワカヒコに会い、『なんじを葦原の中つ国に遣わしたわけは、その国の荒ぶる神たちに言《こと》を向け、和《やわ》らげさせようとしたからぞ。どうして八《や》年《とせ》が過ぎるまで何も返し言をしないのか』と問うてまいれ」と、こう仰せられて遣わされたのじゃ。

そこで、ナキメは天《あめ》より中つ国に降り到り、アメノワカヒコの家の門《かど》に植えられた大きなカツラ⑲の木の上に止まり、こまかなところまで天《あま》つ神の仰せになった言の葉のとおりに、大きな鳴き声を上げたのじゃった。すると、アメノサグメ⑳がこの鳥

の鳴き声を聞きつけての、アメノワカヒコをそそのかして、

「この鳥の、その鳴き声はひどく悪いものです。さあ、すぐに射《い》殺しておしまいなされ」と言うと、アメノワカヒコは、すぐさま天つ神がお与えになったアメノマカコ弓とアメノハハ矢とを持ち出しての、そのキジを射《い》殺してしもうたのじゃ。すると、その矢は、キジの胸を射抜き、その胸を突き抜けてさかさまに天《あめ》に射上げられての、天の安の河の河原に坐《いま》したアマテラスと[21]タカギの神の足元まで飛んでいって落ちたのじゃ。このタカギの神というのは、タカミムスヒのもうひとつの名じゃ。それで、タカギの神がその矢を拾い上げて見ると、血がその矢の羽根に付いておった。

　それを見たタカギの神は、

「この矢は、アマテラスがアメノワカヒコにお授けになった矢ですぞ」と言うての、集うていた神たちに示しながら、

「もし、アメノワカヒコが仰せに違《たが》わず、悪《あ》しき神を射た流れ矢がここに飛んで来たのならば、アメノワカヒコに当たらずあれ。もし、邪《よこしま》な心があるならば、アメノワカヒコはこの矢にて災いを受けよ」と、そう[22]呪言《まじこと》をしての、その矢を手に取り、[23]矢が射抜いた穴から下へと突き返されたのじゃ。すると、その矢は、朝の寝床で寝

ておったアメノワカヒコの胸のど真ん中にぐさりと突き刺さって死んでしもうた。

これが、「(24)還《かえ》し矢」のもとじゃ。

そんなわけでの、使いに出したキジは殺されて戻れなかったのじゃ。それゆえに今も、諺《ことわざ》として、

(25)キジの片道《かたみち》使い

と言うておる、その本《もと》なのじゃ。

さて、還《かえ》し矢に射抜かれて死んだアメノワカヒコの妻、シタデルヒメは嘆き悲しんでの、その哭く声は、風に乗って響きわたり、天《あめ》にも聞こえたのじゃ。そこで、高天の原に住むアメノワカヒコの父アマツクニタマや、アメノワカヒコの(26)妻子《めこ》たちが、その哭き声を聞いて下の国へと降りて来たのじゃ。そして、アメノワカヒコの亡《な》き骸《がら》を見て哭き悲しんでの、すぐさま、そこに喪屋《もや》を作り、(27)カワカリを(28)きさり持ちとしての、(29)サギを(30)ははき持ちとしての、カワセミを(31)御食人《みけひと》としての、スズメを(32)碓《うす》女《め》としての、キジを(33)哭き女《め》としての、それぞれの鳥たちの受け持ちを定めて、昼は

八日《ようか》、夜《よる》は八夜《やよ》を通して、死んだアメノワカヒコの弔《とぶら》いをなさったのじゃった。

この時に、(34)アヂシキタカヒコネがやって来て、アメノワカヒコの喪《も》を弔《とぶろ》うた時にの、天《あめ》から降りてきたアメノワカヒコの父やアメノワカヒコの妻たちは、その姿を見ると、みな哭きながら、

「わが子は死なずにいたことよ」

「あが愛《いと》しい方は死なずにおいでだったよ」と言うて喜んでの、アヂシキタカヒコネの手足に取りすがったのじゃった。

その間違えてしもうたわけは、このお二方の姿かたちが瓜ふたつだったからでの。

それで間違えてしもうたというわけじゃ。

さあ、間違えられたアヂシキタカヒコネは(35)ひどく怒ってしもうての、

「われは、親しい友だからこそ弔いに訪れただけなのだ。それをどうして、汚《けが》らわしい死人《しにびと》にしようなどとするのだ」と言うて、腰に下げておった十掬《とつか》の剣《つるぎ》を抜き放つとの、その(36)喪屋《もや》を切り伏せ、(37)足でもって蹴飛《けと》ばしてしもうた。これが(39)飛んでいって落ちたのが、美濃の国の(38)藍見《あいみ》の河の河上にある喪山《もやま》になったのじゃ。なんと、出雲から美濃まで、えらく遠くまで飛んだものよのう。

その喪屋を切り倒した太刀《たち》の名は、(40)オホハカリと言うての、またの名はカムドの

剣《つるぎ》とも言うておるのじゃ。

そして、アヂシキタカヒコネが怒って飛び去った(41)時に、同じ母(42)をもつ妹《いも》ごのタカヒメ(43)は、その名(44)を明らかにしなくてはと思うたのじゃろうの、こう歌《うと》うた。

高天の原にいます　若い織り姫が
首にかけたる　玉の首飾り
その首飾りの　穴玉(45)よ、輝くごと
深い谷を　二つまたいで輝きわたらせる
アヂシキタカヒコネの神にいますぞ

あめなるや　おとたなばたの
うながせる　玉のみすまる
みすまるに　あなだまはや
みたに　ふた渡らす
あぢしきたかひこねの神そ

この歌は、ひな振《ぶり》(46)と言うておるのじゃ。

さてさて、ここにまたもやアマテラスは、高天の原にい並ぶ神がみに尋ねて言うた。

「このたびは、いずれの神を遣わせばよかろうぞ」との。

そこで、オモヒカネともろもろの神たちは、おそるおそる申し上げることには、
「天《あめ》の安《やす》の河の河上の(47)天の岩屋《いわや》にいます、名はイツノヲハバリ、この神を遣わすのがよろしいでしょう。もしこの神でないとすれば、その神の子、(48)タケミカヅチノヲ、この神を遣わしてはいかがでしょうか。ただし、その(49)アメノヲハバリは、天の安の河の水を塞き止めて道を塞《ふさ》いでおりますゆえ、おいそれとは使いも辿り着けますまい。そこで、水を渡ることのできる(50)アメノカクを遣わして問うのがよろしいのではないか……」と、こう言うたのじゃった。

そこでアメノカクを使いとして送り、アメノヲハバリに尋ねさせるとの、
「恐れ多いことです。お仕えいたしましょう。しかしながら、このたびの仰せには、わが子(51)タケミカヅチを遣わしていただくのがよろしいのではないでしょうか」と言うて、すぐさまわが子を差し出したのじゃ。

それで、アマテラスは、(52)アメノトリフネをタケミカヅチに副《そ》えての、葦原の中つ国を言向けるための三《み》たびめの使いとして送り出したのじゃった。

さて、遣わされた二《ふた》柱の神は出雲の国の(53)伊耶佐《いざさ》の小浜《おばま》に降り到ると、タケミカヅチは、その身に佩《は》いた十掬《とつか》の剣《つるぎ》を抜き放ち、(54)切っ先を上に向けると揺らめく波の穂

がしらに柄頭《つかがしら》を刺し立てての、その尖《とが》った剣《つるぎ》の先にあぐらをかいて座《すわ》り、オホクニヌシに向こうて呼びかけたのじゃった。

「アマテラスの大御神《おおみかみ》とタカギの神との仰せにより、問いに遣わせなさったものである。なんじが己れのものとしている葦原の中つ国は、わが御子《みこ》の統《す》べ治めなさる国であるぞとのお言葉である。そこで尋ねるが、なんじの心はいかがか」

すると、オホクニヌシは、

「(55)われは申し上げることができません。わが跡《あと》を継いだわが子ヤヘコトシロヌシ、こやつがお答えいたすでしょう。しかしながら、今、コトシロヌシは、(56)鳥の遊びをし(57)魚《うお》取りをしに、美保《みほ》の岬に出かけており、まだ帰ってはおりません」と答えたのじゃ。

それを聞くとタケミカヅチは、アメノトリフネを美保の岬に遣わして、ヤヘコトシロヌシを召し連れてきての、改めて尋ねたところ、コトシロヌシが、(58)わが父の大神に向こうて語り申すことには、

「恐れ多いことです。この国は、天《あま》つ神の御子に奉りましょう」と、こう言うたかと思うと、すぐさま乗ってきた船を足で踏みつけてひっくり返しての、(59)青柴垣《あおふしがき》に向こうて(60)逆手《さかて》をポンとひとつ打ったかと思うと、みずから覆《かえ》した船の中に隠れてしも

うたのじゃった。

さてそこで、タケミカヅチはオホクニヌシに問うて、

「今、なんじの子、コトシロヌシはこの国を奉ると申した。ほかに何か言いそうな子はおるのか」と言うと、

「もう一人、わが子タケミナカタ(61)がおります。こやつを除いてほかにはおりません」と答えたのじゃ。

そうすると、そのタケミナカタが、お手玉でもするがごとくに千引《ちび》きの大岩を掌《てのひら》(62)に乗せてやって来ての、

「どいつが、おれの国に来て、こそこそとかぎまわっておるのだ。どうだ、おれと力比べでもしないか。受けるならば、おれがまずお前の手を握ろうぞ」と挑《いど》んで言うたのじゃった。

それで、タケミカヅチがおのれの手をタケミナカタに握らせたのじゃが、握らせたかと思う間もなくみずからの手を立ち氷《ひ》(63)に変え、またすぐに剣《つるぎ》の刃に変えてしもうたのじゃ。いかなタケミナカタも、これではおのれの力を示すこともできずにの、怖じけづいて手を引っ込めてしもうた。

すると、次にはタケミカヅチがタケミナカタの手をつかんで握り返したのじゃが、握ったかと思うと、まるで萌え出たばかりのやわらかな葦でもつかむがごとくに握り潰《つぶ》し、体ごと放り投げてしもうたのでの、さすがのタケミナカタも恐れをなして逃げ去ってしもうたのじゃった。そこで、あとを追って、(64)科野《しなの》の国の諏訪《すわ》の湖《うみ》に至って追い詰めて殺そうとすると、タケミナカタは、

「(65)許してくれ。どうかおれを殺さないでくれ。おれは、この地《ところ》を除いて他《よそ》の国には行かぬ。また、わが父オホクニヌシの言葉に背くことはしない。また、わが兄ヤヘコトシロヌシの言葉にも背かない。この葦原の中つ国は、天つ神の御子のお言葉のままに、すべて差し出そう」と、こう言うて伏《まつろ》うたのじゃった。

(66)このタケミナカタは、今も諏訪の地《くに》の大社《おおやしろ》にいます神よのう。

それで、タケミカヅチはまた出雲に飛び帰ってきての、オホクニヌシに向かい問うて、

「なんじの息子ども、コトシロヌシとタケミナカタの二《ふた》柱の神は、天つ神の御子《みこ》のお言葉のとおりに背かぬと契りをいたした。そこで改めて問うが、なんじの心はいかがか」と迫ったのじゃった。

するど、オホクニヌシは、タケミカヅチに向こうて、次のごとくに答えを返したのじゃった。

わが子ども、二柱の神の申し上げたとおりに、われもまた背くまい。この葦原の中つ国は、お言葉のとおりにことごとく天つ神に奉ることにいたそう。ただ、わが住処《すみか》(67)だけは、天つ神の御子が、代々《よよ》に日継《ひつ》ぎし、お住まいになる、ひときわ高くそびえて日に輝く天《あめ》の大殿《おおとの》のごとくに、土の底なる磐根《いわね》に届くまで宮柱《みやばしら》をしっかりと掘り据え、高天の原にも届くほどに高々と氷木《ひぎ》を立てて治めたまえば、われは、百《もも》(68)には満たない八十《やそ》の隅《すみ》の、その一つの隅に籠もり鎮まっておりましょうぞ。

また、わが子ども、百八十《ももやそ》にもあまる神たちは、ヤヘコトシロヌシが神がみの先立ちとなってお仕えすれば、背く神などだれも出ますまい。

つらいことじゃったろうがのう、こう言うたかと思うと、オホクニヌシは、出雲の国の多芸志《たぎし》の小浜《おばま》に、タケミカヅチ(69)を天つ神の使いとして迎えるための館《やかた》を造っての、ミナトの神の孫、クシヤタマを膳夫《かしわで》(70)となして、伏《まつろ》いのしるしの饗《あえ》を差し上げて、祝いの言葉を申し上げることにしたのじゃ。そして、そのために、クシヤタマは海に潜る鵜《う》となって(71)海の底に潜り入り、海の底の赤土をくわえて来ての、その土で八十《やそ》の平皿《ひらざら》を作り、海に生えるワカメの茎を刈り取ってきての、それを(72)燧《ひきり》の臼に作り、また、ホンダワラの茎を(72)燧の杵《きね》に作り、新たな火を鑽《き》り出しての、タケミカヅチにおいしい食べ物を作り供えた上で、オオクニヌシはあらためて誓いの言葉を唱え上げるのじゃった。

(73)この、わが鑽《き》れる火は、高天の原においては、カムムスヒの祖神《おや》様が、ひときわ高くそびえて日に輝く新しい大殿《おおとの》に、竈《かまど》の煤《すす》が長く長く垂れるほどに焚き上げられるがごとく、いつまでもいつまでも変わらず火を焚き続け、地《つち》の下はというと、土の底の磐根《いわね》までも(74)焚き固めるほどに、いつまでもいつまでも変わらず火を焚き続け、その火をもちて(75)贄《にえ》を作り、強い縄の、(76)千尋《ちひろ》もの長い縄を長く遠く延ばし流して、海人《あま》が釣り上げた、口の大きな、尾も鰭《ひれ》もうるわしい(77)スズキを、ざわざわと海の底から引き寄せ上げて、運び来る竹の竿《さお》もたわみ撓《しな》うほどの大きなスズキを、おいしいお召し上がり物として奉ります。

この誓いの言葉を聞いたタケミカヅチは、高天の原に帰り昇っての、アマテラスともろもろの神たちに、葦原の中つ国を言向け鎮めたさまをことこまかに申し上げたのじゃった。

[78]とうとうオホクニヌシの御世《みよ》も終わったのよのう。この誓いの言葉を口の端《は》に乗せるたびに、この老いぼれの喉《のど》はつまるのよ……。

今も、あの出雲の国の[79]入り海には、大きな背びれを立てたスズキが泳ぎ廻っておるそうじゃ。

〈注釈〉

（1）**オホクニヌシが**　この段落、語り部の独白。

（2）**豊葦原の千秋の長五百秋の水穂の国**　地上世界をいうほめ言葉。葦原の中つ国はオホナムヂの支配する国を指す語で、「豊葦原……水穂の国」は、天つ神が支配することを前提にして用いられる。

（3）**マサカツアカツカチハヤヒアメノオシホミミ**　スサノヲとアマテラスとのウケヒの際に、アマテラスの玉を嚙んでスサノヲが吹きなした子で、アマテラスの「詔り別け」によってアマテラスの子となった神。

それにしても、このアマテラスの発言はきわめて一方的なものである。そこに国家の側の支配観念や覇権主義的な思考回路がよく表れている。
（4）**あの、ウケヒによる**　この一文、補入。
（5）**天の浮橋**　高天の原から降りる神々は、かならずこの中継点を経ている。ハシ（橋）は、こちらとあちらとを繋ぐものであり、それは箸（ハシ）の機能も同じ。端（ハシ）も向こう側（異界）に接した場所であるという意味で、こちらと異界とを繋ぐところである。
（6）**タカミムスヒ**　天と地とが初めて分かれた際に、高天の原に誕生した三神のうちの一柱で、以下の場面では、アマテラスと並ぶ高天の原の最高神として登場する。
（7）**オモヒカネ**　思い（思慮）を兼ね備えた神の意で、天の岩屋に籠もったアマテラスを引き出す際に、その思慮によって大活躍した知恵の神。
（8）**言向け**　相手に言葉を向けさせる（あるいは、相手に服属の言葉を言わせる）ことで、服属しない者を従わせることをいう語。
（9）**人のものを**　この一文、補入。
（10）**アメノホヒ**　スサノヲとアマテラスとのウケヒにおける子生みで、スサノヲが吹きなした二人目の神。この神の子のタケヒラトリが出雲の国造らの祖先神とされている。
（11）**三年**　神話や昔話など語られる伝承においては、「三」という数字がしばしば用いられる。くり返しは三回で、兄弟姉妹は三人おり、期間は三年という具合である。以下に語られる地上遠征も、アメノホヒの失敗に続いてアメノワカヒコ、タケミカヅチと続く三回のくり返しによって語られている。それが語りの様式である。
（12）**アメノワカヒコ**　はじめて登場する神。アメノホヒがオホナムヂに丸め込まれてしまったのに対して、この神は、地上を我がものにしようと企んで高天の原の命令に背いたのである。そのために命を落とすことになる。

（13）**アメノマカコ弓とアメノハハ矢**　マは真の意でほめ言葉、カコは鹿児で、アメノマカコ弓は獲物を射る威力を秘めた弓。ハハは「羽々」の意で、立派な羽根の付いた威力のある矢をいう語か。遠征に出る者に対して弓矢や矛などの武器を与えて祝福し、力を付与するのである。

（14）**シタデルヒメ**　先の系譜によればタカヒメとも言い、オホクニヌシとタキリビメの間に生まれた女神。アマテラスが高天の原を照らす神であるのに対して、この女神は葦原の中つ国を輝きわたらせる女神である。

（15）……**さすが**　この一文、補入。

この章段では、二度の地上征服の失敗ののちに、タケミカヅチによる成功を語るのだが、これは、苦難ののちの成功を語ることで最後の勝利を強調するという物語の様式であると説明することができる。失敗・失敗・成功という語り口は、普遍的なものだと言ってよい。しかし、出雲（国つ神）と天皇家（天つ神）との関係の背後に、歴史的な拮抗や対立がまったくなかったと言いきれるかどうか、最近の考古学の成果を考慮した時、物語の様式だけで説明することには疑問を感じている。それは出雲という一地域だけの問題ではなく、天皇家が統一支配する以前、日本列島がどのようにあったのかという問題にかかわっている。はじめから一つの世界があったのではなく、いくつもの勢力が存在し最後に天皇家が残った、そうした歴史的な事実がこの章段の神話には埋め込まれているのではないかと考えてみたほうが、真実に近いのではないだろうか。

（16）**オモヒカネとが**　思慮の神もだんだん形勢が悪くなり、諸神たちが先にくる。
（17）**キジ**　キジは古語でキギシということ、ヤチホコの神語りにもあった。
（18）**ナキメ**　原文に「鳴女」とあり、キジの威力は鳴き声にあった。前に出てきたヤチホコの神語りでも、キジは鳴くことが強調されており、どちらも「鳴く＝哭く」ことにその特徴をもつ鳥としてイメージされている。よく知られた人柱伝説「長柄《ながら》の人柱」のなかに、「キジも鳴かずば撃たれまい」という諺が出てくる。
（19）**大きなカツラの木**　原文は、ユツカツラ。神聖な神の依りつく木として、他の神話にも描かれるが、「楓」「香木」「桂」などと表記されており、今言うカツラ（桂）ではなくキンモクセイではないかと言われたりしている。
（20）**アメノサグメ**　日本書紀には「天探女」とあり、隠れたものを探り出す力をもつ女神らしい。俗に言うスパイのような役割をもち、言葉をねじ曲げて伝える邪な性格をもつとも考えられたらしく、これが、昔話「瓜子姫」などに登場する悪役アマノジャクにつながってゆく。
（21）**タカギの神**　ここから唐突に、アマテラスに並ぶ神が、タカミムスヒからタカギの神に変わる。原文では、この場面に「是高木神者、高御産巣日神之別名（この高木神は、高御座巣日神の別名なり）」と記され、これ以前にタカミムスヒの別名についての記述はなく、ここで唐突に交替する理由はわからない。あるいは、別系統の神話をつなぎ合わせたということも考えられる。
（22）**呪言**　原文にこの語はないが、内容から判断して付け加えた。タカギの神は、こうした呪《のろ》いなどを得意とする神かもしれない。

（23）**矢が射抜いた穴**　高天の原の地面をも突き抜いて矢が飛んできたのである。だからといって、高天の原の大地が柔らかいというのではなく、ここは、アメノハハ矢の威力のすごさを語っているのである。

（24）**還し矢**　悪意のある者は自ら射た矢に当たるという意の諺であろう。中近東で伝えられている「ニムロッドの矢」と呼ばれる伝承がよく知られており、その話型が広く伝播していたらしい。なお、ニムロッド（ニムロド、ニムロデ）は、旧約聖書・創世記に、「世の権力者となった最初の人」で、「狩猟者」として描かれているが、創世記には神に矢を射たという話は出てこない。

（25）**キジの片道使い**　原文に「雉之頓使（キギシのひたづかい）」とある。キジはまっすぐ飛んでいくと考えられていることによるか。

（26）**妻子**　アメノワカヒコはすでに高天の原で結婚していたらしい。葬送の場面では、妻子の悲しみを描くのがパターンになっている。

（27）**カワカリ**　原文に「河鴈」とある。カリのことだろう。

（28）**きさり持ち**　葬列において、食べ物を頭に載せて運ぶ役目をする人。

（29）**サギ**　鷺のこと。この場面は、さまざまな鳥を登場者として描いているが、鳥に扮した所作などを伴っていたのかもしれない。葬送において、鳥は死者の魂を死者の国へと運ぶものと考えられていたという痕跡は、考古学的な遺物にもさまざまに見出せる。

（30）**ははき持ち**　ハハキはホウキ（箒）のこと。斎場を掃き清める役目。サギの頭の毛からホウキを連想したか。

（31）**御食人**　死者の食事を調理する役目。

（32）**雉女**　雉（臼）で米を搗《つ》く女。葬儀のための食事を準備する役。スズメが落ち穂などをついばむ姿から、臼を搗く女が連想されたのだろう。

（33）**哭き女**　葬儀において哭く役を担当する女。実際に、葬送の場には儀礼的に哭く女たちがいた。

（34）**アヂシキタカヒコネ**　先の系譜にはアヂスキタカヒコネとあった。オホクニヌシとタキリビメとの間に生まれた神。

（35）**ひどく怒って**　以下の怒りは尋常ではないが、それほどに死者と見間違えるというのは許されないことだった。

（36）**喪屋**　死者を安置するための建物。別に建て、葬送儀礼がすむと壊した。

（37）**足でもって**　こうした描写をみると、この神もスサノヲやオホナムヂと同じく巨大な体をしていることがわかる。

（38）**藍見の河の河上**　岐阜県の長良川中流。この神話の舞台は出雲の国だから、ずいぶん遠くまで飛んだことになる。

（39）**なんと**　この一文、補入。

（40）**オホハカリ**　原文「大量」。ハは「刃」の意、カリは「刈り」の意でマサカリのカリと同義。

（41）**飛び去った**　神は空中を飛行することが多い。また、アヂシキタカヒコネは雷神的な性格をもっているので、飛行はお手のものである。

（42）**同じ母をもつ**　同母か異母かは、兄弟姉妹関係をいう場合に重要。同母は「いろ」、異母は「まま」という呼称を付けて区別した。

（43）**タカヒメ**　シタデルヒメの別名だが、なぜここで突然名前が変わるのかはわからない。

（44）**名を明らかにしなくては**　そのように思ったのは、名を明らかにすることによって、死者と間違われたことによる穢れやタブーを解消できると考えられていたからだろう。

（45）**穴玉よ**　原文の「あなだまはや」までの六句が比喩表現になっており、その玉の輝きによってアヂシキタカヒコネを賛美する。

（46）**ひな振**　田舎風の曲、の意。古事記に挿入された歌謡には、このような「〇〇振」という歌曲名が付けられたものが多い。この「ひな」振という名称は、音数などが整っていないことによる命名か。

（47）**天の岩屋**　アマテラスの籠もった天の岩屋とは別のところとみたほうがよいだろう。

（48）**タケミカヅチノヲ**　猛々しい雷の男神の意で、イカヅチは刀剣の象徴となることが多く、この神も威力のある刀剣の神である。以下、タケミカヅチと呼ばれる。

（49）**アメノヲハバリ**　イツノヲハバリと同一神。刀剣の神。

（50）**アメノカク**　カクはカコ（鹿児）の転訛で、シカは水を泳ぐ動物として伝承にしばしば登場する。

（51）**タケミカヅチ**　先のタケミカヅチノヲのこと。この後、この神が地上を征服する。

（52）**アメノトリフネ**　トリフネは鳥船で、天空を鳥のように飛行する船の神。スペースシャトルである。

（53）**伊耶佐の小浜**　オホナムヂの宮殿に面した浜の名。イザサは出雲国風土記に伊奈佐《いなさ》とあり、イナサは否諾（否か諾か）の意味がこめられた物語的な地名で、イザサはその音転だろう。

（54）**切っ先を上に向けると**　以下のアクロバチックな行為は、タケミカヅチの威力を誇示するためである。こうした描写の背景には、渡来の「幻術」の知識があったのかもしれない。

（55）**われは申し上げることができません**　すでにオホクニヌシは葦原の中つ国の支配権を息子のコトシロヌシに譲って隠居していたのである。

（56）**鳥の遊び**　ハクチョウを捕獲し、その霊力を身に付着させる呪的な儀礼があったと考えられる。ちなみに、出雲国の豪族である出雲氏が国造に就任する代替わりの儀礼の際に、天皇の前で「出雲国造神賀詞《かむよごと》」という服属の誓詞を奏上し、併せてさまざまな献上品を奉るのだが、その中に生きたままのハクチョウが含まれており、神賀詞には、「生き御《み》調《つき》の玩《もてあそ》び物」と語られている。もちろん、単なる愛玩物としてではなく呪的な意味をもつはずである。

（57）**魚取り**　神に供える魚（おそらく、スズキ）を取ること。祭祀権をコトシロヌシが持っていたことを示しているのであろう。

（58）**わが父の大神に向こうて**　タケミカヅチに対して答えるのではなく、父オホクニヌシに語っているというところに、コトシロヌシの無念さといったものが示されている。

（59）**青柴垣**　柴で囲まれた聖域で、神を祀るための空間。現在、美保神社では、毎年四月にこの神話に起源をもつとされる「青柴垣《あおふしがき》神事」が行われている。

（60）**逆手**　手のひらではなく、甲の部分で手を打つことで、呪詛しているとみてよいだろう。

(61) **タケミナカタ**　諏訪神社に祀られる神。ミナカタは水瀉の意で、諏訪湖の神格化とみてよいだろう。タケミナカタはもともとこの地方の土着神であったのだが、以下に語られる神話では、タケミカヅチとの争いに敗れて諏訪に逃げのびたと語られている。もともと諏訪にいたと語るのではなく、逃げて諏訪に住み着いたと語られることによって、土着神タケミナカタが天つ神に服属した神として位置づけ直されるのである。

(62) **掌に乗せて**　腕力のすごさを示す行為。力比べの話の一つのパターン。昔話「力太郎」には、これと同じような、大岩でお手玉をする力持ちの英雄が登場するが、力を強調すると「知恵」のほうが不足することになる。

(63) **立ち氷**　ツララのこと。手をツララに変えるのは、タケミカヅチが刀剣の神だからである。切れ味の鋭い剣はしばしば稲光や氷にたとえられる。

(64) **科野の国の諏訪の湖**　科野は信濃のこと。タケミナカタはこの地の神で、諏訪神社(上社と下社とがある)に祀られるのだが、ここに諏訪が出てくるのは、葦原の中つ国の東の果てが諏訪と考えられていたからであろうか。

(65) **許してくれ**　ここに示されるタケミナカタの服属の誓いが言向けということになる。言向けとは、服属の言葉を向けることであり、相手の言葉をこちらに向けさせることでもある。コトシロヌシの言葉が、タケミカヅチにではなく、父オホクニヌシに向かって発せられていたのは、まだ完全にタケミカヅチに服属していないからである。

(66) **このタケミナカタ**　この一文、補入。

(67) **わが住処**　以下の言葉によって示されるのが、いわゆる出雲大社の起源である。服属するのと引き換えに、壮大な宮殿の主としてオホクニヌシは鎮座することになったというのである。

先頃の発掘調査で明らかになったように、出雲大社は、中世においても四十八メートル（十六丈）もの高さがあり、古代にはもっと高かったと伝えられている。これは、縄文時代以来、日本海沿岸地域に発達した巨木建造物と繋がるのかもしれない。

古事記では、高天の原から降りてきた天つ神の子孫による地上世界の征服を語るのに、オホクニヌシ一族の地上支配と天つ神への抵抗を長々と語っている。その背景に実際に出雲には天皇家に対抗するような勢力が存在したのか、神話的な構造として語られているにすぎないのかという点に関しては議論があり、決着がついていない。しかし、出雲大社が記録どおりの壮大な宮殿を持っていたということが判明し、大量の銅剣（銅鉾）や鉄剣あるいは銅鐸などが出土するという最近の考古学の成果を考えると、まったく何もないところに対立勢力を仮構したとみなすのはむずかしい状況になっているように思う（注15参照）。

（68）**百には満たない八十**　原文に「百足《もも》らず八十《やそ》」とあり、これは、韻律的な詞章（祝詞や歌）の決まり文句。「百足らず」は「八十」という語を引き出す枕詞。

（69）**タケミカヅチを天つ神の使いとして迎えるための館**　迎賓館を建ててタケミカヅチを天つ神の使いとして迎え入れるということは、服属の証しであった。そして、以下に語られるように、ご馳走を作り供えてもてなすのである。

（70）**膳夫**　調理人のこと。

（71）**海の底に**　以下の描写は、タケミカヅチに対する、服属の証しとしての贄《にえ》の饗応の準備のさまである。道具や器を作るところから祭りは始められる。

(72) **燧の臼・燧の杵** 木を擦り合わせる古い発火法に用いる道具。出雲の熊野大社（島根県松江市八雲町）には、古式に則った火燧《ひき》りの神事が現在に伝えられている。神への供え物は、新たな火で調理されなければならない。

(73) **この** 以下は、心変わりせず永遠に服属することを誓う誓約の言葉。大げさな比喩を使って表現するのは、もともとこの言葉が儀礼の場で唱えられる詞章だったからである。

(74) **焚き固める** カマドやイロリで火を焚き続けると、その下の土は焼き固められてコンクリートのように固くなる。

(75) **贄** 神や貴人に差し上げるご馳走。

(76) **千尋もの長い縄** 今も行われている、いわゆる延縄《はえなわ》漁法である。

(77) **スズキ** この魚は、出雲の国において、もっとも神聖な海の幸であった。

(78) **とうとう** 以下の二段落、語り部の独白。

古事記神話の三分の一以上は、オホクニヌシにかかわる神話で占められている。一方、日本書紀では、これら出雲系の神話は一書の一部を除くとほとんど語られていない。そこに、古事記の独自性が示されているのではないか。もちろん、強い敵を倒したと語ることで、勝った者の強さを描くのは一つの手法である。しかし、古事記の出雲系の神々の扱い方は、内容や分量や神統譜など、どれをみても、表現手法といった範囲を超えており、何らかのかたちで、出雲の側の伝承の介在があったのではないかと思わせる。

(79) **入り海** 古代では、現在の中海と宍道湖とを併せて「入り海」と呼び、海水が流入していた。出雲国風土記によれば、入り海にはイルカやスズキなど外海の海獣や大型魚が泳いでいたという。

其の六　地上に降りた天つ神——天孫の日向三代

さて、タケミカヅチの返り言を聞いたアマテラスとタカギの神とのお二方《ふたかた》は、あらためて日継ぎの御子《みこ》(1)マサカツアカツカチハヤヒアメノオシホミミに向こうて、

「今、ようやくに葦原《あしはら》の中つ国を和《やわ》らげ終えたとの知らせがあった。そこで、先に言葉を寄せて委ねたとおりに、中つ国に降《くだ》りいまして、統《す》べ治めなされ」と言葉を寄せられたのじゃった。

すると、その日継ぎの御子マサカツアカツカチハヤヒアメノオシホミミは、

「わたしが降《お》りようとして装いを整えている間に、子(2)が生まれてしまいました。名は、アメニキシクニニキシアマツヒコヒコホノニニギと申します。この子を降ろすのがよろしいかと思います」と答えたのじゃった。この御子は、オシホミミがタカギの神の娘のヨロヅハタトヨアキヅシヒメと結ばれての、生んだ子はアメノホアカリ(3)、つぎにヒコホノニニギ、この二柱《ふたはしら》の御子のうちの下の子じゃった。

そこで、申し出のままに、アマテラスはヒコホノニニギに言葉をかけての、

「この豊葦原《とよあしはら》の瑞穂《みずほ》の国は、なんじが統べ治める国であると、父オシホミミの言葉とともに委ねられた。さあ、あらためてわが言の葉のままに降《くだ》り行《ゆ》きなさい」と仰せになったのじゃった。

そうして、ヒコホノニニギは、天降《あも》りしようとしたのじゃが、そのとき下を眺めると、その道中《みちなか》の(4)天の八《や》つ辻には、上《かみ》は高天《たかま》の原を照らし輝かし、下《しも》は葦原の中つ国を(5)光り輝かして、見知らぬ神が待ち受けておったのじゃ。それで、アマテラスとタカギの神とのお言葉で、アメノウズメに仰せになることには、

「なんじは、か弱いおなご神ではあるが、(6)向かい合うと面《おも》で勝つ神である。ゆえに、ひとまず、なんじ先立ち行きて尋ねることには、『わが御子の天降《あも》りしようとする道を、だれが遮《さえぎ》るごとくに居《お》るのか』と問うてまいれ」と、こう言うての、遣わされたのじゃ。

そこで、アメノウズメが降り到りて問うと、その神は答えて、

「わたしめは、国つ神、名は(7)サルタビコと申す。ここに出て居《お》るゆえは、天つ神の御子が天降りなさるということをお聞きしたので、先払いとしてお仕え申し上げようとして、お待ちいたして居るところでござる」と、こう言うたのじゃった。

ここにようやく、ヒコホノニニギが降りることになっての、アメノコヤネ、フトダマ、アメノウズメ、イシコリドメ、タマノオヤ、いずれも、あの天の岩屋に隠れたアマテラスを引き出すときに働いた神がみじゃが、そのあわせて五《いつ》柱の神を、お伴の者として分かち与えられての、ヒコホノニニギを高天の原から降ろし下されたのじゃった。

また、それに加えての、アマテラスを招き出だした時の、あの八尺《やさか》の勾玉と鏡、スサノヲが奉った(8)草薙《くさなぎ》の剣《つるぎ》、それに、常世《とこよ》のオモヒカネとタヂカラヲとアメノイハトワケとを副《そ》え与えなされての、

「この鏡は、ひとえにわが御魂《みたま》として、わが前に額《ぬか》ずくがごとくに祈り祀《まつ》りたまえ」と仰せになり、つぎに、「(9)オモヒカネは、この鏡を祀ることを司《つかさど》り、祭りを執り行いなさい」と仰せになったのじゃった。

それで、(10)この二《ふた》柱の神であるサルタビコとアメノウズメは、今も、(11)さくくしろ五《い》十《す》鈴《ず》の宮を祝い祭っておるのじゃ。

つぎに、御食《みけ》つ神である(12)トユウケの神は、外《と》つ宮の(13)度相《わたらい》にいます神じゃ。つぎに、

アメノイハトワケは、またの名はクシイハマドと言い、またの名はトヨイハマドとも言うての、この神は御門《みかど》を護る神なのじゃ。つぎに、タヂカラヲは(14)佐那《さな》の県《あがた》にいます神じゃ。

また、お伴として降りてきた五柱《いつ》の神がみじゃが、アメノコヤネは(15)中臣《なかとみ》の連《むらじ》らの祖神《おや》、フトダマは(16)忌部《いんべ》の首《おびと》らの祖神、アメノウズメは(17)猿女《さるめ》の君らの祖神、イシコリドメは作鏡《かがみつくり》の連らの祖神、タマノオヤは玉祖《たまのおや》の連らの祖神での、みな、この中つ国に根付いたのじゃった。

さてここに、仰せを受けたアマツヒコヒコホノニニギは、高天の原の御座所《みましどころ》から立ち上がると、天《あめ》にかかる八重のたなびき雲を押し分けて、力づよく道を踏み分け踏み分けしての、(18)天の浮橋に到り着き、しっかりとお立ちになると、そこからひと息に、筑紫《つくし》の日《ひ》向《むか》(19)の高千穂《たかちほ》に高々と聳《そび》える嶺《みね》に天降《あも》りなされたのじゃった。

するとそこへ、(20)アメノオシヒと(21)アマツクメの二人が出迎えての、大きく堅い矢筒を背負い、握りに大きな瘤《こぶ》の付いた太刀を取り佩《は》き、弦《つる》を強く張った弾《はじ》き弓を手に持ち、雄鹿《おじか》の角で作った、鋭く磨いた鏃《やじり》を付けた矢を腋《わき》に挟んでの、先払いとしてお仕え申し上げたのじゃった。

おおそうじゃ、そのアメノオシヒ、これは大伴《おおとも》の連らの祖神《おや》での、アマツクメ、これは久米の直《あたい》らの祖神になったのじゃ。

さて、下の国に降りたヒコホノニニギは、

「ここは、韓《から》(22)の国に向き合い、笠沙《かささ》(23)の岬にもつながり通っており、朝日(24)が海からまっすぐに射し昇る国、夕陽がいつまでも輝き渡る国である。この地《くに》は、ほかに比べることのできないすばらしい処《ところ》である」と、こう言うて、地《つち》の底の磐根《いわね》に届くまでに深々と宮の柱を掘り立て、高天の原にも届くほどに高々と氷木《ひぎ》を聳《そび》やかした宮を作っての、そこに住まわれることになったのじゃ。

さて、宮も建てて落ち着いたヒコホノニニギは、アメノウズメに向こうて、

「われが降りるに先払いに立ち、よく仕えたサルタビコは、はじめに声をかけ身元を明らかにしたそなたが、元《もと》の国にお送り申せ。また、その神の御名《みな》を、そなたは受け継いでお仕え申し上げるのだ」と言われたのじゃ。

それで、ウズメの末《すえ》の猿女《さるめ》の君の族《うから》たちは、そのサルタビコの男《お》の神の名(25)をいただき、女《おなご》どもを猿女の君と呼ぶことになったのじゃが、そのいわれはここに始まる

のじゃて。

　そういえば、そのサルタビコじゃが、すこし[26]間抜けなところのあるお方での、先払いにお仕えする前のこと、伊勢の国の阿耶訶《あざか》[27]にいましたのじゃが、その時にの、漁《いさ》りをしておって、ヒラブ[28]という貝に手を挟まれてしもうたのよ。それで溺《おぼ》れてしもうての、海の底にまで沈んでいった時の名をソコドクミタマ[29]と言い、海の水が逆巻いて泡立《あわだ》った時の名をツブタツミタマ[29]と言い、その泡が水面《みなも》で弾《はじ》け割れた時の名をアワサクミタマ[29]と言うのじゃ、と。

　さて、アメノウズメは、サルタビコをお送りして阿耶訶に帰り到るとすぐに海に出ての、伊勢の海にいる鰭《ひれ》[30]の広く大きな魚《うお》も、鰭の狭く小さな魚も、ことごとくにひと処に追い集めての、

「お前たちは、天つ神の御子《みこ》にお仕えいたすか」と問うた時に、もろもろの魚はみな、「お仕えいたします」と言うたのに、ナマコ[31]だけは何も申さなんだ。するとの、アメノウズメは、ナマコに向こうて、

「こやつの口は、なにも答えない口」と言うて、懐《ふところ》に入れた紐飾りのついた小刀《こがたな》で、そのナマコの口を切り裂いてしもうた。それで今でもナマコの口は横に裂けておる

のじゃ。

そんなわけでの、その後《のち》も、世々に変わらず、(32)島の速贄《はやにえ》を御門《みかど》に奉るおりには、猿女の君どもにおすそ分けが与えられることになったのじゃ。

(33)ちと話が横道にそれたかのう。

さて、アマツヒコヒコホノニニギは、あるとき笠沙《かささ》の岬に出かけて、うるわしいおとめごに出逢《でお》うたのじゃった。そこで、

「だれの娘ごか」と問うたところが、おとめは答えての、

「オホヤマツミの娘、名はカムアタツヒメ、またの名は(34)コノハナノサクヤビメと申します」と、そう言うたのじゃ。それでまた、

「そなたには、(35)兄弟《はらから》はいるか」と尋ねるとの、

「わが姉、(36)イハナガヒメがおります」と答えた。

それでニニギが、

「われは、そなたを妻にしようと思うが、いかがか」と問うと、

「わたくしにはお答えすることができません。あが父、オホヤマツミがお答えいたすでしょう」と答えたのじゃった。

そこで、その父オホヤマツミに妻乞《ご》いの使いを遣わしたところがの、オホヤマツミはとても喜び、姉のイハナガヒメも副《そ》えて、(37)山ほどに盛り上げたいくつもの契りの品を持たせての、ニニギの許《もと》に嫁がせたのじゃ。(38)ところが、その姉のイハナガヒメはひどく醜《みにく》いお顔の方での、ニニギはひと目見るなり畏《おそ》れおののいてしもうて、親許へ送り返してしまい、その弟《おと》ごのコノハナノサクヤビメだけを留めての、(39)一夜《ひとよ》の契りを交わしたのじゃった。

　すると、父のオホヤマツミは、イハナガヒメを返されたことを大いに恥じての、怒りをこめて、ヒコホノニニギに(40)詛《のろ》いの言葉を送ったのじゃ。

　わたしが娘二人を並べて奉ったわけは、イハナガヒメをお使いになれば、天つ神の御子の命《いのち》は、たとえ雪降り、風吹くとも、いつまでも岩のごとくに、常《とこ》永久《とわ》に、変わりなくいますはず、また、コノハナノサクヤビメをお使いになれば、木《こ》の花の咲き栄えるがごとくに栄えいますはずと、祈りを込めて娘たちを差し上げました。

　それを、かくのごとくにイハナガヒメを送り返して、ひとりコノハナノサクヤビメだけをお留めなされたからには、天つ神の御子の命は、山に咲く木の花のままに散り落ちましょうぞ。

それでこのためにの、今に至るまで大君[41]たちの命は長くなくなってしもうたのじゃった。[42]まあのう、人はもともと草とおなじ生まれじゃで、生えては枯れ、枯れては生えるものじゃが、大君は天つ神の末《すえ》じゃで、このことがなければ命の極まることはなかったのかもしれぬがのう。

さて、それからしばらく後《のち》のことじゃが、コノハナノサクヤビメはニニギの前に参り出て言うたのじゃ。

「わたくしは、子を身ごもりまして、今まさに生まれ出ようとする時になりました。この腹にいます天つ神の御子は、ひそかに生みなすことなどできません。それでお知らせにあがりました」

それを聞いたニニギは[43]疑《うた》ごうてしもうての、

「サクヤビメよ、そなたは、あの時の一夜《ひとよ》の契りで孕《はら》んだのか。その腹の子はわが子ではないはずだ。かならずや、そこいらの国つ神の子だろうよ」と仰せになったのじゃった。(44)こんなことを言うとは、ニニギもそこいらの男と変わらんよのう。

すると、その言葉を聞いたサクヤビメは、

「わたくしの孕《はら》んだ子がもし国つ神の子であるならば、事もなく生むということなどできないでしょう。もし、わが腹の子が天つ神の御子であるならば、なに事も起こりはしないでしょう」と、そう言い置くとの、すぐさま戸のない大きな殿《との》を作り、その殿の内に入ったかと思うと、土でもってまわりをすっかり塗り塞いでしもうての、いよいよ生まれるという時になると、(45)火をその殿に着け、燃えさかる火の中で子を生んだのじゃった。

そして、その火が燃える盛りの時に生んだ子の名は、(46)ホデリじゃ。この子は、(47)隼《はや》人《と》の阿多《あた》の君の祖神《おや》じゃ。つぎに生んだ子の名は、ホスセリ。つぎに生んだ子の名は、(48)ホヲリ。またの名はアマツヒコヒコホホデミと言うのじゃ。コノハナノサクヤビメは、みなで三《み》柱の子を火の中で生んだのじゃった。(49)母はすごいことをするよのう。

(50)こうして、葦原の中つ国に降りた天つ神の御子は、天つ神の力に加えて国つ神の力をも秘め宿した子を得ることになったのじゃった。

さて、火の中に生まれた兄のホデリは、ウミサチビコ[51]ともいうて、鰭《ひれ》の広く大きい魚《うお》や、鰭の狭く小さい魚を獲《と》り、弟のホヲリは、ヤマサチビコ[51]ともいうて、毛の荒い大きなけものや、毛の柔らかな小さなけものを獲って暮らしておった。

そうしたある日、弟のホヲリが兄のホデリに、

「おたがいに、使っているサチ[52]を換えてみましょうよ」と言うて、しぶる兄に三《み》たびも頼んだが、兄はいい顔をしなかったのじゃ。それでも頼み込んでの、ようようのことに、しばらくの間というてサチを換えてくれたのじゃった。

それで、ホヲリは兄の海サチを使《つこ》うて、魚《うお》を釣ろうとしたのじゃが、いつまで経っても一つの魚も掛からなくての、おまけに、借りた釣り針を海のなかでなくしてしもうた。それで困っておると、兄のホデリが釣り針を返せと言うてきた。

「山サチ[53]も己《おの》がサチサチ、海サチも己がサチサチというておるぞ。さあ、もうサチを元に返しあおうぞ」

その時、釣り針をなくした弟のホヲリは、

「兄上の釣り針は、魚《うお》釣りをしていて一つの魚も掛からないうちに、とうとう海で

なくしてしまいました」と答えるしかなかったのじゃ。

それを聞いた兄は許そうとはせずにの、ただ、返せ返せと迫《せま》るばかりじゃった。それで、困り果ててしもうた弟は、いつも身に佩《は》いておる十拳《とつか》の剣《つるぎ》を鋳潰《いつぶ》しての、五百《いほ》もの釣り針を作って償《つぐな》おうとしたのじゃが、[54]兄は受け取らぬのじゃ。そこで、つぎには千《ち》にもあまる釣り針を作って償おうとしたのじゃが、これも受け取ろうとはせずにの、

「どうしても、貸した元の釣り針を返してくれ」と言うて迫るのじゃった。[55]おのがサチとはそういうものなのじゃ。


さあ、困ってしもうた弟は、泣き悲しんで海辺《うみべ》にたたずんでおったのじゃが、その時に、どこからともなく、[56]シホツチが現れての、

「いかなるゆえで、[57]ソラツヒコは泣き悲しんでござるのか」と問うてきたので、ホヲリは答えて、

「わたしは、兄と釣り針を換えて魚を釣ろうとしたのですが、その兄の釣り針を海の中になくしてしまいました。それで、返せと言われたので山ほどの釣り針を作って償《つぐな》おうとしたのですが、受け取ってくれずに、『なお、その元の釣り針を返せ』

と言うのです。それでわたしは、泣き悲しんでいるのです」と、こう言うて泣きじゃくっておった。

するとシホツチは、

「わしが、そなたのためによき計りごとをお教えしようぞ」と言うての、すぐさま[58]隙間《すきま》なく竹を編んだ小さな籠《かご》の船を造っての、その船にホヲリを乗せて、教えて言うたのじゃ。

「わしが、この船を押し流すから、しばらくそのまま往《ゆ》きなされ。うまく潮の路《みち》に乗るだろうて。その路が見つかったなら、そのまま潮の路に乗って往きに往くと、鱗《うろこ》のさまに屋根を葺いた宮が見えてくるはずじゃが、それが[59]ワタツミの宮じゃ。そして、その神の御門《みかど》に到り着いたならば、そばにある泉《いずみ》のほとりに[60]大きなカツラの木が立っておろうから、その木の上に登って座《すわ》っておるとの、ワタツミの娘がそなたを見つけて、ともに考えてくれるでござろうよ」

それで、教えられたとおりに少しばかり行ったところが、何から何まで教えの通りでの、ワタツミの宮に着くとすぐに、言われたカツラの木の上に登って座っておったのじゃ。

するとそこへ、ワタツミの娘トヨタマビメのそば仕えのおなごが、(61)玉器《たまもい》を持って水を汲みに来ての、水を汲もうとした時に泉の(62)水面《みなも》が光っておったのじゃ。それで、見上げてみると、木の上にうるわしい男がおっての、(63)あやしいと思うほどにうるわしくて、ぼおっとしておった。するとホヲリは、そのはした女《め》を見つめて、水が欲しいのだがと言うたのじゃった。

はした女《め》はすぐさま水を汲むと、玉器《たまもい》に入れて差し出したのじゃ。するとホヲリは、水は飲まずに、首にかけておった玉飾りの玉をひとつ抜き取っての、それをおのれの口に含んだかと思うと、その玉器の中に(64)ぺっと吐き出したのじゃ。そうすると、その玉は、器《もい》の底にくっついてしもうて、はした女《め》にはどうしても引き離すことができなくなってしもうた。

そこで、(65)玉を底につけたままで、トヨタマビメに水を差し上げたのじゃった。するとトヨタマビメは、その玉を見てはした女《め》に問うての、

「もしかして、人が、門《かど》の外にいらっしゃるのですか」と言うので、はした女《め》は答えて言うたのじゃ。

「(66)殿方《とのがた》がいまして、わが泉のほとりのカツラの木の上にいらっしゃいます。比べることもできないほどうるわしい殿方でございます。わが主《あるじ》、ワタツミ様にもまさる

ほどに貴いお方です。それで、そのお方が水を欲しいと申されたので、玉器《たまもい》に入れた水を差し上げましたところ、水はお飲みにならずに、この玉を口に含んで吹き入れなさいました。どうしても引き離せません。それで、玉を入れたままに持ち来て、姫様に差し上げたのでございます」

それを聞いて、トヨタマビメは、あやしいことよと思うて外に出てみたのじゃが、ホヲリを見るやいなやとりこになってしもうての、(67)目と目を見つめ合わせたままでおったかと思うと、すぐさま宮の中にとって返しての、父のワタツミに、

「わが門《かど》にうるわしい殿方がいらっしゃいます」と申し上げたのでの、娘のたかぶりを見抜いたワタツミが、みずから外に出て見ると、すぐにわかったのじゃ。

「この方は、アマツヒコの御子《みこ》、ソラツヒコであるぞ」と言うと、すぐさま宮の内に連れて入っての、(68)アシカの皮の敷きもの八重《やえ》を敷き、その上に絹の敷きもの八重を敷いての、その上にソラツヒコを座《すわ》らせ、その前には、数えきれぬほどのめずらしい品々を積み並べ、また、おいしい召し上がり物を供えて宴《うたげ》を催しての、それが果てると娘のトヨタマビメを妻として差し出したのじゃった。

それで、ホヲリは、(69)三年《みとせ》もの間その国に住みついて、トヨタマビメとともに暮ら

すことになったのじゃ。

さて、時が過ぎての、ホヲリはおのれがワタツミの宮に来たわけを思い出し、大きなため息をひとつついたのじゃった。すると、トヨタマビメがそのため息を耳ざとく聞きつけての、父のワタツミに向こうて、

「今まで三年《みとせ》もの間ともに暮らしていますが、いつもはお嘆きになることなどありませんでしたのに、今夜《こよい》にかぎって、大きなため息をひとつなさいました。もしかして、何か深いわけでもおありなのでしょうか」と言うたのじゃ。

そこで、その父の大神が、その[70]聟《むこ》ホヲリに尋ねることには、

「今朝《けさ》がた娘が語るのを聞いたのだが、『[71]三年《みとせ》もいらっしゃるけれども、いつもはお嘆きになることもありませんでしたのに、今夜《こよい》にかぎって、大きな嘆きをなさいました』ということであった。もしや、何かわけがおありなのか。また、今さらだが、ここに来られたのはいかなるわけがござったのか」と、こう問うたのじゃった。

そこでホヲリは、ワタツミの大神に向こうて、[72]ことこまかに、その兄ホデリがなくした釣り針を返せ返せと責めたてるさまを、すっかり語り聞かせたのじゃ。

するとワタツミは、ことごとくに、海の中の大きい魚《うお》どもも小さい魚どもも呼び

集めての、

「もしや、釣り針を取った魚はいないか」と問うてみたのじゃ。

そうすると、集まった魚どもが答えて言うたのじゃった。

「このごろ、(73)タイが、(74)飲み戸《ど》に(75)のぎが刺さっていて物を食うこともできないと言って辛《つら》がっております。きっと、あいつが釣り針を飲んでしまったのでしょう」

それですぐに、そのタイを呼んで飲み戸を探してみたところが、やはり釣り針が刺さっておったのじゃ。見つかったその釣り針をすぐさま取り出して、きれいに洗いすすいでホヲリに返す時に、ワタツミの大神は教えてこう言うた。


この釣り針を、そなたの兄にお返しになる時に、唱え告《の》ることには、

(76)この釣り針は　　このちは
ぼんやり釣り針　すさみ釣り針　　おぼち　すすち
貧しい釣り針　おろか釣り針　　まぢち　うるち

と、こう言いながら、(77)後《うし》ろ手《で》で返したまえ。

　そうしておいて、その兄が高いところに田を作ったなら、そなたは低いところに田を作りなされ。また、その兄が低いところに田を作ったなら、そなたは高いところに田を作りなされ。そうすれば、われは水を司っておりますから、三年《みとせ》のうちに、その兄はかならずや貧しくなってしまうことでしょう。そして、もし、そうしたのを恨んで攻め戦《たた》こうて来たならば、この(78)塩盈珠《しおみつたま》を出だして溺《おぼ》れさせてしまい、もし、嘆いて謝《あやま》ってきたならば、こちらの(78)塩乾珠《しおふるたま》を出だして水を引かせて生かし、かくのごとくに悩まし苦しめてやりなされ。


　ワタツミはこう教えながら、釣り針とともに塩盈珠《しおみつたま》と塩乾珠の二つの珠をホヲリに授けての、すぐさま、ことごとくに(79)ワニどもを呼び集めて、

「今、(80)アマツヒコの御子《みこ》、(80)ソラツヒコは上の国にお帰りになるところだ。だれが、いかばかりの日数《ひかず》でお送り申し上げ、返り言《ごと》できるか」と問うたのじゃ。

　すると、それぞれ、おのれの身の大きさに合わせて日をかぎって申し上げるなかに、(81)一尋《ひとひろ》ワニが進み出て、

「わたしは、一日《ひとひ》でお送りして、すぐさま帰ってまいります」と申し上げた。するとワタツミは、その一尋ワニに、

「それならば、なんじがお送りせよ。いかなることがあろうとも、海の中を渡るとき、怖がらせたりしてはならぬぞ」と告げての、すぐさま、ホヲリをそのワニ(82)の首に乗せて送り出したのじゃった。

そして、その一尋《ひとひろ》ワニは契り交わしたとおり、たった一日《ひとひ》のうちに上の国にお送りしたのじゃ。そこで、そのワニをワタツミのもとに返す時に、ホヲリは、身に佩《は》いておった紐付きの小刀を解いて、それをワニの首にかけてお返しになったのじゃった。それでの、その一尋ワニを、今でもサヒモチ(83)の神と言うておるのじゃ。

さて、上の国に戻ったホヲリは、何から何までワタツミの教えたとおりにして、釣り針を兄のホデリに返したのじゃ。そのために、ホデリは海サチ(84)から見放されて、日ごと月ごとに貧しくなってしもうての、それがために荒々しい心が芽生えてきて、攻め寄せて来たのじゃった。

そこでホヲリは、兄が攻めようとする時には、ワタツミにもろうた塩盈珠《しおみつたま》を出だして溺《おぼ》れさせ、苦しくなって助けを求めた時には、塩乾珠《しおふるたま》を出だして救うてやった。こうして、教えのとおりに悩まし苦しめると、兄のホデリはとうとう土に頭をこすり付けての、

「わたしは、今からのちは、そなたのために、夜も昼も護り人《ひと》となってお仕えいたそう」と言うて謝ったのじゃ。

それで、ホデリ[85]の末《すえ》の者たちは、今に至るまでも、水に溺れて苦しんだ時のあれ[86]これの惨《みじ》めな態《わざ》を絶えることなくくり返しながら、大君《おおきみ》にお仕えしておるのじゃのう。

　さてある時、ワタツミの娘のトヨタマビメがひとりでホヲリのもとにやってきての、

「わたくしは、すでに身ごもっておりましたが、今まさに、子が生まれる時になりました。これを考えますに、天つ神の御子《みこ》は、海原[87]で生むことなどできません。それで、はるばると上の国に出て参りました」と、こう申し上げたのじゃった。

　そこですぐさま、海辺の渚に鵜《う》の羽根を萱《かや》の替わりに屋根と壁とに葺いて、産屋《うぶや》[88]を作ったのじゃ。ところが、その産殿《うぶどの》がまだ出来あがらないうちに、トヨタマビメの腹があわただしくなってきての、耐えられぬほどになってしもうたのじゃ。それでトヨタマビメは、まだ出来あがらぬ前に産殿に入ってしもうた。そして、もうすぐ生まれるという時になると、トヨタマビメは夫《つま》のホヲリに告げて、

「すべて、よその国の人というのは、子を生む時に臨むと本《もと》の国の姿にもどって子を生むものです。それで、わたくしも今から本の姿になって子を生みます。お願いですから、どうぞわたくしを見[89]ないでくださいませ」と申し上げたのじゃ。ところがホヲリは、かえってその言葉を聞いてあやしいことじゃと思うての、今まさに子を生まんとする、そのところを、葺き残した壁の隙間《すきま》からこっそりと覗[90]き見たところが、トヨタマビメは、八《や》尋《ひろ》[91]もの大きなワニの姿になって這いまわりのたうち廻っておったのじゃ。それを見て驚き畏《おそ》れたホヲリは、あわてて後《あと》ずさりして逃げ出してしもうた。

子を生み終えたトヨタマビメは、ホヲリがおのれの姿を覗き見たことを知って、とても恥[92]ずかしいと思ってしもうての、そのまま産殿《うぶどの》に御子《みこ》を生み置いて、

「わたくしは、いつまでも海の道[93]をとおって通い来て、子を育てようと思っておりました。しかしながら、あなたさまが、わたくしの姿を覗き見てしまわれたこと、これは耐えられないほどに恥ずかしいことでございます」と申し上げると、そのまま海坂《うなさか》[94]を閉じて、ワタツミの宮に帰ってしもうたのじゃった。

それで、そのお生みになった御子を名づけて、アマツヒコヒコナギサタケウガヤ[95]

フキアヘズと言うのじゃ。

しかし、ワタツミの宮に帰った後《のち》も、トヨタマビメは、ホヲリが覗き見した心根《こころね》を恨んではいたが、生んだ子を恋しく思う心を抑えることができなくての、その御《み》(96)子《こ》を育てる縁《ゆか》りの者として、妹のタマヨリビメ(97)を遣《つか》わしたのじゃが、その時に妹に言付けて歌をよこしたのじゃ。その歌というのは、こういう歌じゃった。

赤くかがやく石の玉　紐も赤くは光るとも
(98)ま白な珠にも似た　あなた様の姿こそ
さらに清らに貴くいます

赤だまは　をさへ光れど
しらたまの　君がよそひし
たふとくありけり

するとホヲリも、それに答えて歌を返した。

沖から飛び来る　鴨《かも》の宿る島で
わが誘いてともに寝た　いとしい妹《いも》は忘れない
この世の果てるまでも

おきつとり　かもどく島に
わがゐねし　いもはわすれじ
世のことごとに

それから時は過ぎての、(99)ヒコホホデミは、高千穂の宮で(100)五百《いほとせ》あまり八十歳《やそとせ》もの長い時を生きたのじゃった。

(101)その御陵《みはか》は、高千穂の山の西にあるのじゃ。

さて、その子、アマツヒコヒコナギサタケウガヤフキアヘズは、育ての親でもある(102)叔母《おば》のタマヨリビメを妻としての、生んだ御子《みこ》の名はイツセ。つぎにイナヒ。つぎにミケヌ。つぎにワカミケヌ、またの名はトヨミケヌ、またの名は(103)カムヤマトイハレビコじゃ。みなで四《よ》柱の御子が生まれた。

そして、ミケヌは、波の穂を踏んで(104)常世《とこよ》の国に渡って行《ゆ》き、イナヒは、(105)妣《はは》の国へと言うて、海原《うなばら》に入ってしもうたのじゃった。

(106)さて、神の代の語りごとはここまでじゃという者もおるがの、この老いぼれは、そうは考えてはおらぬのじゃ。ここに生まれたカムヤマトイハレビコを、やつらは大君のはじめじゃと言うておるが、それは違う。イハレビコは中つ国に降りた四《よ》継ぎ目の天つ神の御子じゃで、まだまだ神なのじゃ。その名もカムヤマトと言うてござるしの、語られておる振る舞いもみな神のわざじゃ。
この老いぼれの語りごとに耳をそばだててくれればわかることじゃろうで、あとひと踏んばり、神の代の語りごとを聞いてもらおうかのう。

〈注釈〉

（1）**日継ぎの御子**　原文「太子」とあり、天皇の跡継ぎである皇太子をさす語。その原義は日を継ぐ御子。その「太子」の語がここに初めて登場するのだが、それは、地上平定が完了し、天つ神の地上支配が確定したことを表している。

（2）**子が生まれて**　最初に降りようとしたが荒れていて降りられなかった時から数えれば相当の年数を経ており、子どもが誕生してもおかしくはない。ただここでは、アマテラスの子であるオシホミミではなく、間を一つ飛ばした三代目のヒコホノニニギに統治権が譲られるということが必要だったのではないか。

（3）**アメニキシクニニキシアマツヒコヒコホノニニギ**　天を和らげ（アメニキシ）、国を和らげる（クニニキシ）、天空の日の御子（アマツヒコ）、すばらしいにぎわい（ヒコホノニニギ）という大仰な名をもつアマテラスの孫であるこの神が、最初に地上に第一歩を印した天つ神となる。初代天皇カムヤマトイハレビコ（神武）の曾祖父にあたる神。

（4）**天の八つ辻**　原文に「天の八衢《やちまた》」とある。高天の原からはさまざまな方向に道の分かれるところがあると考えていたようだ。

（5）**光り輝かして**　光り輝く存在は、アマテラスのように秩序をもたらす神の場合もあるが、一方で、恐ろしい妖気を漂わせている場合もある。この場合は、どちらかといえば後者だと判断したのである。二代目のオシホミミもだらしないところがあったが、このホノニニギもお坊ちゃんといった感じで、後ろ楯になる神々がいないと独りでは何もできないのである。

（6）**向かい合うと面で勝つ神**　にらめっこをして絶対に負けない神。裸体をさらし妖艶な踊りで神々を魅了したアメノウズメが、一方では、得体の知れないサルタビコの妖気をはね返してしまうほどの力を顔面に持つ女神だというのは興味深い。おそらく、相手を魅了する肢体と相手を圧倒する顔面がウズメの二面性であるとともに、両者はじつは同じものだということもできる。相手を圧倒する力とは、相手をこちら側に屈伏させることであり、それは、肉体によって魅了してしまうのと同じだからである。そこにウズメのシャーマン性が窺えるはずである。

（7）**サルタビコ**　日本書紀によれば、この神は、口や尻が赤くて鼻がとても長いと描写されており、天狗の前身のような神である。口や尻が赤いというのは、サル（猿）からの連想か。最初に待ち構える国つ神で新たな対立関係が生じるかと思わせるが、従順な神で拍子抜けするほどである。しかし、そうなってしまうのは、アメノウズメの顔面の力がサルタビコを凌いでいたからである。

（8）**草薙の剣**　スサノヲが退治したヤマタノヲロチの尾から出現した剣。勾玉と鏡とを加えた三つが、いわゆる天皇家の「三種の神器《じんぎ》」と呼ばれるレガリア（王位を表す宝物）である。

（9）**オモヒカネは**　天の岩屋の神話以来もっとも重要な思慮の神として登場するが、この神はあくまでも抽象的な神格で、現実にいずれかの氏族によって祀られていたというような神ではない。ここでは、アマテラスの分身としての鏡を奉祭する神として任命されるが、それも思慮に優れた神だからであろう。直前に「常世のオモヒカネ」とあるのは、そうした思慮深さを称える表現か。

（10）**この二柱の神**　原文には「此二柱神者」とあるだけで、神の名は記されておらず、二神がどの神を指すかについては諸説があって定説をみない。ひとまず、西郷信綱の解釈に従って、サルタビコとウズメとみなしておく。

（11）**さくくしろ**　五十鈴という地名にかかる枕詞。栄えにぎわう釧（くしろ＝腕輪）の意で、五十鈴にかかる。鈴の付いた釧は発掘品などにみられる。五十鈴の宮は、のちの伊勢神宮の内宮《ないくう》をいう。

（12）**トユウケの神**　ウケ（ウカ）は穀物の意で、トユはトヨ（豊）の転訛でほめ言葉。トユウケ（トユケとも）の神は、伊勢神宮の内宮に祀られている天照大御神の御食《みけ》を奉る神として外宮《げくう》に祀られている。

（13）**度相**　度会のこと。伊勢神宮のあるあたりの地名。伊勢神宮の祭祀を司る一族は、その地を本拠とする度会氏である。

（14）**佐那の県**　三重県多気郡多気町あたりの古い地名。

（15）**中臣の連**　中臣氏は朝廷の祭祀を司る一族で、藤原氏の本家にあたる。宮廷祭祀を一手に掌握した。中臣の名は、神と人との間に立って両者をつなぐ者の意である。

（16）**忌部の首**　忌部（斎部）氏も、中臣氏と並んで宮廷祭祀を司った一族。後には、中臣氏に圧倒されて宮廷での勢力を失墜させてゆく。

（17）**猿女の君**　祭祀にかかわる巫女の一族。

（18）**天の浮橋**　前にも出てきたが、高天の原と地上との間の天空に浮かぶ宇宙ステーション。

（19）**高千穂**　宮崎県の高千穂とも鹿児島県の霧島ともいわれるが、現実の地名と考える必要はなく、九州の、日に向かうすばらしい土地にある、神の降臨するにふさわしい山であればよい。

（20）**アメノオシヒとアマツクメ**　のちに語られているように、この二神は、大伴氏と久米氏との祖先神である。この二氏は、同族の戦闘集団として天皇家に仕えた氏族である。

（21）**大きな瘤の付いた太刀**　原文に「頭椎《かぶつち》の太刀」とある。柄《つか》の部分が瘤状になっている太刀で、発掘品にも同様の刀剣がある。

（22）**韓の国**　朝鮮半島をさす。韓の国に向きあう地ということからみれば、降りたところは九州北部ということになるが、実際は九州の南部を舞台にしており、現実の版図とは重ならない。

（23）**笠沙**　今、鹿児島県薩摩半島の南端の地名（南さつま市笠沙町）にあるが、おそらく、その地名は後に名付けられたものであろう。要するに、太陽がいつも輝き続けるのが、もっともすばらしい土地なのである。

（24）**朝日が……、夕陽が……**　これは、土地ぼめの定型表現として、神話や祝詞などにしばしば使われる決まり文句。

（25）**名をいただき**　サルタビコのサルという名を自らの氏族の名（猿女）にしたというのである。名を得るということは、相手の力を身につけることを意味する。

（26）**すこし間抜けな**　この一句は内容を判断して加えたものだが、サルタビコには伎人《わざおぎ》的な烏滸《おこ》性が見受けられる。芸能者的な性格を持つのではなかろうか。先にふれた赤い口や尻、高い鼻も、あるいは、この一族が化粧をするか、仮面を付けていたからではないかと想像される。以下に語られる溺れるさまは、この後に語られる、ホデリ（海幸彦）の子孫たちが演じたという服属の儀礼（注86参照）を連想させる。

（27）**阿耶訶**　三重県松阪市の伊勢湾に面した地名。

（28）**ヒラブ**　ヒラブ貝というのが今の何貝にあたるかは不明だが、シャコガイのような大きな二枚貝をいうのだろう。

（29）**ソコドクミタマ・ツブタツミタマ・アワサクミタマ**　底に届く御魂《みたま》、水泡が立つ御魂、水泡が弾ける御魂の意。そういう名の神が生まれたというのか、その時のサルタビコや渦まく泡の様子を写した表現か判然としないのだが、「神」が生まれたとは書かれていない。

（30）**鰭の広く大きな魚も、鰭の狭く小さな魚も**　原文に「鰭《はた》の広物、鰭の狭物《さ》」とあり、これは、祝詞などで海の幸を讃えるときの決まり文句。山の幸をいう時には、「毛の荒物《あら》、毛の和物《にこ》」という。

（31）**ナマコ**　海にいる、あのナマコのこと。ナマコに口があることの起源譚だが、サルタビコの溺れた話も、このナマコの口の話も、独立した笑い話として語られていたものではなかろうか。

（32）**島の速贄**　志摩の国から宮廷に届けられる飛脚便の海の幸。各地から奉られる特産品を贄という。なかでも、伊勢湾の海の幸は極上品であった。

（33）**ちと話が**　この一文、補入。本筋の流れにこうしたエピソードを組み込んで、古事記の神話や説話は構成されている。そこに、音声による語りの自在さを見出すことができる。

（34）**コノハナノサクヤビメ**　開花した木の花（桜）の女神で、美と短命（時間性）の象徴。同じくオホヤマツミを父とする女神として、コノハナノチル（散る）ヒメが前に出てきた。本名のカムアタツヒメのアタは地名＝氏族名で、隼人一族の名を背負っている。

（35）**兄弟はいるか**　神や天皇がきれいな女性に出会い「誰の娘だ」と尋ね、相手が「△△の娘、○○です」と答えるのが、こうした求婚譚のお決まりだが、ここの場合のように、「兄弟はいるか」という問いを発する例は他にない。これは、イハナガヒメへの展開を前提にした問いである。

（36）**イハナガヒメ**　原文「石長比売」で、岩石の女神。醜さと永遠性とを象徴する。

（37）**山ほどに盛り上げたいくつもの契りの品**　原文「百取《ももと》りの机代《つくえしろ》の物」とあり、机の上に載せたさまざまな結納品のこと。この場合は、娘の父が相手の男に与えており、聟取り的な性格をもつといえようか。

（38）**ところが**　以下に語られるのは、植物と石との対比によって木を選んだ人間の寿命の短さを語る神話だが、この系統の神話は「バナナ・タイプ」と呼ばれ、類似の神話がポリネシアなど南太平洋一帯に語られている。ふつう、バナナと石によって語られるが、この神話では、花（桜）と岩石とによって語ることで、時間だけではなく美醜をも抱え込むことになった。

（39）**一夜の契り**　一回の交わりによる妊娠は神の子の誕生を語るときの一つのパターン。

後に、この一夜が問題になる。

(40) **詛いの言葉**　原文には「詛」という文字は使われていないが、言葉の呪力を表す場面である。呪力を籠めて発した言葉はおそろしい力を発揮する。ちなみに、同じ場面を描く日本書紀には、「詛《とご》いて」とか、「唾《つば》き泣きて」と語られている。唾を吐くのは、詛いや誓いなどの際に行う呪術的な行為。

(41) **大君たちの命**　原文には「天皇《すめらみこと》等の御命」とあり、スメラミコトは天皇の呼称（スメラは統《す》べると同じ）。日本書紀では「世人の短折き縁《いのちみじか》」としてこの神話を語っており、人間一般の寿命の起源になっている。一方、古事記では、人は草と同じで死ぬものだという認識が明確にあるためか、ここは永遠であるはずの「天つ神」の子孫である「すめらみことたち」の寿命の起源として語られている。いうまでもないが、「バナナ・タイプ」の神話（注38参照）で語られているのは、人間一般の寿命である。

(42) **まあのう**　以下の一文、語り部の独白。

バナナを食べることによって植物の寿命を与えられた人と同じように、天皇もまた、コノハナノサクヤビメという植物と結婚することによって（結婚するのと食べるのとは比喩的には同じこと）植物の寿命を与えられることになる。ということは、この神話は、地上に降りたとたんに、天皇も「青人草」＝人にならざるをえなかったのだということを語っていると読めるだろう。

(43) **疑ごうて**　妊娠したのを疑う話は他にもある。子を生むことのできない男の側の不確かさや不安を反映しているのだろう。その場合、一晩で何度交わったかということが問題になる例もある（日本書紀、雄略天皇元年条）。

（44）**こんなことを**　この一文、語り部の独白。

（45）**火をその殿に着け**　火を焚いて子を生むという出産の習俗を引き合いに出して説明する注釈書などもあるが、ここはあくまでも信じられないような手段によって、宿した子がニニギの子であることを証明しようとしているのであり、現実の習俗などとは無関係である。前にも出てきた「ウケヒ」の一種とみてよい。

（46）**ホデリ**　海幸彦のこと。

（47）**隼人**　九州南部の辺境に住む人々を指す呼称。中央（朝廷）の側の差別的な認識による命名で、北の辺境に住む者を「蝦夷《えみし》」と呼ぶのと対《つい》になる。

（48）**ホヲリ**　山幸彦のことで、次の主人公になる。神話や昔話では、男の場合も女の場合も、いつも主人公は年下の弟や妹である。オホナムヂやコノハナノサクヤビメもそうであった。

（49）**母は**　この一文、補入。

オホナムヂの母神の「乳《ち》の汁」（其の三、注66参照）もそうであったが、神話の中には生む性としての母が強調される話が多い。

（50）**こうして**　この段落も補った。

天つ神一族は、オホヤマツミの娘との間に子をなすことによって山（陸地）の力を手に入れ、次に語られる神話ではワタツミの娘との間に子をなすことで海の力を手に入れる。その山と海、つまり地上世界のすべてを継承することによって、地上の支配者としての正統性と支配権とを獲得し、初代天皇カムヤマトイハレビコを誕生させることができたのである。

（51）**ウミサチビコ・ヤマサチビコ**　海幸彦（ホデリ）と山幸彦（ホヲリ）である。この名前は、ここにだけ登場し、他の部分には見られない。この神話も、稲羽のシロウサギの神話と同様に、もとは独立した民間伝承であったと思われるが、そのもともとの伝承の主人公の名前が、ウミサチビコとヤマサチビコだったのかもしれない。

（52）**サチ**　ここでは、狩猟・漁撈のための道具をサチといっているが、山や海で獲った獲物もサチという。道具と獲物とが一体化しているわけだが、それが道具を使う者とも一体化しているということは、ヤマサチビコ（山幸彦）・ウミサチビコ（海幸彦）という彼らの名前からも知られる（猟夫＝サツヲのサツも同じ）。だからこそ、兄は道具の交換に応じようとはしないのである。

（53）**山サチも己がサチサチ、海サチも己がサチサチ**　諺《ことわざ》のようなものか。山や海の獲物は、自分のサチによらなければ獲れないものだという意。

（54）**兄は受け取らぬ**　釣り針の形をしているだけでは、サチ（獲物）を獲るためのサチ（道具）にはならないのである。この場面、子ども向けの絵本などでは、意地悪な兄を語るのに欠かせないが、兄の行為は、サチに対する古代的な観念からいえば、それほど不当で意地悪な要求とばかりはいえないのである。

（55）**おのがサチ**　古事記の文脈に収められると、絵本と同じく、兄の要求は不当なもののようにもみえるし、民間伝承における兄と弟との関係からみても、意地悪な兄という印象が払拭できないのは確かだが、別の見方をすれば、身勝手な弟に振り回されるかわいそうな兄の物語というふうにも読める。なお、この一文は語り部の独白。

（56）**シホツチ**　潮（シホ）の（ツ）霊力（チ）の意で、潮の流れを支配する神。

（57）**ソラツヒコ**　空の男の意。ソラとアメとは違うのだが、ここは、天空から降りてきた神の意で用いているのだろう。

（58）**隙間なく竹を編んだ小さな籠の船**　原文には「无間勝間《まなしかつま》の小船」とあり、カツマ（カタマとも）は竹籠の意だが、ここは、目のない（マナシ＝目無し）竹籠であり、海中に潜ることのできる潜水艦のような船をイメージしているのだろう。海底にあるワタツミの宮に行くための船である。昔話「浦島太郎」のように亀の背に乗って海底の龍宮城へ行ったら溺れてしまうはずだ。

（59）**ワタツミの宮**　ワタは海原の意、ツは格助詞で「〜の」の意、ミは神格を表す接尾辞。ワタツミという語だけで「海の神」の意になる。そのワタツミの住む宮殿がワタツミの宮である。根の堅州の国、常世の国に対して、ワタツミの国という呼び方はしない。国＝クニは大地という意が第一義的にあり、そのために、ワタツミと高天の原はクニ（国）とは呼べないのである。

（60）**大きなカツラの木**　原文にはユツカツラとあり、前にも、ナキメが降りてきた時、アメノワカヒコの宮の門の傍にユツカツラの木があった（其の五、注19参照）。神の降臨する聖なる木である。とくに、ここで語られるように泉のほとりにある木には神が依りついてくる。

（61）**玉器**　立派な水瓶。モイ（モヒ）は、水を入れるうつわをいう語。

（62）**水面が光って**　水面に映る姿を見るというのが重要らしい。また、その姿が光っているというのは、高貴な存在であることを語るために必要なのである。光源氏やかぐや姫もそうである。

（63）**あやしい**　不審なという意味ではなく、霊妙なる力を感じるときにいう表現。今までにもしばしば出てきた。

（64）**ぺっと吐き出した**　原文には「唾き入れ」とある。ツバ（唾）といっしょに吐き出すと呪力が込められるのである。

（65）**玉を底につけたままで**　おそらく、これは失礼な行為なのであろうが、それとともに不思議な力を感じさせるものでもある。

（66）**殿方がいまして**　以下、はした女は外で起こった出来事をそっくり語っている。このように、まったく同じ内容をくり返すのが語りの表現の一つの特徴である。今までにもシロウサギの語りなど同様の表現は多く、ここからも古事記のもつ音声的な語りの性格が窺えるのである。

平安時代の物語類においても、高貴な女性を手に入れるには、そば仕えの女たちを取り込むことが重要な攻略法である。ここでも、はした女に気に入られることによって事は成就することになる。

（67）**目と目とを見つめ合わせた**　原文に「目合《まぐはひ》して」とあり、ここは、目と目とを互いに交叉させること。前に出てきたオホナムヂとスセリビメとが出会った場面では、「目合」がそのまま肉体的な契り（「相婚」）へと進んでしまったが（其の三、注73参照）、ここは、結ばれる前に父の許しを得るという自制的な展開になっている。意地悪な見方をすれば、娘が父親に所有されてしまった状況を語っているともいえる。だから、父の意志によって、娘はホヲリに差し出されるのである。

（68）**アシカの皮**　原文に「美知《みち》皮」とあり、日本書紀には「海驢」とあって、ミチという訓注が付けられており、海獣のアシカである。アシカは近世頃までは日本列島近海に生息しており、その毛皮は珍重された。ここにアシカの皮が出てくるのは、ワタツミが海を支配する神だからである。

（69）**三年**　異界での滞在期間を三年と語る例は多い。三と八は、神話においてもっとも多用される数字であり、短く少ないのが「三」、大きく長いのが「八」で表現される。「嘘の三八」という諺も、このあたりに出自があるのだろうか。

それにしても、ホヲリは、兄の釣り針のことをすっかり忘れて三年間の結婚生活を送るということからいえば、けっこういい加減な男である。

（70）**聟**　原文に「聟夫」とある。ホヲリは入り聟のかたちでトヨタマビメと結婚していたのである。古代の婚姻形態が入り聟（聟入り婚）であるということはしばしば強調されることだが、必ずしもすべてが入り聟であったわけではなく、嫁入り婚のかたちも存在する。古代の日本列島における家族関係は、均質的に母系社会であったというよりは、母系も父系も存在する双系（双方）的な社会だったらしい。それが、中国から律令制度を導入するとともに、一気に父系制に移っていった。

（71）**三年も**　ここでも、娘の言った言葉が父によってくり返されている。

（72）**ことこまかに**　ここでは、釣り針をなくした事情をくり返して語ることが省略されている。こうした文体は、書くことによって可能になったのかもしれない。ただ、釣り針をなくした事情については、本文の流れの中で語っているほか、シホツチへの説明でも同じ内容をくり返しているために、ここでは省略されたらしい。くり返しも、あまりしつこくなりすぎると効果がなくなる。

（73）**タイ**　タイ（鯛）は古代でももっとも貴重な海の幸であった。他には、先に出てきたスズキをはじめ、カツオ、シビ（マグロ）などが代表的な海の幸である。また、クジラは、イサナ（勇魚）とも呼ばれるが、「イサナ取り」は海の枕詞になるから、海のシンボルと考えられていたのであろう（其の七の歌謡にクジラが歌われている）。

（74）**飲み戸**　ノミドがつづまってノド（喉）という語になった。ト（戸）は出入り口をいう。

（75）**のぎ**　トゲ（棘）のこと。ここは、のどに刺さった魚の小骨をいう。奄美諸島には「ニギ」という方言が残っており、「にぎ口」という、のどに刺さった小骨を取り除くための呪文がたくさん伝えられている。

（76）**この釣り針は**　以下は、詛《のろ》いの文句。原文「ち」は、サチのチで、ここでは釣り針のこと。オボチのオボは、おぼろ（朧）などと同じくぼんやりしたさま。ススチのススは、「すさむ」などと同根の語で、よくないほうへどんどん進んでいってしまうこと。マヂチのマヂは、マヅシイ（貧）と同じ。ウルチのウルは、オロカ（愚）のオロと同根の語。要するに悪口を並べたてているのである。

（77）**後ろ手**　向きあって相手に渡すのではなく、後ろ向きになって相手に物を渡す行為。呪詛する時は、日常とは逆の行為をすることが多い。前に、「逆手《さかて》を打つ」という行為があった（其の五、注60参照）。

（78）**塩盈珠・塩乾珠**　満潮を起こす珠と干潮を起こす珠。ワタツミは水界を支配する神であり、その霊力を象徴する呪宝。「打出の小槌」のように、何でも願いの叶う宝物などという発想はおそらく新しいものである。

るだろう。

(79) **ワニ**　前に、稲羽のシロウサギの神話にも出てきたが、ワニは、フカやサメをいう語。方言としても残るし、鰐淵など「鰐」という字の付く地名や苗字もこのワニに由来するだろう。

(80) **アマツヒコ・ソラツヒコ**　天つ神を指す呼び名。ここでは、アマ(天)とソラ(空)とをほぼ同義で用いている。

(81) **一尋ワニ**　一尋は、両手を広げた時の指から指までの長さをいう。一尋ワニより八《や》尋《ひろ》ワニのほうが大きくて速そうだが、ここは、一尋に対して一日というかたちの語呂合わせによって語られている。

(82) **ワニの首に乗せて**　ワタツミの宮は海底にあるのだから、水の中を潜ってゆくはずで、往路では用意周到に、シホツチの作った潜水艦のような船でワタツミの宮に向かって行った。ところが、帰路では息ができないというようなことは忘れられている。あるいは、水平線の彼方にワタツミの宮があるという認識もあったのかもしれない。ただし、ある部分ではきわめて論理的、合理的でありながら、一方で、現実を平気で飛躍してしまうのが神話や昔話の発想でもある。

ちなみに、ワニ(フカやサメ)の背に乗るという発想は、民間伝承にしばしば見られるもので、難破した男がフカに送られて家に帰り、それ以来フカを食べないというような伝承が沖縄など各地に伝えられている。

(83) **サヒモチの神**　サヒは刀のこと。これは、フカやサメの歯牙のことだとも、ピンと立った背びれのことだとも言う。ただ、首にかけたというところを重んじて考えると、あるいは、シャチ(鯱)の首のあたりにある刀状の白い模様(スポーツ用品メーカーのナイキのマークのような）を指しているのかもしれない。アイヌでは、山の神であるクマに対して海の神はシャチである。

（84）**海サチから見放されて**　呪詛された釣り針は本来の呪力がなくなってしまうので、サチを得ることができないのである。意味を補うために、この句を訳し加えた。

（85）**ホデリの末の者たち**　系譜を語る部分にあったように、ホデリは、隼人の阿多《あた》の君の祖先神である。

（86）**あれこれの惨めな態**　隼人が服属儀礼として天皇の前で演じる舞は「隼人舞」と呼ばれて宮中に伝えられていた。隼人に限らず、贄《にえ》を献上したり、服属した一族は、定期的に大君（天皇）の前で服属のいわれを語ったり演じたり、服属したりすることによって、服属の誓いを再確認しなければならない。それが服属儀礼である。隼人の服属は比較的新しかったのではないかとみられており、七世紀後半の天武天皇の時代あたりから、こうした儀礼が行われ、天皇の行幸の際には犬の遠吠えをしたりして仕えたということが記録に残されている。

（87）**海原で生むこと**　ここで夫方と母方のいずれで子を生むかということが問題になっているのは、生む場所によって子の帰属権が決定されるからではないか。つまり、この場合、生まれる子は天つ神の子として天皇家の側に帰属しなければならないから、海原で生むことはできないと言っているのである。そういえば、現在でも、妻は実家に戻って子を生むことが多いようだが、こうした習俗も、子の帰属権が母方にあるという母系的な性格を残存させているためかもしれない。なお、日本列島が父系を優位にしていったのは、前に述べたように（注70参照）、律令制度の導入によるところが大きいが、より根源的な理由としては、天皇家が男系（父系）を志向したということによるだろう。ただし、天皇家がもとから男系継承をとる一族だったかどうかは明らかではない。

(88)**産屋**　出産するために妊婦が籠もる建物。下記の産殿も同じ。死者を安置するための喪《も》屋《や》と同様、日常の建物とは別に準備された。

(89)**見ないで**　黄泉の国の神話にもあったが、「見るな」のタブーは神話や昔話に多い。そして、タブーは必ず破られることによって物語は展開するのである。そういう点からいえば、「見るな」は見て下さいというのと同じ。

(90)**覗き見た**　「覗き見」のモチーフも伝承世界には多い。昔話「鶴女房(夕鶴)」のように、覗き見こそが真実の姿を見るための手段になるのである。

(91)**八尋**　実数というより、「八」は大きなもの、すばらしいものをほめる時の神話的な聖数。

(92)**恥ずかしい**　イハナガヒメを返されたオホヤマツミもそうであったが、「はじ(恥)」と感じた場合、相手との関係を断絶するという展開をとることが多い。それは、辱められることが存在を否定されることと同じだからである。

(93)**海の道**　ワタツミと地上との間には通路があったが、今はその道が閉ざされてしまったと語るのが起源神話のスタイルである。

(94)**海坂**　サカは、「サカヒ(境)」のサカと同語で境界の意。いわゆる傾斜した道(坂道)に限定されないことは、黄泉つ平坂に同じ。

(95)**アマツヒコヒコナギサタケウガヤフキアヘズ**　渚に建てた鵜の羽根の屋根が葺き終わっていない子という名。物語の内容を背負った名を持つ神名は他にもあった。アマツヒコは天つ神の子孫を表すほめ言葉。

(96) **御子を育てる縁りの者**　子の養育権が男の側にあるか女の側にあるかという点についていえば、どちらもありうるが、ここは母の側に養育権があったということになる。なお、養育権は、注87で述べた帰属権とは区別される。

(97) **タマヨリビメ**　原文は「玉依毘売」で、玉（魂）の依りつく女の意。タマ・ヨリは神を依せる巫女に多い名前である。

(98) **ま白な珠**　真珠をいう。

(99) **ヒコホホデミ**　ホヲリ（山幸彦）の別名。

(100) **五百あまり八十歳**　ずいぶん長命だが、ここから年齢が記され出すのは、天つ神の御子が、神から人へと近づいたことを示している。天つ神の御子が寿命を持つようになったのは、前に語られていたオホヤマツミの呪詛の言葉に起源をもつ。

(101) **御陵**　これは、後の天皇の場合と同じ記載法である。ヒコホホデミ（ホヲリ）は天つ神から天皇への繋ぎのような役割をしている。

(102) **叔母**　オバが援助者になることは多いが、結婚相手になるのはめずらしい。逆に、オジとメイとは結婚対象として存在する（天武と持統など）。

(103) **カムヤマトイハレビコ**　初代天皇神武の本名。倭《やまと》の磐余《いわれ》（地名）の男の意。あるいは、倭の「謂《いわ》れ」を背負う男の意かもしれない。カムという呼称がついているように、多分に始祖神的な存在である。

(104) **常世の国**　水平線の彼方にあるユートピア。スクナビコナの渡っていった世界（其の四、注40参照）。

(105) **妣の国**　前にもあったが（其の二、注8参照）、「妣」という漢字は死んだ母の意。

ちなみに、死んだ父は「考」。

（106）**さて** 以下の二段は語り部の独白。

三巻から成る古事記は、その上巻をここで閉じ、カムヤマトイハレビコ（神武）以降を中巻に収めている。しかし本書では、古老が語っているように、カムヤマトイハレビコの伝承を神々の世界として位置づける。

其の七　東へ向かうイハレビコ——征服する英雄

カムヤマトイハレビコと、同じ母タマヨリビメから生まれた兄のイツセとの二《ふた》柱の御子は、高千穂の宮に坐《いま》して話し合《お》うての、そこでイハレビコは、兄イツセに言うたのじゃ。

「いかなる地《くに》に住まいすれば、平らかに天《あめ》の下の(1)まつりごとを治めることができましょうか。ここから出で(2)東《ひんがし》に行きませんか」

そして、二人はすぐさま日向《ひむか》の高千穂の宮を発って筑紫《つくし》に向こうたのじゃった。

さて、海を北に向こうて(3)豊《とよ》の国の宇沙《うさ》に到り着くと、その土《くに》の人(4)ウサツヒコとウサツヒメの二人が、(5)足が一つしかない高い宮を作り、大きな宴《うたげ》を催しての、巡り来たイハレビコとイツセをもてなしたのじゃった。

その後《のち》、そこから少し西に移り進んで筑紫の(6)岡田の宮に一年《ひととせ》坐《いま》しての、つぎには、その国から東へ向こうて行って、(7)安芸の国の多祁理《たけり》の宮に七年《ななとせ》坐したのじゃ。そして、またもその国から東へと上り行き、吉備《きび》[8]の高島の宮に八年《やとせ》も住まいしたのじゃった。東[9]への道は遠いよのう。

そして、その国を離れて、なおも東へと上り行こうとした時に、亀の背《せ》[10]に乗り、釣りをしながら羽ばたき来る人と、速吸《はやすい》の門《と》[11]で出会《でお》うたのじゃった。そこで、その人を近くに呼び寄せて、

「お前はだれだ」と問うと、

「われは国つ神であるぞ」と答えたので、

「お前は海の道を知っているか」と問うとの、

「よく知っておる」と言うのじゃった。

そこでイハレビコが、重ねて、

「お伴に仕えないか」と問うと、

「お仕えいたそう」と答えたのでの、船の棹《さお》を差し伸べてイハレビコの船に乗り移らせて、すぐさま名を与えての、サヲネツヒコ[12]と名付けなさったのじゃ。これは、倭《やまと》の国造《くにのみやつこ》どもの祖《おや》じゃ。

そうして、またその国から東へと上り行き、(13)浪速《なみはや》の渡りを経て、青雲《あおくも》のきれいな白肩《しらかた》の津《つ》に泊《は》てたのじゃ。するとこの時に、(14)登美《とみ》に住むナガスネビコが、軍《いくさ》の備えをして待ち迎えて挑んできたのじゃった。そこで、船の中に備えてあった楯《たて》を取り出して、船を下りて浜に楯を立てたのじゃ。それで、そこを名付けて、(15)楯津《たてつ》と言うのじゃ。今に、日下《くさか》の蓼津《たでつ》と言うておるところじゃ。

さて、そのトミビコと戦《たた》こうた時にの、イツセは、手にトミビコの強い矢を受けてしもうた。それでイツセは、

「われは、日の神の御子《みこ》として、日に向かって戦うのが良くないのだ。ゆえに、賤《いや》しい奴《やっこ》のために痛手《いたで》を負《お》うてしまった。今から行き廻って、(16)背に日を負うて戦おうぞ」と言うての、南の方《かた》に廻りこんで行った時に、(17)血沼《ちぬ》の海に到っての、イツセはその傷ついた手を洗い清めたのじゃ。それで、そこを血沼の海というておるのじゃ。

そこからまた行き巡り、(18)紀《き》の国の男《お》の水門《みなと》に到り着いての、イツセは、

「賤《いや》しい奴《やっこ》に手傷を負《お》わされて死んでしまうのか」と言うて、男叫《おたけ》びして死んでしもうた。それで、その水門《みなと》を名付けて、男《お》の水門と言うのじゃ。墓は、紀の国の(19)竈《かま》山《やま》じゃ。

　さて、兄に死なれたカムヤマトイハレビコは、そこからも巡り行き、熊野(20)の村に到り着いた時に大きなクマ(21)がふと現れ出たかと思うと、たちまち姿を消してしもうた。すると、カムヤマトイハレビコはにわかに病いに襲われ、連れておった軍人《いくさびと》どもも、みな倒れ臥《ふ》してしもうた。

　するとこの時、熊野のタカクラジ(22)が、ひと振りの太刀を持ち、天《あま》つ神の御子が病いに臥せっているところにやってきての、その太刀を奉ったところが、天つ神の御子はすぐに目覚め、

「長いあいだ、寝てしまったことよ」と言うたのじゃった。

　そして、その太刀を受け取ったかと思うと、あの熊野の山の荒ぶる神は、手を下すまでもなく、皆おのずと切り倒されてしもうた。そして、倒れ臥しておった軍人《いくさびと》どもも、ことごとに目覚めて起き出したのじゃった。

　そこで、天つ神の御子は、あらためて、その太刀を得たゆえを問うたところが、タカクラジは答えて、つぎのごとくに見た夢(23)の話をしたのじゃ。

　わたくしは夢を見ました。

アマテラスの大神とタカギの神との二柱《ふた》のお言葉で、タケミカヅチ(24)を呼び出

して仰せになりました。

「葦原《あしはら》の中つ国はひどく騒がしいありさまである。わが御子たちも苦しんでいるらしい。その葦原の中つ国というのは、先にすっかりと、なんじが言向け平らげた国である。ゆえに、なんじタケミカヅチよ、降《くだ》り行け」

するとタケミカヅチは答えて、

「われが降らなくとも、ただ、その国を平らげた太刀さえあれば事足りるので、この太刀を降《お》ろし与えてください。[25]そして、この太刀を降ろし下すさまは、タカクラジの倉の屋根に穴を開け、そこから落とし入れるのがよろしいでしょう」と言われました。そして、続けて、

「それだからタカクラジよ、なんじは朝の目覚めも爽《さわ》やかに、倉の中の太刀を取り持ち、天つ神の御子に差し上げなさい」と仰せになったのです。

そこで、夢の教えのままに夜明けにわが倉を見てみましたところ、まことに、太刀がひと振り置かれていました。そこで、この太刀を持ち来たって差し上げたのでございます。

とまあ、かくのごとくに、タカクラジは夢に見た教えを申し上げたのじゃった。

(26)ああ、そうじゃ、この太刀の名はサジフツと言うのじゃ。またの名はミカフツと言い、またの名はフツノミタマとも言うておる。今、この太刀は石上《いそのかみ》の神の宮に坐《いま》すよのう。

すると、そこにまた、タカギの大神の言葉が聞こえてきての、

「天つ神の御子よ、ここから奥の方《かた》に入ってはいけませんぞ。荒ぶる神がひしめいているからだ。今すぐに、天《あめ》より(27)ヤタガラスを遣わそう。かならずや、そのヤタガラスが導いてくれるであろう。御子は、ヤタガラスの発《た》ち行く後《あと》をたどり行きなされ」と言うたのじゃった。

それで、その教えのままに、高天の原から遣わされたヤタガラスの後ろについて出かけて行くと、吉野の河の河(28)上に到り着いたのじゃ。するとその時、河で(29)筌《うえ》をしかけて魚《うお》を取る人がおった。そこで、天つ神の御子が、

「なんじは誰だ」と問うと、

「わたしは国つ神で、名は(30)ニヘモツノコと言います」と答えた。これは、阿陀《あだ》の鵜《う》養《かい》の祖《おや》じゃ。

そこから巡り行くと、つぎには、(31)尾の生えた人がおって、泉の中から出てきた。

見ると、その泉が光っておった。そこで、

「なんじは誰だ」と問うと、

「わたしは国つ神で、名はヰヒカ[32]と言います」と答えたのじゃ。これは、吉野の首《おびと》らの祖《おや》じゃ。

そこからも巡って山の中に入って行くと、またも尾の生えておる人に出《で》会《お》うた。この人は、大きな岩を押し分けて出てきたのじゃ。そこでまた、

「なんじは誰だ」と問うと、

「わたしは国つ神、名はイハオシワクノコ[33]と言います。今、天つ神の御子がお出でましになったということを聞きました。それでお迎えに参ったのです」と答えたのじゃ。これは、吉野[34]の国巣《くず》どもの祖《おや》じゃ。

そこから山を踏み越えての、宇《う》陀《だ》[35]に出たのじゃ。それで、そこを宇陀の穿《うかち》[36]と言うておる。

さて、その宇陀には、エウカシ[37]とオトウカシという二人の兄弟《はらから》が住んでおった。そこで、まずヤタガラスを遣わしての、二人に問うて、

「今、天つ神の御子がお出ましになった。なんじどもはお仕えいたすか」と言わせ

たのじゃ。

すると、それを聞いたエウカシは、鳴り鏑《かぶら》を構えて、その使いのヤタガラスに射かけて追い返してしもうた。そこで、その鳴り鏑が落ちたところを、訶夫羅前《かぶらざき》と言うておるのじゃ。

そうして、エウカシは待ちかまえて天つ神の御子を撃とうと言うて、軍《いくさ》を集めたのじゃ。しかし、思う通りに軍人《いくさびと》を集めることができなかったのでの、お仕えしますと偽《いつわ》りを言うて大きな殿《との》を作り、その殿の中に堕《お》(38)としのしかけを作り備えての、天つ神の御子を待っておったところが、オトウカシが先回りしてイハレビコを出迎え、地《つち》に伏しての、

「わが兄エウカシは、天つ神の御子の使いを射《い》返し、待ちかまえて攻めようとして軍人《いくさびと》を集めましたが、集めることができなかったので殿を作り、その内に堕としのしかけを張りめぐらして待ちうけ、御子を殺そうとしています。そこで、先回りしてお迎えし、兄の悪巧《わるだく》みを明かしましてございます」と申し上げたのじゃった。(39)オトウカシは、兄を裏切ったということになるよのう。

そこで、天つ神の御子にお仕えする大伴の連《むらじ》らの祖《おや》のミチノオミと、久米の直《あたい》らの祖のオホクメの二人が、エウカシを呼び出し、

「おのれが作り、お仕え申すという大殿《おおとの》の内に、おのれがまず入って、そのお仕え申し上げるさまを明らかにいたせ」とののしり言うて、腰に佩《は》いた太刀の柄《つか》を握りしめ、矛を突きつけ矢をつがえて殿の内に追い入れたのでの、エウカシは、おのれが作った堕としに掛かって潰《つぶ》されて死んでしもうた。すると、ミチノオミとオホクメの二人は、すぐにエウカシの骸《むくろ》を殿から引きずり出したかと思うと、(40)八つ裂きにして切り刻んでしもうた。それで、そこを(41)宇陀《うだ》の血原《ちはら》というのじゃ。

さて、お仕えしたオトウカシがイハレビコに差し上げたもてなしの品々は、ことごとくに(42)軍人《いくさびと》たちに賜《たも》うたのじゃった。そしての、この時の宴《うたげ》で、天つ神の御子は歌を歌《うと》うた。

宇陀にある　高い山城《やまじろ》で　　うだの　たかきに
鴫《しぎ》を獲《と》る罠網《わなあみ》を張ったよ　　しぎわな張る
ところがどうだ、わしらが待つ　鴫は掛からず　　わが待つや　しぎはさやらず
磯もうるわしい　大物の(43)クジラが引っかかったぜ　　いすくはし　くぢらさやる
皺《しわ》くちゃ妻が　おかずをほしいと乞うたなら　　こなみが　なこはさば

(44)タチソバの実のごと　身のないすじ肉を　　たちそばの　みのなけくを
(45)こんちくしょうめ　　こきしひゑね
後《のち》にもらった若妻が　おかずをほしいと乞うたなら　　うはなりが　なこはさば
(46)イチサカキの実のごと　身の多くうまい肉を　　いちさかき　みのおほけくを
こんちくしょうめ　　こきだひゑね
ええい(47)へなちょこどもよ　　ええ　しやごしや
ああよ(47)腰抜けどもよ　　ああ　しやごしや

(48)これは、戦《いく》さに勝った時の喜びの歌じゃ。
そして、お仕えしたオトウカシ、こやつは宇陀の水取《もいとり》らの祖《おや》じゃ。

そこからも発ち出ての、(49)忍《お》坂《さか》にある大きな岩穴に到り着いた時に、尾の生えた(50)土《つち》雲《ぐも》、ヤソタケルどもがその岩穴にひしめき、待ちかまえて唸っておったのじゃ。そこで、天つ神の御子の仰せでの、(51)饗《あえ》の物をヤソタケルどもに賜《たも》うたのじゃ。

このヤソタケルどもは八十《やそ》たりもおったのでの、その一人ずつに、あわせて八十たりの膳夫《かしわで》を付け、人ごとに刀《たち》を佩かせての、その八十たりの膳夫たちに教えて、

「歌が聞こえたら、時を置かずにみなで斬りかかれ」と言うておいた。
そして、宴《うたげ》がたけなわになると、その土雲どもを撃とうとする時を明かすために、
天つ神の御子は歌を歌《うと》うたのじゃった。

忍坂《おさか》にある　大きな岩穴に　　　　おさかの　おほむろやに
人びと多く　集まりおり　　　　ひとさはに　きいりをり
人びと多く　入りおるとも　　　　ひとさはに　いりをりとも
強い力の　久米の子たちが　　　　みつみつし　くめの子が
こぶ付き槌《つち》や　石槌を手に　　　　くぶつつい　いしつつい持ち
撃《う》ち倒してしまおうぞ　　　　うちてしやまむ
強い力の　久米の子たちが　　　　みつみつし　くめの子らが
こぶ付き槌や　石槌を手に　　　　くぶつつい　いしつつい持ち
今こそが撃つに良いおり　　　　いまうたばよらし

その歌を聞くと、八十《やそ》たりの膳夫《かしわで》たちは刀《たち》を抜き、ひと時の間にヤソタケルども
をみな叩き殺してしもうたのじゃった。

さて、その後《のち》のことじゃ、先に撃ちそこねたトミビコを撃とうとした時にも、天つ神の御子は歌を歌《うと》うた。

力にあふれる　久米の子たちが　　みつみつし　くめの子らが
アワ畑に生えた　ニラがひと本《もと》　　あはふには　かみらひともと
[52]その根元から　その根も芽も繋いで根こそぎに　　そねがもと　そねめつなぎて
みな撃ってこそ止めようぞ　　うちてしやまむ

また、続けて歌《うと》うた。

力にあふれる　久米の子たちが　　みつみつし　くめの子らが
垣根のわきに　植えた[53]ハジカミ　　かきもとに　うゑしはじかみ
口がひりひり　忘れはしないぞ　　くちひひく　われは忘れじ
みな撃ってこそ止めようぞ　　うちてしやまむ

また、もうひとつ歌《うと》うた。

神の風吹く　伊勢の海の　　かむかぜの　いせの海の
大きな岩に　へばり付き這いまわる　　おひしに　はひもとほろふ
[54]巻き貝のごと　兜《かぶと》を付けて這いまわり　　しただみの　いはひもとほり
撃ち果たしてこそ止めようぞ　　うちてしやまむ

また、[55]エシキとオトシキとを撃ち倒した時には、うち続く戦いのために、軍人《いくさびと》たちは疲れ果ててしもうた。それで、天つ神の御子は、こう歌《うと》うたのじゃった。

楯を並べて弓を射る　いなさの山の　　たたなめて　いなさの山の
木々のあいだを　行き巡り行き守り　　このまよも　いゆきまもらひ
戦い続けて　われは腹ぺこ　　たたかへば　われはやゑぬ
島の鳥の　鵜《う》養《かい》の友よ　　島つとり　うかひがとも
今すぐ助けに来てくれ　　いますけにこね

歌[56]には力があるでの、戦《いく》さの折には、こうしていくつもの歌が歌われるのよのう。

さて、こうしてイハレビコが戦《たた》こうておる時に、ニギハヤヒ[57]が参り赴《おもむ》いて天つ神の御子に申し上げることには、

「天つ神の御子が天降《あも》りなされたとお聞き致しました。それで、あとを追って、わたくしも天《あめ》より参り降《くだ》りきました」と、こう言うて、みずから天つ[58]瑞《しるし》の宝物《たからもの》を奉り、イハレビコにお仕えすることになったのじゃった。

そして、そのニギハヤヒはトミビコの妹のトミヤビメを妻としての、生んだ子はウマシマヂじゃ。これは、[59]物部《もののべ》の連《むらじ》、穂積《ほづみ》の臣《おみ》、采女《うねめ》の臣らの祖《おや》じゃのう。

さて、こうして荒ぶる神どもを言向け平らげ和《やわ》らげ、従わない人どもを退け追い払《はろ》うて、[60]カムヤマトイハレビコは、畝火《うねび》の[61]白檮原《かしはら》の宮に坐《いま》して天《あめ》の下を治めたもうことになったのじゃった。

さ[62]あ、ようやくに苦しい戦いが終わると、つぎには妻求めになるというのは、オホクニヌシもそうじゃったのう。

このイハレビコは、はじめに日向《ひむか》に坐《いま》した時に、阿多《あた》の小椅《おばし》の君の妹ご、名はアヒラヒメを妻としての、生んだ子はタギシミミ、つぎにキスミミ、この二柱《ふた》の子があったのじゃ。しかしのう、大君になると、それにふさわしい后《きさき》がいなければというので美しいおとめを探し求めておったのじゃが、その時に、お伴に付き従うオホクメがつぎのごとき話を聞いての、天つ神の御子《みこ》に語り伝えたのじゃった。

(63)ここに一人のおとめがおります。これを皆は神の御子だと言うております。皆が神の御子と言うのには、わけがあります。

(64)三島のミゾクヒの娘、名は(65)セヤダタラヒメは、それはそれは姿かたちのうるわしいおとめごでした。それで、(66)三輪山のオホモノヌシが見ほれてしまい、その美しいおとめが厠《かわや》で大便《くそ》まれる時に、(67)赤く塗った矢に姿を変えまして、その大便《くそ》まりをしていた溝《みぞ》を流れ下って厠まで行き、おとめの(68)秀処《ほと》をぐさりと突き刺したのです。すると、そのおとめは驚いて立ち上がってあわてふためいたそうです。

それでも、根がしっかりしたおとめで、すぐさま秀処を突いた矢を持ち来て、おのれの床のそばに置いておくと、その矢はたちまちにうるわしい男に成り変わりまして、二人はすぐに契りを交わしました。

　そのおとめを妻として生ませた子というのが、その名を(69)ホトタタライススキヒメと言い、またの名はヒメタタライスケヨリヒメとも申します。このヒメタタラという名は、ホトと言うのをいやがって後に改めたのだそうです。

　こうしたわけがあるので、皆はこのオホモノヌシが生ませたおとめイスケヨリヒメを、神の御子と呼んでいるのでございます。

その後《のち》のある時のこと、七《なな》たりのおとめが(70)高佐士野《たかさじの》で遊んでおったのじゃが、その中に、神の子のイスケヨリヒメも混じっておった。

そこで、イスケヨリヒメを見つけたオホクメは、歌でもって大君にお伝えしたのじゃった。

　やまとの　高佐士野を　　　　やまとの　たかさじのを
　(71)七たりで連れ立つ　おとめたち　　　　ななゆく　をとめども
　そのなかの誰と共寝をしましょうか　　　　たれをしまかむ

すると大君は、ああそうじゃ、イスケヨリヒメはそのおとめたちの前《さき》に立って歩いておったのじゃが、そのおとめたちを見た大君はの、すぐに、イスケヨリヒメがまっさきに立っておることを見抜いての、歌を返して答えたのじゃ。

とにもかくにも　まっさきに立つかつがつも　いやさきだてる

かわいいおとめと枕を交わそう(72)えをしまかむ

そこでオホクメは、大君の言葉をそのイスケヨリヒメに伝えると、イスケヨリヒメは、そのオホクメの、墨(73)を入れた大きな鋭い目を見てあやしいと思うたのかのう、謎かけの歌を寄こしたのじゃった。

あめつつ　ちどりましとと
などさけるとめ

アメドリ(74)、ツツドリ　チドリ(75)にシトトドリ
どうしてなの、あなたの裂けた鋭い目

するとオホクメは、すぐさま、

いとしいおとめに　まっすぐに逢いたくて　　をとめに　ただにあはむと
わたしの裂けた鋭い目　　わがさけるとめ

と、歌を返したのじゃった。

[76]その返し歌を聞いての、おとめはすぐに、
「お仕えいたします」と申し上げたのじゃった。

さて、そのイスケヨリヒメの家は、狭井《さい》河のほとりにあっての、大君は、そのイスケヨリヒメの許《もと》に出かけて行って、一夜《ひとよ》の共寝《ともね》を楽しんだのじゃった。
そうじゃ、その河をサヰ河と言うわけはの、その河のほとりにヤマユリが多く咲いておったからじゃ。それでの、そのヤマユリの名を取ってサヰ河と名付けたのじゃ。というのはの、ヤマユリの元の名はサヰと言うたからじゃった。
[77]わかりにくかろうのう。種《たね》を明かすとの、花の名のユリは、後《ゆり》ということばと同じ音じゃで、昔はきっとユリの花を先《さい》と言うたはずじゃと考えたのじゃ。まあ、ことば遊びでの、まこと昔はヤマユリの花をサヰと言うておったものかどうか、それ

はわからぬがのう。

後《のち》に、そのイスケヨリヒメは大君(78)の住まう白檮原《かしはら》の宮に入ったのじゃが、その時、大君は歌を歌《うと》うての、その一夜《ひとよ》の契りを懐《なつ》かしんだのじゃった。

葦《あし》茂る原の　荒れ果てた小屋で　　あしはらの　しけしきをやに
菅《すげ》のたたみを　清らに敷き重ね　　すがたたみ　いやさや敷きて
わが二人でともに寝たおり　　わがふたり寝し

えろう楽しかったのじゃろうの。(79)

そうして、生まれた御子の名はヒコヤヰ、つぎにカムヤヰミミ、つぎにカムヌナカハミミ、この三柱《み》じゃった。

さてよ、このカムヤマトイハレビコの大君(80)も亡くなってしもうたのじゃが、亡くなるとすぐに、御子たちの中の腹違いの兄タギシミミは、大君の后《きさき》であったイスケヨリヒメを(81)おのれの妻にしての、イスケヨリヒメの生んだ三柱《み》の弟たちを殺そうと謀っておったのじゃった。

それを知ったイスケヨリヒメは、どうしたものかと悩み苦しんだ末に、おのれの腹に宿した御子たちに、今は夫であるタギシミミの謀りごとを知らせようとして歌を作った。[82]イスケヨリヒメは、妻であることよりも母であることを選んだというわけじゃ。

[83]その歌というのは、こうじゃった。

狭井河の方《かた》より　雲が立ち渡りきて　　さゐがはよ　くも立ちわたり
畝火山では　木の葉がざわめいている　　うねびやま　このはさやぎぬ
[84]今にも風が吹き出しそう　　かぜ吹かむとす

また歌《うと》うて、御子たちに教えた。

畝火山は　昼は雲が棚引いて　　うねびやま　ひるはくもとゐ
夕べに至れば　風が吹こうとしてなのか　　ゆふされば　かぜ吹かむとぞ

木の葉がひどくざわめいて　このはさやげる

すると御子たちは、その歌を聞いて悪巧み[85]を知ると驚いての、すぐさまタギシミミを殺そうとした時に、カムヌナカハミミ[86]が兄のカムヤヰミミに、
「お兄様、あなたが太刀を持って忍び込み、タギシミミを殺してしまってくださいね」と言うたのじゃ。

そこで、兄は太刀を手に忍び込んでタギシミミを殺そうとしたのじゃが、いざという時になると手足がぶるぶると震えて、殺すことができなかったのじゃ。

すると、そばにいた弟のカムヌナカハミミは、その兄の手にした太刀を乞い取っての、忍び込んでいったかと思うとタギシミミを殺してしもうた。それで、その勇ましい振る舞いを称《たた》えて、名をタケヌナカハミミと言うことになったのじゃ。

さて、カムヤヰミミは、弟のタケヌナカハミミに日継ぎの位《くらい》を譲ろうとしての、
「われは、仇《あた》を殺すこともできなかった。そなたはすでに仇を殺すことができた。それゆえに、われは兄ではあるが上《かみ》に立つべきではない。ここに、そなたが上《かみ》となり、天《あめ》の下を治めなされ。われは、そなたを扶《たす》けて神を祀る者としてお仕えしよ

う」と言うのじゃった。

それで、(87)兄のヒコヤヰは、茨田《まむた》の連、手島の連らの祖《おや》になったのじゃ。

また、中の兄カムヤヰミミは、意富《おお》の臣《おみ》、小子部《ちいさこべ》の連、坂合部《さかいべ》の連、火の君、大《おお》分《きだ》の君、阿蘇の君、筑紫の三家《みやけ》の連、雀部《さざきべ》の臣、雀部の造《みやつこ》、小長谷《おはつせ》の造、都祁《つけ》の直《あたい》、伊余《いよ》の国造《くにのみやつこ》、科野《しなの》の国造、道奥《みちのく》の石城《いわき》の国造、常道《ひたち》の仲《なか》の国造、長狭《ながさ》の国造、伊勢の船木の直、尾張の丹羽《にわ》の臣、島田の臣らの祖《おや》になったのじゃった。

そこで、弟のカムヌナカハミミが、カムヤマトイハレビコのあとを継いで(88)天の下を治めることになったのじゃった。

ところでのう、はじめて大君になった天つ神の御子、カムヤマトイハレビコの大君の御歳《みとし》は、(89)一百《ももとせ》あまり三十《みそとせ》あまり七歳《ななとせ》じゃった。その(90)御陵《みはか》は、畝火山の北の方《かた》の白檮《かし》の尾根のほとりにあるのじゃ。

(91)さて、神の代の語りごとはこれで終《しま》いじゃ。

なあに、昔はもっといろいろと語られておったのじゃが、この老いぼれが聞き覚えておるのはこれだけじゃ。今となってはほかに語ることのできる者はいないでのう、これがすべてということになるかのう。ああ、そういえば、出雲の国には出雲[92]の神の代を語り継ぐ者がおると聞いたことはあるが、今も生きておるかどうかのう。たしか、語《かたり》の臣《おみ》の族《うから》の末《すえ》で、ヰマロとかいう名ではなかったかのう。

人の代の伝えはあれこれと知ってはおるのじゃが、続けて語りとうはないのじゃ。それはのう、人の代の伝えには大君のほまれを語る伝えが多くての、国つ神が敗れてしもうた神の代の語りごとを終えた今、すぐには語りとうはないからじゃ。

若いお前たちも、この老いぼれの心はわかってくれようぞ。そのうちに、[93]ヤマトタケルの戦《いく》さ語りなど語って聞かせるで、しばらく待ってくれるかのう。

〈注釈〉

（1）**まつりごと**　いうまでもなく、祭も政もマツリゴトだが、ここは原文に「天下之政」とある通り、政治的な面に重点がある。

（2）**東に**　いわゆる「神武東征」の始発だが、なぜ「東」に向かおうとするのか。ヒンガシがヒムカシ（日に向かうところ）を語源とするように、太陽の子にとって聖なる地が東にあるからなのか、それとも、現実に天皇家の祖先がいつの頃かに西から東へと移動したという記憶を語りの奥底に秘めているのか。注9参照。

（3）**豊の国の宇沙**　現在の大分県宇佐市で、イハレビコは九州の東海岸を北上したことになる。

（4）**ウサツヒコとウサツヒメ**　宇沙（佐）という地名をもつ男と女だが、こうした男女は兄妹の場合が多い。政治を司る兄と祭祀を司る妹とによる祭政体制をとり、ヒコヒメ（彦姫）制と呼ばれる。邪馬台（ヤマト）国の卑弥呼《ひみこ》と男弟との関係も同じ。なお邪馬台をヤマタイと読むのは誤り。

（5）**足が一つしかない高い宮**　原文「足一騰宮《あしひとつあがりのみや》」とある。高床式の建物で、梯子（足）が一本立っている宮殿か。

（6）**岡田の宮**　所在はわからないが、宇沙から筑紫へと西に向かったことになる。

（7）**安芸の国の多祁理の宮**　広島県のどこか。瀬戸内海を東に向かっている。それにしても七年の滞在は長い。次には八年とあり、こうした年数は苦難の道を語ろうとする手法。

（8）**吉備の高島の宮**　岡山県のどこか。

（9）**東への道は**　この一文、補入。

いわゆる邪馬台国九州説をとると、九州から大和《やまと》への東征は歴史的な事実の反映ともみられるが、最近の考古学の発掘成果を踏まえると、邪馬台国は奈良盆地の三輪山西麓にあったとみなすのが有力である。また、邪馬台をヤマタイと読むのはきわめて恣意的なもので、漢字音からすれば、ヤマトと読むことに疑問を差し挟む余地はない。

カムヤマトイハレビコの東征は、少なくとも邪馬台国の時代（三世紀前半頃）の出来事だとは考えられない。また、四世紀前半あるいは五世紀初頭に騎馬民族が朝鮮半島を経由して入ってきたという騎馬民族説（江上波夫）を東征に重ねて考えるのも無理だから、ここに描かれている東征は、具体的な事実の反映というよりは、周縁的な世界から中心へと入ることによって王権を打ち立てるという神話的な構造として考えるのが妥当なのではないだろうか。
（10）**亀の背に乗り**　浦島太郎のような国つ神だが、亀の背に乗る浦島太郎が語られるのは近世以降のことである。
（11）**速吸の門**　明石海峡。
（12）**サヲネツヒコ**　棹を操る男の意。
（13）**浪速の渡り**　以下、白肩の津も蓼津も所在はわからないが、大阪湾の沿岸部。大阪湾は現在の地形に比べて、内陸まで深く湾入していた。
（14）**登美に住むナガスネビコ**　登美は、現在の奈良市西部の地名。ナガスネビコはこの地の豪族で、脛の長い男の意か。以下の伝承によれば、イハレビコの東征にもっとも激しく抵抗した一族の頭領。以下、トミビコという名前で登場する。
（15）**そこを名付けて**　今までにもあったが、以下、地名のいわれを語る伝承（地名起源譚）が多い。いわゆる伝説の一つで、風土記の記事では中心を占める。
（16）**背に日を負うて**　日の御子だから、太陽の助力を得るためにというのである。ただし、天皇の宮殿は北にあって南面しているから、この発想とは逆である。説明というのは、どのようにでもできるということだ。
（17）**血沼の海**　大阪湾を南に下ったところにある海。
（18）**紀の国の男の水門**　紀の国は和歌山県だが、男の水門は大阪府泉南市あたりと考えられている。
（19）**竈山**　現在の和歌山市和田の地。

（20）**熊野の村**　熊野は、和歌山県から三重県にかけての広い地域をいう地名。神秘的な世界と考えられていたらしく、神話的には出雲の国の熊野ともかかわっている。

（21）**クマ**　熊野だからクマが出現するのである。もちろん、熊野は海からすぐに山岳地帯に入るから、クマもたくさん棲息していたはず。

（22）**タカクラジ**　原文に「高倉下」とあり、高倉は祭祀の場であるから、タカクラジはシャーマンである。夢を見るのも彼がシャーマンであった証し。

（23）**夢**　古代ではユメはイメと発音した。「イ（睡眠）メ（見るもの）」の意で、異界から与えられる神の声や映像による教えが夢だと考えられていた。古事記には夢を語る伝承が多いが、そのほとんどは天皇の見る夢であり、その多くが神の教えを聞く夢になっていて、映像を見る夢は少ない。ここは天皇ではないが、見ているのは、やはり映像ではなく、声である。つまり、太刀が天から降ってくるという場面を夢の中で見ているわけではなく、夢の教えによって倉に行ったら太刀があったというのである。

（24）**タケミカヅチ**　葦原の中つ国を支配していたオホクニヌシ一族を服属させた武神。

（25）**そして**　この文章と前の文章との間に、太刀についての説明が二行割の注として入っているが、ここに置くとわかりにくくなるので、夢の話の後ろに回した。

（26）**ああ、そうじゃ**　この段落は夢の話の途中に挿入されている注だが、ここに置き換えた。

　サジフツ・ミカフツ・フツノミタマという太刀の名にみえるフツという語は、切れ味の鋭さをいう擬声語と考えてよかろう。他にも太刀の名にフツという語が出てくる。また、石上の神の宮は、物部氏の斎《いつ》き祀る神社で、現在の天理市にある石上神社のこと。この神社は朝廷の武器庫としての性格をもち、有名な国宝「七支《しちし》刀《とう》」はこの神社の神宝である。

（27）**ヤタガラス**　大きな（八咫）カラス。カラスは現在では不吉な鳥とされているが、古くは神の使いと考えられていた。たとえば、熊野神社の御札にはカラスが刷られており、神の使いとされている。

（28）**河上**　原文には「河尻」とあるが、吉野川は大台ヶ原を水源として西に流れて紀ノ川と合流し大阪湾に流れ込んでいるので、河尻では内容からみて合わない。紀伊半島の東側の熊野から吉野へと入って行ったことになるから、「河尻」は「河上」の誤りと判断して訂正した。

（29）**筌**　竹で編んだ筒状の漁撈道具で、川に沈めて魚を獲る。

（30）**ニヘモツノコ**　ニヘモツは贄持つの意。吉野川の贄といえばアユである。以下、名を問われて答えるという場面がしばしば出てくるが、これは服属を語るパターンである。

（31）**尾の生えた人**　土着の野蛮人といった蔑称である。毛皮の尻当てを付けているところから名付けられたとみる見解もあるが、そのように実体化する必要はない。

（32）**ヰヒカ**　泉（ヰ＝井）が光っていたことによる命名。あるいは逆に、ヰヒカという名だから泉が光っていたという伝承が語られることになったのかもしれない。これも怪しい光である。

（33）**イハオシワクノコ**　オホクニヌシの息子のタケミナカタと同じように、腕力を誇示する国つ神である。

（34）**吉野の国巣**　国巣（「国栖」とも）はもとはクニスで土に棲む者の意か。そのクニスがクズとなり、土着の民をいう蔑称となる。吉野の国巣は古事記・中巻の応神天皇条には「吉野之国主」とあり、天皇を賛美し酒を奉る時の歌謡が伝えられている（人代篇、其の五、注17参照）。

（35）**宇陀**　吉野から奈良盆地に出る途中の地。桜井市の南東方向に宇陀市（旧、宇陀郡）がある。

（36）**穿**　踏み越えてきた（原文に「蹈み穿《うか》ち越えて」とある）からウカチという。現在の宇陀市菟《う》田《だ》野《の》区あたりの地名。

（37）**エウカシとオトウカシ**　ウカ（ウカチ）の地を領有する兄弟（エ＝兄、オト＝弟）であり、兄弟譚の場合、悪い兄とやさしい弟という伝承様式が強固に存在する。この場合も、その構造のなかで語られ、兄を裏切って天つ神に忠誠を誓う弟をよい者として語っている。いうまでもないが、古事記では天皇や朝廷に従順な者のみが正しいのである。これは、本書の語り部の立場とは微妙にずれている。

（38）**堕としのしかけ**　原文に「押機」とあり、中に入ると上から石などが落ちてきて押しつぶすような仕掛け。どのような策略を考えたとしても、反逆者の企てはかならず見破られて失敗し、天皇の側の計略はすべて成功するというのが古事記の論理である。

（39）**オトウカシは**　この一文、補入。

この語り部は、古事記の論理からいささか距離を置いているから、こうした独白が可能になるのである。

（40）**八つ裂き**　殺した敵の体を切り刻むのは、復活を防ぐために必要な行為であった。他にも同じように切り刻む例は多い。

(41) **宇陀の血原** 実際の地名というより、物語をもとにして名付けられたのだろう。凄惨な殺戮現場を語るために、血の海になったというような語り方は、前に出てきた血沼の海もそうだし、常陸国風土記などにも出てくる。

(42) **軍人たちに賜うた** 戦利品は功績のあった者たちに分け与えるというのが、軍を率いる者に必要な度量である。

(43) **クジラ** 古代朝鮮語にタカ(鷹)をクチというところから、タカのことだとする説(ラは接尾辞)もあるが、ここは、山で鳥を獲る網を張っていたら、とんでもないことに海のクジラが引っかかったという誇張表現とみる。予想もしなかった大物を得て喜んでいるのである。

(44) **タチソバ** いわゆるソバ(蕎麦)ではなく、木の名。ただし、いずれの木を指すかは明瞭ではない。実のないことをいう比喩。

(45) **こんちくしょうめ** 原文「こきしひゑね」も、二つめの「こきだひゑね」も、はやし言葉で、同じ訳をつけた。

(46) **イチサカキ** イチはほめ言葉で霊力のあるといった意、サカキは榊のこと。実がいっぱい付いていることの比喩。

(47) **へなちょこどもよ・腰抜けどもよ** 原文の「ええ しやごしや」には、「いのごふ」ことだという注記があり(イノゴフは威嚇する意)、次の行の「ああ しやごしや」には、「嘲笑」することだという注記がある。歌詞ではないので省略。

(48) **これは、戦さに** この一文、補入。

(49) **忍坂** 奈良県桜井市にある地名。

（50）**土雲**　日本書紀や風土記には土蜘蛛と表記されることが多く、地面を這いずり廻る野蛮な者といった蔑称として土着の民をいう時に用いられる。おまけにここは尾も生えている。

（51）**饗の物**　ご馳走するとか酒を飲ませるとかと偽って敵を殺す話は多い。スサノヲのヤマタノヲロチ退治もそうであったが、ヤマトタケルなども使う手段。卑怯とは考えておらず、それが「知恵」だと考えているのである。しかし、知恵は過ぎると狡猾になる。

（52）**その根元**　原文「そね」を「その根」と解釈した。

（53）**ハジカミ**　ショウガのこともいうが、ここはサンショウのこと。

（54）**巻き貝**　原文「しただみ」は、今コシタカガンガラやイシダタミと呼ばれる円錐形の小さな巻き貝。身を塩揉みにして食べると万葉集にある。

（55）**エシキとオトシキ**　ここも、兄と弟である。シキは大和の国の地名で、師木・磯城などと表記。現在の桜井市あたり。

（56）**歌には力が**　この一文、補入。

（57）**ニギハヤヒ**　この神は、日本書紀によれば、ホノニニギ（天つ神）に先立って地上に降りてきた神だと伝えられている。おそらく、天から降りてきた一族として自らの出自を語るのは天皇家だけではなかったはずで、ニギハヤヒは後ろに物部《もののべ》の連らの祖であったと書かれているが、彼らも天から降りてきたニギハヤヒを祖先神とする一族であり、結局、天皇家に服属することになって、ここにあるような伝承になったのだろう。

（58）**天つ瑞**　天皇家の三種の神器のように、それぞれの氏族には自らのレガリアが存在する。日本書紀や風土記には、地方豪族が持つ玉など、レガリアにかかわる伝承が多い。

（59）**物部の連**　奈良盆地の東側を本拠とする土着豪族で、前に出てきた石上神社を祀る一族。七世紀前半に蘇我氏との争いに敗れて滅ぶ。

（60）**カムヤマトイハレビコ**　初代神武天皇。和風諡号《しごう》は、神倭伊波礼毘古天皇という。

（61）**白檮原の宮**　カシハラは奈良盆地南部に位置する地名。今、橿原市にある橿原神宮は神武天皇を祀るが、宮殿跡に建つという神社は、明治二十三年（一八九〇）に創建された新しい神社である。

（62）**さあ**　この一文、補入。

（63）**ここに**　以下はオホクメの語りである。ここに語られているのは、いわゆる三輪山（丹塗矢）型神婚神話の典型で、神が女のもとを訪れて神の子を孕ませるという神話。始祖神話（氏族の起源を語る神話）になることが多いが、ここでは初代天皇神武の皇后となるイスケヨリヒメの誕生由来譚になっている。初代天皇の后はただの女ではいけないのであり、ここからも、神武天皇条が神話的であるということがわかる。

（64）**三島**　大阪府茨木市あたりの地名。

（65）**セヤダタラヒメ**　聖なる矢を立てられた姫という意味をもつ名で、神話的な命名であるとともに神の依りつく巫女をいう。

（66）**三輪山のオホモノヌシ**　オホクニヌシが国作りに悩んでいた時に、美保の岬に依りついてきた神。原文「大物主」とあり、この神はしばしば女の許に依りついて子を孕ませる。

（67）**赤く塗った矢**　男根のシンボル。ここからこの系統の神婚神話を丹塗矢型と称する。

（68）**秀処**　女性の陰部。語義については、其の一、注53参照のこと。

（69）**ホトタタライススキヒメ**　ホトに矢を立てられて（タタラ）慌てふためいた（イススキ）姫という意。神話的な命名である。別名のヒメタタライスケヨリヒメも同じ。ヒメも隠語ではホトの意となる。

（70）**高佐士野**　どこにあるか不明。

（71）**七たり**　神話に出てくる数字としては「七」はめずらしい。ふつうなら「八《や》」を用いるだろうが、ここは音数の関係か。

（72）**かわいいおとめ**　原文「え」はかわいい者の意。

（73）**墨を入れた**　入れ墨をしているのである。古代で入れ墨をするのは賤民階層の者が多い。オホクメは戦闘集団である久米氏の祖神であるが、部民（天皇に隷属する民）であったので入れ墨をしていたか。あるいは戦闘集団は敵を威嚇するために入れ墨をしていたとも考えられる。

（74）**アメドリ、ツツドリ**　原文の「あめつつ」を二種の鳥の名と解する。アメはアマドリ（アマツバメのこと）というが定かではなく、ツツはセキレイをいうか。

（75）**チドリにシトトドリ**　これも鳥の名。原文「ましとと」のマは接頭辞、シトトはホオジロの類。

以上二句で四種の鳥の名を歌うのは、入れ墨をして大きく見開いたように見えるオホクメの目の比喩であり、この歌は一種の謎かけ歌である。謎かけに答えられなければ結婚することはできない。

（76）**その返し歌**　歌を聞いて承諾するのは、謎かけ歌に対して即座に適切な歌を返したからである。歌垣における男女の掛け合いを彷彿とさせる歌謡である。

（77）**わかりにくかろう**　以下、この段落は説明のために補った。ここで語り部は、ヤマユリを昔はサヰと言った理由を説明しているのだが、サヰとサイ（先）とでは、ワ行のヰとア行のイで発音が違うという難点がある。しかし、音声言語における語呂合わせでは音が少々違っていても無視されることが多く、説明としては成り立つ範囲とみてよかろう。

（78）**大君の住まう**　嫁入り婚のかたちをとる。天皇は、すべての女を迎え入れることで、男系の血筋を継承する支配者となることができる。

（79）**えろう**　この一文、補入。

（80）**大君も亡くなって**　結局、即位後のカムヤマトイハレビコの事績は結婚以外に何も語られておらず、その存在の希薄さは明瞭である。

（81）**おのれの妻に**　先代の王の妻を手に入れるというのは、王位の継承権を手に入れたことを意味する。后は財産であるとともに、宗教的な力をもつ存在だからである。

（82）**イスケヨリヒメは**　この一文、補入。

（83）**その歌**　歌は呪力をもつ言葉だから、異変を伝えることができるのである。以下の二首の歌は、目にした自然をそのまま歌っている叙景歌のようにみえるが、全体が暗喩になっており、単なる自然詠ではない。

（84）**今にも風が**　今にも風が吹き出しそうだというのは、危険が迫っていることの隠喩。

（85）**悪巧みを知ると**　歌が暗示している内容を察知する能力が必要になる。

（86）**カムヌナカハミミ**　兄弟は三人いるのだが、このような場面になると兄と弟の二人の物語になってしまうというのが、伝承のお決まりである。語られる伝承は様式化されてしまうので、トライアングルのように三人の人物を配列して均等に描くというような形にはなりにくく、ここでは一番上のヒコヤヰが消えてしまったのである。

（87）**それで**　以下に語られる氏族は、ヤマトとその周辺の、あるいは地方の豪族たちである。前にもあったが、このようにして神や天皇の皇子たちの子孫として系譜をつなぐことによって、それぞれの氏族は、自らの根拠を確立する。それは当然、服属と引き換えになされるものである。服属する以前には、自分たちが神の子であると語っていたであろう一族の神話が、天皇家の勢力下に組み込まれることで、新たなアイデンティティによって組み立て直され、それを根拠に氏族は生き延びようとするのである。これらの氏族については、人代篇巻末の「氏族名解説」参照。

（88）**天の下を治める**　第二代天皇の誕生である。漢風諡号《しごう》でいえば、綏靖《すいぜい》天皇である。ただし、神武とか綏靖とか天武とかの漢字二字の諡号（天皇の没後に与えられる呼び名で「おくり名」とも言う）は八世紀末以降に新たに名付けられた呼称で、古事記や日本書紀には出てこない。

（89）**一百あまり三十あまり七歳**　まだずいぶん長寿だが、次第に人間の寿命に近づいてはいる。これだけ長いというのに事績が何も語られないのは、カムヤマトイハレビコ（神武）が、初代天皇として仮構された天皇だからである。なお、二〜九代の天皇たちも系譜だけが伝えられており（「欠史八代」と呼ばれる）、これらの天皇も、天皇家の歴史を長くするために後に加えられたものである。

（90）**御陵**　初代天皇カムヤマトイハレビコの陵墓は、現在、橿原市大久保町（畝傍山の北東側）にある。比定地はいくつかあったようだが、幕末期に「神武《じんむ》田《でん》（ミサンザイ）」

と呼ばれていた田の中の円墳が神武陵と決定され、大規模な修陵事業（「文久の修陵」という）が行われ、初代天皇の陵墓としての体裁が整えられた。明治以降にも拡張・修陵は続けられ、現在見るような壮大な陵墓が完成したのである。

（91）**さて** 以下すべて古事記にはなく、語り部の独白である。

（92）**出雲の神の代を語り継ぐ者** 出雲国風土記によれば、語臣《かたりのおみ》という一族がおり、彼らは出雲の国を支配した出雲氏に隷属する語り部で、イズモ王権の歴史を語り継いでいたと考えられる一族である。有名な、「国引き詞章」と呼ばれる韻律的な神話（出雲国風土記・意宇郡条）も彼らが語り継いだ伝承であった。語り部の古老がいうヰマロという人物は、「語臣猪麻呂」のことで、出雲国風土記・意宇郡の安来郷条に語られているワニ退治伝承の主人公である。その伝承は天武朝の出来事として語られており、ここの古老より少し若いかもしれない。

（93）**ヤマトタケルの戦さ語り** 人代篇、其の三、参照。古事記・中巻に収められているヤマトタケル伝承は、反王権的、反国家的な物語として読めるところがあり、そうした語りを支えていたのが、ここに登場する「老いぼれ」の語り部だったのかもしれない。

古事記の世界（解説）

一　語り継がれる歴史

1　語りの表現と様式

語り部の古老の口を借りて神話や伝承を再現しようと試みたのは、わたしが古事記の背後には古代の語りが抱え込まれているとみなしているからである。しかし、わたしたちの前に置かれた古事記は漢文によって書かれており、語りの世界がなまのかたちで見出せるわけではない。きわめて矛盾の多い試みだということを自覚しながら、あらためて「語り」について考えるところから解説を始めようと思う。

古事記の文体が、純粋な漢文体ではなく、和風化した文脈をもち、和語（音仮名表記）を挿《はさ》みながら描写されていることはよく知られている。そして、そうした表記法が、編纂者である太安万侶《おおのやすまろ》の独創ではなく、すでに以前から行われていたものであることは、最近の出土木簡や表記の研究が明らかにしている。

古事記が和風化した文体で記述されていることについては、「文字表現が定着することによって逆に口誦性の価値が見出され」ためだとみる考え方もあるが（呉哲男『古代言語探究』五柳書院、一九九二年）、古事記にみられる音声的な表現のすべてを、文字から口誦へという流れのなかでとらえるのは無理ではないかと思われる。というのは、稗田阿礼《ひえだのあれ》と太安万侶との関係をどのように認識するかということにもかかわるが、より重要な点は、古事記の文体を支えているのが「語り」の論理だとみなせるからである。

たとえば、神代篇におけるアマテラスとスサノヲの対面場面を思い出してほしい（其の二）。イザナキに追放されたスサノヲが高天の原にいるアマテラスに挨拶すると言って昇ってくるのを武装して待ち受けるアマテラスの描写、それに続く、相手が身につけた品物を口に含んでかみ砕いて吹き出しながらつぎつぎに子を生む際の描写である。

まず気づくのは、「奴那登母々由良迩《ヌナトモモユラニ》（玉の音も軽やかに、ユラユラと）」（二回）「佐《サ》賀美迩迦美而《ガミニカミテ》（バリバリと噛《か》みに噛んで）」（六回）などの句を何度もくり返しながら、和語をそのまま生かしてリズミカルな表現を作り出していることである。漢文に翻訳したのでは消えてしまう音声の語りを、漢字の音を利用した表記法（音仮名表記）

を用いて強調する表現形式になっている。また、和語や音声の強調は、ミヅラ・ミスマル・ソビラ・ヒラ・イツ・イサチル・神《かむ》ヤラヒヤラヒなどの語句を音仮名で表記していることからも推察することができる。

全体の文脈の作り方について言うと、執拗に「……て、……て」というかたちで句をつなぎながら、切れ目のない流れを作り出している。神話学者の西郷信綱は、こうした文体を「重層列挙法」と呼び、「シャーマニスチックな文体」だと指摘する（『古事記注釈』第一巻、平凡社、一九七五年）。ふつうの書く文章にはなじまない表現で、ことに漢文体の場合には、短い文をつなぐのが一般的な叙述形式である。動詞の連用形や接続助詞によって句をつないで長い文を作ってゆくのは昔話などでもしばしば耳にすることだが、これも、音声表現の特性を示しているとみてよい。

その他、髪を解くことから始まるアマテラスの身づくろいのさまを順序だてて述べる、玉を巻く場所をくり返して唱え上げてゆく、髪や手に巻く「珠」を「八尺《やさか》の勾璁《まがたま》の五百津《いほつ》のミスマルの」というふうに、連体修飾句をいくつも重ねながら叙述する、「ソビラニは……、ヒラニは……（背には……、腹には……）」のかたちで対句（くり返し）表現をとる、「沫雪の如く」のように枕詞的修飾句（比喩表現）をもつなど、アマテラスとスサノヲの対決場面にはいくつもの文体的な特徴を指摘することができる。そしてそれらはいずれも、様式化された語りに共通する音声表現の特徴なのである。

文字資料しか持たないわたしたちには、古代の語りのメロディやリズムを聞くことはできないが、古事記の表現を眺めていると、ある種の昔話や、沖縄の神歌やアイヌの神謡などに共通する音声表現の様式性が浮かんでくる。思いつくままに挙げれば、五・七音数律に近似した「短句+長句」の連続によってもたらされる韻律性、固定的な決まり文句の使用、ある大きなまとまりを持つくり返しや対句に似た短い句のくり返し、平坦な部分と韻律的な表現との組み合わせ、同語の反覆、比喩表現の使用などである。こうしたあり方を踏まえて言えば、アマテラスとスサノヲの対決場面は、もともと音声をともなって伝えられていた表現が、そのままに近いかたちで文字（音仮名表記を交えた和風化漢文）に移し替えられたものとみなすのがもっともわかりやすい。

また、散文的にみえる部分にも語りの特徴は指摘できる。たとえば、泣いている理由を尋ねるオホナムヂに対して稲羽のシロウサギが答える場面（神代篇、其の三）、イクメイリビコイサチ（垂仁）が夢を見たと言ったのに対してサホビメが答える場面（人代篇、其の二）で、直前に描かれた出来事をオウム返しにくり返して語るのも、音声による語りがつねに用いる手法である。あるいは、登場人物の会話によって物語が進行してゆくことが多いが、これも語りが得意とする表現である。また、ほとんどの場合、交わされる会話や登場人物は一対一の関係に置かれ、三人以上の人物が一つの場面で同時に行動したり会話したりすることはない。これも語りの表現として普遍的にみられるあり方である。

歌謡が数多く挿入されているのも、音声的な性格と結び合っている。古事記には百十首あまりの歌謡が挿入されているが、散文的な表現と韻律的な表現とを交互に並べてゆくのも、様式化された音声表現の常である。ことに、ヤチホコの「神語り」（神代篇、其の四）やホムダワケ（応神）が歌う蟹《かに》の歌（人代篇、其の五）、天皇に殺されそうになった采女が歌う「天語り歌」（人代篇、其の九）など、日本書紀にはみられない叙事的な長編歌謡が挿入されているのも、古事記が、韻律性のつよい叙事歌謡によって物語を進行させようとする意図が濃厚だということを示している。

歌謡についていえば、天武朝（六七二〜六八六年）において、各地の「能《よ》く歌ふ男女」や「歌男《うたお》・歌女《うため》・笛吹く者」を朝廷に召し出したり、歌や笛の子孫への伝習を命じたりしており、七世紀以降の宮廷には、芸能者とともに地方で伝えられていた歌謡類が集められていた。そして、それらの歌謡が物語と結び合いながら、さまざまな伝承のなかに組み込まれていったに違いない。

もう一つ、古事記にはしばしば、同じような伝承やよく似た登場人物が現れることに注目したい。たとえば、自らの横溢する力を制御できない英雄神スサノヲが神代篇に登場するが、人代篇のヤマトタケルはスサノヲとてもよく似ている。ヤマトタケルもまた、溢れる力を自ら制御できずに突っ走ってしまう。酒を飲ませて敵を殺したり知恵によって相手を倒したり火攻めが出てきたりと、語られる内容も類似している。そして人代篇の後半には、スサノヲやヤマトタケルの英雄性を受け継いだオホハツセワカタケル（雄略）が登場する。彼もまた己れを制御できない凶暴さをもち、力で相手をねじ伏せたり、相手をだまし討ちにしたりする。

しかし、これら三人の英雄はまったく同じだというわけではない。スサノヲには神話的な英雄性があり、共同体に秩序をもたらす役割が与えられている。ヤマトタケルは天皇の命令を受けて遠征し悲劇的な最期をとげる。オホハツセワカタケルは天皇となって国家を支配する。それぞれが置かれた時代を映しながら、共通する性格や内容をもって語られてゆく。そうした物語のらせん状のくり返しも、音声表現が見出した語り口だとみてよい。

同様に、古事記の各巻に置かれる似た伝承として、兄妹婚を指摘することもできる。上巻ではイザナキとイザナミが兄と妹として語られる。中巻にはサホビコとサホビメの伝承があり、下巻ではキナシノカルとカルノオホイラツメ（ソトホシ）の伝承が兄妹の悲劇を語る。いずれも、タブーとしての同母兄妹の関係を軸に物語は展開する。はじめに登場するイザナキ・イザナミの場合は、ヒルコが誕生したり、やり直しをしたりするところに兄妹のタブー性が表れてはいるが、始源の世界を創造する兄妹として肯定的に描かれる。ところが、中巻に語られるサホビコ・サホビメの場合は、同母兄妹の伝承を人の世の歴史として語るために、タブー侵犯の意識を強めてゆかざるをえない。それゆえに結末は二人の死となり、天皇とサホビメとの間に生まれたホムチワケは、母の「罪」を背負ったもの言わぬ子として誕生する。下巻に置かれたキナシノカルとソトホシの場合は、キナシノカルが国家の罪人として流刑に処され、追ってきたソトホシとともに死ぬことで悲恋物語の趣きを強めてゆく。おなじ同母兄妹の相姦を主題にしながら、語り口はそれぞれの伝承が置かれている場所、歴史的な位置によってらせん状の変化をみせる。

以上に述べた古事記の表現や文体や内容は、いずれの場合も語りの論理に貫かれて可能になった特徴である。そして、何度もくり返された文字化の試みによっても消せなかった音声表現を支えていたのが語り部たちであった。

2 語り部について

国家あるいは王権の内部に制度として存在し、国家や王権を支える歴史=神話を口承によって管理し伝承する「語り部」は、古事記や日本書紀が成立する八世紀初頭の宮廷では、すでに時代に遅れ滅亡に瀕した存在でしかなかっただろう。なぜなら、国家はその歴史を歴史書という体裁のなかに文字化するという営みを、七世紀の初めからずっと続けていたのだし、在地の王権は早くに天皇家に服属し、固有の歴史=神話を語り継ぐ基盤をはるか昔に喪失していたと考えられるからである。

わたしたちが入手できる八世紀以降の資料から復元できる「語り部」像はごく限られている。そのなかで、古事記の編纂に際して名前の登場する稗田阿礼《ひえだのあれ》という人物は、文字の時代に入っても、わずかながら国家の歴史=神話が「語り」という音声の力を抱え込んであったという消息を伝えている。また語りは、天皇の即位儀礼と地方豪族の服属儀礼とが絡み合った大嘗祭《だいじょうさい》という儀礼的な場に化石的に残留し続けており、王権における語り部の姿を浮かび上がらせる(以下、引用文はすべて現代語に訳し、ふり仮名は現代かな遣いを用いた)。

およそ、物部《もののべ》、門部《かどべ》、語り部は、左右の衛門府、九月上旬に官に申せ。（略）
語り部は、美濃八人、丹波二人、丹後二人、但馬七人、因幡三人、出雲四人、淡路二人。（延喜式、巻七）

伴宿禰《とものすくね》一人、佐伯《さえき》宿禰一人、おのおの語り部十五人を引き、東西の掖門《わき》より入り、位《い》に就きて古詞を奏す。（同前）

同様の記事は儀式や北山抄などの儀式書にも記されており、平安時代中期における天皇の即位儀礼には、諸国から語り部が召し出されて「古詞を奏」していたことがわかる。右に引いた延喜式（九二七年成立）の記事によれば、大伴氏と佐伯氏が、語り部十五人ずつを引き連れて東西の掖門から入り、定められた場所に着座して古詞を奏上するのである。また、三十名の語り部を出す国と人数は決まっていた（右の引用文の語り部の数を合計しても二十八名にしかならないが、二組に分けられるところからみて各国の語り部は偶数でなければならず、その字形からみて、但馬七人は十人の、因幡三人は二人の誤写か）。おそらく、ここに記された七か国には、古代の語り部の末裔が生きつづけていたのだろう。

大嘗祭で奏上される古詞（フルコトと訓読される）の具体的な内容は不明だが、指定された七つの国々に伝承されていた詞章を、それぞれの国の語り部が奏していたと考えられる。また大嘗祭における語り部の古詞奏上は、吉野の国栖《くず》の「古風」、悠紀《ゆき》国（大嘗祭に新穀を奉仕する国をさす呼称で、その国は占いによって決められた）の「国風」、隼人《はやと》の「風俗舞」などとともに奏上されたと儀式書には記されている。そのいずれもが天皇に対する服属儀礼として舞われたり歌われたりするものであることからみて、語り部が奏する古詞も服属儀礼として行われていたとみなせよう。加えて、北山抄や江家《ごうけ》次第《しだい》によれば、語り部の発する「音《こえ》」は祝詞に近く、歌声に似た部分もあると説明されており、古詞は、神官の唱える祝詞のような語り口と歌のような韻律的な部分とが混じり合った、特殊な表現と発語の仕方をもっていたということもわかる。

大嘗祭に奉仕するのは、地方の国々に所属する語り部であった。彼らは在地豪族層に隷属する存在であり、もとはそれぞれの在地王権の歴史＝神話を語り継ぐという役割を担っていただろう。彼らがどのような立場に置かれていたかは不明だが、出雲国風土記に登場する語臣《かたりのおみ》猪麻呂《いまろ》という人物を通して、その一端をうかがうことはできる（神代篇の末尾の、語り部の独白のなかに名前が出てきた人物である）。

語臣猪麻呂は、意宇《おう》郡の安来《やすき》郷（島根県安来《やすぎ》市）に居住し、その地を本貫とする一族の長であった。語臣という氏姓をもつことからみて、彼らが語りごとを伝承する一族であったというのは間違いないだろう。大嘗祭にも出雲国から四人の語り部が出仕しているが、語臣一族は、大嘗祭に奉仕する出雲の語り部であったかもしれない。そしてほぼ疑いなく、彼らは、国造《くにのみやつこ》という地位と引き換えに天皇家に服属した出雲臣一族が独立した王としてイヅモの地に君臨していた時から、出雲氏に仕える王権の語り部であった。その出雲氏にとってもっとも聖なる語りごとであったはずの国引《くにび》き詞章（出雲国風土記、意宇郡）の伝承者も語臣であり、一方で彼らは自分たち一族の霊威を事実として語る伝承（出雲国風土記の、娘を食い殺したワニを海神に祈願して退治したというシャーマニスチックな伝承）を作り出す存在でもあった（詳しくは三浦佑之『古代叙事伝承の研究』勉誠社、一九九二年、参照）。

王権の成立は、共同体のなかに王となるべき特別の人間を誕生させる。そして、彼らが王としての専制的な地位を確保するためには、権力を維持するためのさまざまな制度が必要であった。その一つが語り部だったのである。人類学者の川田順造の調査報告によって有名になった西アフリカのモシ族には、ベンダ（ベンドレ）と呼ばれる語り部がいる。世襲的に語り部の職能を受け継ぎ、王に隷属するベンダは、王の祭りや即位式などの際に、大きな太鼓を叩きながら王の歴史伝承を朗誦する。歴代の王の系譜や現王への讃辞あるいは祈年の祝詞などを、普通は太鼓の音だけで、ある場合には太鼓の音に一節遅れで、別のベンダが一般の人びとにわかる言葉に翻訳しながら語ってゆくのだという（『無文字社会の歴史』岩波書店、一九七六年）。王に隷属し、王権の歴史伝承を専有する語り部ベンダとモシ王との関係は、語臣と出雲国造との関係に近似しているようにみえる。

天皇家にも語り部は存在した。稗田阿礼はその末裔だとみてよい。しかし、語り部が天皇家に固有の存在ではなかったということも明らかである。天皇も王権の首長だから語り部が必要なのだし、同様に出雲にも他の国々にも王権の歴史や王の系譜を語り継ぐ語り部が必要だったのである。そして、王権の成立とともに要請された語り部が、王権の外に放浪し語りを流通させる存在でもあったということを、川田順造の調査は教えてくれる。

アフリカのハウサ社会（ナイジェリア北部とニジェール）には、「マロカ」と呼ばれる「声」の職業集団があり、彼らは、「王や重臣に対して、それぞれきまったことばの讃辞を唱える」お抱えの集団であるとともに、「一般民の婚礼、高級娼婦のサロン、娘たちの踊りなどに招かれて声の芸でひとはたらきする、フリー」の集団でもあるという（川田順造『聲』筑摩書房、一九八八年）。ヤマトの古代でいえば、万葉集で「乞食者《ほかいびと》」と呼ばれ、古事記では結婚を祝福する蟹の歌（人代篇、其の五）を演じ歌う芸能者たちの姿を彷彿《ほうふつ》とさせる存在である。古代ヤマトの芸能者の実態に迫るのはむずかしいが、街道に沿ってあちこちを巡り歩きながら呪詞や祝福芸能を持ち伝える集団が存在したのは間違いないだろう。

語り部と芸能者（乞食者）は、ともに声にかかわる人びとであった。彼らは王権の内部に制度的に位置づけられるとともに、表現を外部へと持ち運ぶ者たちであった。言葉を換えれば、彼らは王権の内部と外部とのはざまに置かれた存在だったのである。

二　歴史書への模索

1　求められる歴史

西暦七一二（和銅五）年正月二十八日、太朝臣《おおのあそみ》安万侶は完成した古事記を元明天皇に献上したと、序に記している。編纂の命令を受けたのは、前年の九月十八日だというから、期間はおよそ四か月、稗田阿礼が「誦習《しょうしゅう》」していた天武天皇の「勅語の旧辞《きゅうじ》」を文字に置き換えるだけだったとしても、配下に筆録を担当する博士や役人たちが控えていたとしても、あわただしい作業であったのに変わりはない。背後に、歴史書編纂の試みがさまざまになされていなければ不可能なことだ。

日本列島の一隅に拠点を築いた古代ヤマト王権は、世界の先進国であった中国の諸制度を受け入れて律令制国家の確立をめざした。そして、その時、みずからの素性を明らかにするとともに、支配の正統性を保証するための「歴史」が求められたのである。それを可能にしたのも中国からもたらされた漢字であった。

漢字の日本列島への伝来は弥生時代にさかのぼるであろうし、遅くとも五世紀後半には、単に呪的な模様や符号としてではなく、まとまりをもった意思や出来事を記録する手段として用いられていたということは、埼玉県行田市の稲荷山《いなりやま》古墳から出土した鉄剣に彫られた文字列によってうかがい知ることができる。伝来した文字の浸透は、古代ヤマト王権とそれに隷属する豪族層たちの一部に限られていたはずだが、七世紀初頭には歴史を記述する試みが開始される。そして、およそ百年を経た七一二年には古事記が、七二〇（養老四）年には日本書紀が成立した。また、七一三年には地方の国々に対して地誌（いわゆる風土記）の編纂も命じられている。

この、七世紀初頭から八世紀初頭にかけての百年間は、古代国家の政治的経済的な基盤となる律令《りつりょう》の編成と改定に要した期間でもあった（律は現在の刑法にあたり、令はそれ以外の行政法にあたる）。六六八年に制定されたという近江令《おうみりょう》、六八九年に施行された浄御原令《きよみがはらりょう》を経て、七〇一年には大宝《たいほう》律令が成立し、その改定版である養老律令が七一八年に完成することによって、古代ヤマト王権は、中央集権的な法治国家（大和朝廷）の装いを整えていったのである。

そして同時に、国家を動かすための具体的な施策として、藤原京（六九四〜七一〇年）、平城京（七一〇〜七八四年）を造営して官僚機構を整え、富本銭《ふほんせん》や和同開珎《わどうかいちん》などの貨幣を鋳造し流通させることによって、都に暮らす官僚たちとその家族の生活を可能にした。また、戸籍の編成によって列島に生活する人びとを「戸《こ》」を単位として掌握し、班田（口分田）の給付と課税・課役によって国家の経済的な基盤を確立したのである。それら諸制度を支えるために律令は必要だった。しかし、制度がいくら整えられたとしても、それを人びとに強いる朝廷の側に正統性がなければ、国家としての安定と統一を保つことはできない。その正統性を保証するのが、大地の始まりの時から途切れることなく続く歴史だったのである。

歴史を記述するという営みもまた中国の制度にならったものだが、その性格はいささか違っていた。国家がいくたびも興亡をくり返し、そのたびに過去の記録として歴史書が編まれてきた中国に対して、誕生したばかりの大和朝廷では、天皇家を中心とした支配が不滅のものであるということを語るために歴史を記述しようとした。つまり、過去のすべてをひとつの時間の流れにつなぎ止めることで、始まりの時から続く「今」が、変わることなく未来へと続くことを保証しようとしたのである。

2 受け継がれる編纂事業

六二〇年、最初の歴史書が記述されたと日本書紀は伝えている。

皇太子と嶋大臣は相談しあって、天皇記と国記、臣《おみ》・連《むらじ》・伴造《とものみやつこ》・国造《くにのみやつこ》・百八十部《ももやそべ》、それに公民《おおみたから》等の本記を記録した。（推古天皇二十八年）

天皇記・国記と氏族らの本記が、厩戸皇子《うまやとのみこ》（聖徳太子）と蘇我馬子《そがのうまこ》とによってまとめられたというのである。ただ、右の記事が歴史的な事実を記すものであるか否かは問題で、歴史書の編纂作業が聖徳太子の手によってなされたかどうかは疑わしい。しかし、何らかのかたちで七世紀初頭に歴史書の編纂がもくろまれたという事実は認められるはずで、その起源を聖徳太子に仮託するというのが日本書紀の歴史認識であった。そして興味深いのは、古事記に記述された系譜がトヨミケカシキヤヒメ（推古）で終わっているということである。

天皇記・国記の内容がいかなるものだったかは探りようがないが、名称からみて、天皇記は歴代天皇の系譜や事績を記したもの、国記は神と人とにかかわるさまざまな伝承を記したものとみてよいだろう。そして、日本書紀の記述をたどると、大和朝廷は歴史書の始まりを天皇記・国記にあるとみなし、それを受け継ぎながら歴史書の編纂をくり返していったことがわかる。

いわゆる大化の改新（六四五年）と呼ばれる動乱のなかで、天皇記は蘇我氏とともに焼け失せ、国記だけが、船史恵尺《ふねのふひとえさか》という忠臣の手によって蘇我氏の邸から持ち出され、中大兄《なかのおおえ》（即位して天智天皇）の許に届けられたと日本書紀は伝えている。事実というよりは、歴史書編纂をめぐる試練物語かもしれないが、焼失する邸から持ち出された国記の記述が、推古朝にとってもっとも近い「歴史」時代に位置するヲケ（顕宗）・オケ（仁賢）で閉じられていたというのは十分に考えられることだ。系譜的にみても時間的にみても、ヲホド（継体）以降は、推古朝にとって「今」に属している。とすれば、説話的な記事がオケ・ヲケの兄弟で閉じられ、系譜記事がトヨミケカシキヤヒメで終わるという古事記の歴史認識は、最初にもくろまれた歴史書、天皇記・国記にぴたりと符合するのである。

そこで思い出されるのは、古事記の成立にかかわる次のような発言である。

日本書紀の関心が続日本紀以下の六国史へと続いてゆくあるものに向けられているのとは逆に、古事記の関心は推古朝あたりで、ないしは律令制の開始とともに終るところのあるものへと向けられているとはいえる。古事記という書名じたい、すでにそうした消息を語っている。（西郷信綱『古事記研究』未来社、一九七三年）

記述されている内容からみて、古事記の歴史認識が天皇記・国記に依拠したものであるという可能性は高い。しかも、そう考えると、八世紀初頭からみて古事記が時代に逆行している、あるいは過去に向いているようにみえるのも納得しやすくなる（この点に関しては次節で述べる）。

続いて、大海人皇子《おおあまのみこ》（即位して天武天皇）によっておこされた壬申の乱（六七二年）を経た後の六八一年、天武は本格的な歴史書の編纂事業を開始する。天智天皇の皇子である川嶋皇子をはじめ皇子・臣下たち十二名に命じて、「帝紀と上古の諸事」を記し定めさせた（天武十年三月）と、日本書紀は記している。

この事業は、おそらく古事記とはつながっていない。これは、唐という海彼の大帝国に向けられた律令国家の主張としてもくろまれた歴史書であるに違いない。一九九九年一月に最古の貨幣「富本銭」の発掘が報じられて有名になった奈良県明日香村の飛鳥池《あすかいけ》遺跡からは、「天皇」という文字の書かれた最古の木簡も発掘されているが、それらがともに天武朝の遺物であるというのは重要なことだ。また、「日本」という国号が用いられるようになったのもこの時代のことと考えられており、天武朝はまさに国家の確立期と呼ぶにふさわしい時代である。それを象徴するのが「天皇」や「日本」という称号と、外に向けられた新たな歴史書の編纂だったのである。

しかし、その編纂事業の完成にはおよそ四十年の時間を要した。続日本紀《しょくにほんぎ》（日本書紀を継いで編纂された朝廷の正史で、奈良時代の歴史が記述されている）は次のように記している。

これ以前に、一品舎人《いっぽんとねり》親王は天皇の命令を承って日本紀を編纂していた。ここに至ってようやく功績が実を結び奏上した。紀が三十巻、系図が一巻である。

（養老四〈七二〇〉年五月）

ここにいう日本紀は続日本紀の側の呼称でしかなく、成立時に日本紀と呼ばれていたわけではないし、おそらく日本書紀という書名でもなかった。天武朝に始まった新たな歴史書の編纂事業では、中国の歴史書（漢書や後漢書など）を模範とした、紀・志・伝（紀は歴代天皇の編年体による事績、志は地誌や制度などの記録、伝は臣下など功績のあった人物の伝記）のそろった正史「日本書」が構想されていたが、志と伝は完成せず、いつの頃にかその構想も潰えて、続日本紀にあるように「紀三十巻」と「系図一巻」（現存しない）だけが完成したのである。そのために、完成したのが「日本書」の一部であることを示すために、書名は「日本書　紀」となっていたが、書写を重ねるうちに「日本書紀」になってしまったということらしい（神田喜一郎「『日本書紀』という書名」日本古典文学大系『日本書紀』下巻「月報」所収、岩波書店、一九六五年）。つまり、現存日本書紀（日本紀）は、もとは正史「日本書」の一部として編まれた書物であり、初めから「紀三十巻」だけの「日本紀」をめざしていたわけではなかった。事実、「日本書」のための志や伝が準備されていたという痕跡はいくつも見出せるのである（詳しくは三浦佑之『神話と歴史叙述』若草書房、一九九八年、参照）。

また、最近の研究によれば、日本書紀の筆録には、中国語を母語とする渡来系の人びとの関与が明らかにされており（森博達『日本書紀の謎を解く』中公新書、一九九九九年）、純粋な漢文体で記述された日本書紀が外に向けられたものであったのは疑う余地がない。それに対して、文体をみても内容をみても、古事記は律令的な世界に背を向けて存在しているという印象を与えるのである。

三　古事記の成立

1　勅語の旧辞と誦習

古事記の成立事情を知るには、その冒頭に置かれた序による以外に手立てはない。本書の巻末に掲げた現代語訳を参照しながら、古事記の成立過程を確認しておこう。

書物としての古事記成立の契機も、天武天皇の命令にあったと古事記の序は伝えている。天武は、「諸々の家に持ち伝えている帝紀と本辞」が、家々の都合によって書き変えられており、「今、この時にその誤りを改めないかぎり、何年も経たないうちに、その本来の意図は滅び去ってしまうであろう」と述べる。そして、それらは「我が朝廷の縦糸と横糸とをなす大切な教えであり、人々を正しく導いてゆくための揺るぎない基盤」となるものだから、今ここに、「帝紀を撰《えら》び録《しる》し、旧辞を探し求めて、偽りを削り真実を定めて後の世に伝えようと思う」と宣言するのである。

ここにいう帝紀と本辞（旧辞）は、先にふれた「帝紀と上古の諸事」（天武紀）に対応するものであり、さかのぼると推古紀の天皇記・国記につながる。つまり、歴史は、

帝紀／天皇記——天皇の系譜や事績を記述したもの

本辞／旧辞／上古の諸事／国記——古い時代の出来事を記したもの

によって構成されるべきだと考えられていたのである。

古事記・序によれば、天武天皇の時代よりもはるか以前から、有力な家々には内容に異同のある帝紀や本辞（旧辞）が伝えられており、それらを、唯一の正しい帝紀と旧辞にしようとしたのが天武だったというわけである。そこに登場したのが稗田阿礼であった。

天武に仕えていたという阿礼は二十八歳の青年で、「その人となりは聡明で、目に見たものは即座に言葉に置き換えることができ、耳に触れた言葉は心の中にしっ

かりと覚え込んで忘れることがなかった」。そこで天武は、「自ら撰び定めた歴代天皇の日継ぎの伝え（帝皇日継）と、過ぎし代の出来事を伝える旧辞（先代旧辞）とを誦《よ》み習わせ」（カッコ内の表記は原文）たのだが、「時は移り世は変わり、いまだその事業を完成させることはできないまま」になってしまったという。

　ここにも、帝紀と旧辞の言い換えである帝皇日継と先代旧辞という語が出てくるが、それこそが、天武がみずから定めた唯一の正しい歴史だということになる。その際、阿礼に命じた「誦み習う（誦習）」という行為が、たんに暗唱するということではなく、すでに書かれてあるもの（帝紀・旧辞）をもとにしているという点は注意しておきたい。

「誦習」の内実については議論が多いが、もとになっているのは天武天皇の「勅語（＝音声で伝えられた言葉）」であり、「誦」という漢字が「解読した文章を口吟し口誦する意」（西條勉『古事記の文字法』笠間書院、一九九八年）であるとすれば、阿礼の行為は、唯一の正しい帝皇日継と先代旧辞とを音声によって保持するものだというのは動かない。そこに、新たに書き直された帝皇日継と先代旧辞が存在したのか、書かれた帝紀・旧辞は旧来のままであったのかは見解の分かれるところだが、後の太安万侶の作業を考慮すると、天武の「勅語」は書物にはなっていなかったとみるのが妥当だろう。

稗田阿礼という人物を介することによって、歴史は、音声をともなって伝えられることになった。それを可能にしたのは、阿礼が「古代社会において、『誦む』ということ、言葉を口に乗せるということが、まだ必要であった」（藤井貞和『物語文学成立史』東京大学出版会、一九八七年）最後の時代に身を置いていたからである。

天武による「勅語」が何年になされたのかはわからないが、それから少なくとも三十年を経て古事記は成立する。序によれば、天武から三代目にあたる元明《げんめい》天皇が、「旧辞が誤り違っているのを惜しみ、先紀《せんき》が誤り乱れているのを正そう」として、和銅四（七一一）年九月十八日、太朝臣安万侶に、「稗田阿礼が誦《よ》めるところの、飛鳥の清原《きよみはら》の大宮に坐《いま》した天皇の勅語の旧辞を撰び録《しる》して献上せよ」と命じたのである。その命令を受けて、「隅々まで細やかに採《と》り拾った」のが古事記だという。天武天皇の皇子・草壁《くさかべ》皇太子の妃であった元明（阿陪《あへ》皇女、阿陪は阿閉とも）は、天智天皇の皇女、母の出自は蘇我氏であり、その系譜に見出せる親や一族は、百年間にわたる歴史書の構想を体現した人びとであった。歴史書の始まりに置かれた天皇記・国記を受け継ぎ、歴史書を完成させるという使命を担うにふさわしい人物が元明だったのである。

右に引いた元明の命令には「勅語の旧辞」とだけあって、それまでいつも並んでいた帝紀（天皇記）が抜けている。直前の部分には「阿礼に命じて、自ら撰び定めた歴代天皇の日継ぎの伝え（帝皇日継）と、過ぎし代の出来事を伝える旧辞（先代旧辞）とを誦み習わせた」とあり、天武の勅語は「旧辞」だけではなかった。ところが、元明の発した安万侶への命令は「勅語の旧辞」だけなのである。これを、帝紀という語が漏れたにすぎないと考えることもできるが、「稗田阿礼の誦み習ったことのなかから『勅語の旧辞』を撰録した」のが古事記だという発言（藤井貞和『国文学の誕生』三元社、二〇〇〇年）も無視できない。しかし、わたしたちの前にある古事記は帝紀（帝皇日継／天皇記）的な記事の割合が大きいのも事実で、天武の勅語によったのが旧辞だけだとすれば、系譜的な記事（帝紀）は別の資料を元にしていると解釈しなければならなくなる。

たしかに、系譜は固定しているのが原則だから、元明にとって、天武の勅語のうちの旧辞こそが重要だったのだとみることは可能だ。実際、古事記と日本書紀の天皇系譜を比べてみると、伝承部分（旧辞）ほどには大きな違いをもっていない。そこからみて、古事記に生かされたのは、「勅語の旧辞」だけだったということも十分に考えられるのである。

2 古事記とは何か——懐旧と語り

古事記は、天武天皇の勅語を受けて企てられたものでありながら、同じく天武の命令によって日本書紀へと結実することになった歴史書の構想とは大きく隔たっているようにみえる。一方が、律令国家の根拠となる理想の歴史を記述しようと腐心したのに対して、古事記はそこから背を向けているような印象を読む者に与える。アマテラスとオシホミミとの「血」のつながらない関係や、ヤマトタケルの反天皇的なイメージ、くり返される内部抗争など、いずれの部分をみても、古事記の伝承には理想の古代国家からはほど遠い神や人の行動が描かれているように読めてしまう。

そのことは、古事記が成立した八年後に、なぜまた日本書紀が奏上されることになったのか、なぜ古事記が中国史書とは大きく異なった構成や体裁をとっているのか、元は一つのところから出ていながら、古事記と日本書紀とではその性格に本質的な差異があるのはなぜかといった疑問へとつながってゆく。

七世紀初めの歴史書編纂の開始から日本書紀成立への流れが平坦なものでなかっ

たというのは容易に想像できるし、はじめから歴史書の体裁を「日本書」として構想していたわけでもなかっただろう。何度かの曲折あるいは試行錯誤の後に「日本書」は構想され、それも頓挫するかたちで、結局は日本書紀（日本紀）へと向かっていったに違いない。そしておそらく、古事記は、そうした歴史書編纂の試行錯誤の途中に生まれ、主流からは外れてしまった歴史書の一つだったのではなかったか。もう少し言えば、天皇記・国記に連なろうとするような歴史認識をもつ古事記は、少なくとも律令制古代国家にとっての正史にはなりえない、旧時代の歴史でしかなかったのではないか。だからこそ、八年後に日本書紀が奏上されねばならなかったのである。

歴史書の完成をめざしてさまざまな試みがなされた。天武朝のこととして記された二つの事業、天武十年の歴史書編纂の命令（日本書紀）と、勅語の旧辞の誦習（古事記・序）とが併存するのも、歴史書を模索する天武朝という時代の揺れ（矛盾）として理解すれば納得できる。そして、そのうちの「勅語の旧辞」が懐旧の女帝とも言える元明によって完成へと導かれていったのは必然であったが、けっして律令国家の意志を体現するものにはなりえなかった。

直接的な筆録作業だけをみても、百年にも及ぶ文字化の試みを抱え込んでいるのは述べてきたとおりだが、一方に、文字化への時間をはるかに超えた語りの時間と空間とがあり、それに支えられて神がみの物語や天皇たちの事績は書かれたのだということも改めて強調しておきたい。天皇記や国記、帝紀や旧辞の筆録は、下敷きとなる伝承群が音声を通して累積されていなければ不可能であった。そして、語りという行為は、書くという営みが定着したのちにも機能していたから、稗田阿礼の「誦習」は必要だったのである。天武天皇の「削偽定実（偽りを削り実を定める）」や稗田阿礼による「勅語の旧辞」の「誦習」が、文字を介した行為でありながら、同時に「音声」をともなう伝承行為でもあったという事実をおろそかにすることはできない。古事記と日本書紀との文体の違いは、両者の最終的な編纂作業における音声の有無にかかわっていると考えられるのである。

古事記に記載されている神話や説話は、音声によって語り継がれていた古伝承をそのまま文字化したものではない。文字化に際して中国古典の文章や字句を借りるのはもちろん、その構成や内容さえも漢文脈の影響をまぬかれることはできなかっただろう。しかし一方で、そこに描かれている神話や説話を生み出したのは、文字化以前の、あるいは文字とは離れて存在した口と耳とによる伝承の累積であった。文字記述されている神話や事績は、もともとどのようなかたちで存在したのかということを問うことなしに、歴史書の編纂を論じることはできない。一方、音声から記述へという単線的な論理が、先頃の『新しい歴史教科書』（扶桑社、二〇〇一年）に象徴されるような「日本」讃美論に絡めとられてしまう危険性を抱え込んでいるのは十分に承知している。その上であらためて、安易な「文字」絶対化に対しては異議を唱えておきたい。極端に言い切ってしまえば、文字は手段でしかないはずだ。

四　古事記の構造と内容

1　起源神話と秩序の確立――神代篇

日本書紀が全三十巻のうち最初の二巻で神話を語るのに対して、古事記は全体の三分の一が神がみの物語になっており、神話の比重が大きい。そこには、人間の世界の起源を神がみの世界のなかに位置づけ、「過去」に向き合おうとする古事記の性格が表れているといえるだろう。過去を見据え、神がみの世界を根拠として

「今」を保証しようとするのが古事記の論理であり、語りの論理であった。

まずはじめに、神代篇の大きな枠組みは、律令国家の中核に据えられた天皇家の血筋と支配の正統性を語るためにあるということを確認しておく。具体的にいえば、イザナキの禊《みそ》ぎによって誕生したアマテラスが高天の原の統治者となり、そのアマテラスから、アメノオシホミミ――ホノニニギ――ホヲリ――ウガヤフキアヘズ――カムヤマトイハレビコへとつながる系譜と歴史を語ることによって、天皇家の由緒正しさは主張される。物語としていえば、スサノヲとアマテラスとのウケヒによる子生みであり、タケミカヅチの地上平定、ホノニニギの葦原中つ国への降臨、コノハナノサクヤビメとの結婚、ホヲリのワタツミ訪問、カムヤマトイハレビコの東征と即位などである。

しかし、それらの神話の中には、ウケヒの勝利者は誰で、オシホミミは誰の子かといったことへの疑問を生じさせたり、強大な地上勢力であるオホクニヌシ一族を語りすぎることによって生じる、正統であるはずの天皇家の神がみのひ弱さや深みのなさを露呈させたりしており、完全な統一体としての国家神話になりきっていないと思わせる部分も目立つ。こうした構成の未熟さは、文字によって統御される以前の、語られた神話が古事記には残留しているからではないか。

古事記の神話が日本書紀と大きく違うのは、オホクニヌシ（オホナムヂ）を中心としたいわゆる出雲系の神がみの扱い方である。出雲神話と呼ばれる部分（スサノヲのヲロチ退治神話を除いた、其の三、其の四の大部分）を持たない日本書紀に比べるまでもなく、古事記の神代篇を構成する主要部分の一つは葦原中つ国の支配者となるオホナムヂの物語であり、それがもっとも生き生きと語られているといってよい。なぜそのような展開をとるのかといえば、天皇家の側の最後の勝利（地上征服）を強調するためだという見方も不可能ではないが、そして、国譲りの部分（其の五）にはそうした手法を指摘することもできるが、古事記神話の枠組みそのものが、オホナムヂ（別名としてのヤチホコ）という英雄神を主人公とする叙事詩的な語りへの過剰ともいえる傾斜を選択しているためだとみたほうが理解しやすい。つまり、古事記の神がみの物語の中核には、出雲系の神がみを語ろうとする意志がはたらいているのである。それを、天皇家の血筋と支配の正統性を語るために統御しようとして、完全には統御しきれなかったのが古事記であり、日本書紀は、ヲロチ退治神話だけを残して出雲系の神がみの物語を切り捨てることによって全体を統御したのだ。それが、語りの論理に生きる古事記と、文字の論理を内在化させた日本書紀との違いである。

古事記の神代篇が語ろうとするもう一つの主要な要素は、人びとが暮らす地上世界のあらゆる秩序の起源を、神がみの世に生じた出来事として説明しようとすることである。思いつくままに挙げれば、大地や神がみはどのように誕生したか、なぜ黄泉《よみ》の国は存在し、なぜ人は死ぬのか、根の堅州《かたす》の国はどのような世界で、なぜそこにスサノヲはいるのか、ワタツミと地上世界とはどのような関係に置かれているか、なぜナマコには口があるのかというふうに、大きなことも小さなことも、あらゆるものごとの始まりや異界との関係性が、神の代の出来事として語られ説明される。

神話とは、人と、大地やそれをとり囲む異界や自然、あるいは神も魔物も含めた生きるものすべてとの関係を、始源の時にさかのぼって説明するものだ。それを語ることによって、人が今ここに生きることを保証し、限りない未来をも約束することで、共同体や国家を揺るぎなく存在させる。神話とは、古代の人びとにとって、法律であり道徳であり歴史であり哲学であった。だからこそ、人が人であるために神話は語り継がれた。

神代篇の語り出しの部分を例にとると、天と地とが初めてその姿を見せた時、高天の原にはアメノミナカヌシ、タカミムスヒ、カムムスヒという三神が出現し、

「独り神」のままに姿を隠していった。一方、大地は水に浮いた脂《あぶら》のような、漂うクラゲのような混沌とした姿としてあり、そこに葦の芽のように萌え出したのが「立派な葦の芽の男神《ウマシアシカビヒコヂ》」であった。泥の中から芽吹く葦の芽と重ねられて、最初のいのちが言葉と像をもったのである。この神もまた高天の原に生じた神がみと同様に姿を隠してしまうが、一度あらわれた生命の兆しは受け継がれ、次々に神を生じさせ、独り神から配偶神をもつ神となり、ついにはイザナキ・イザナミという兄妹神が誕生する。そして二神は、天空に浮かぶ天《あめ》の浮橋《うきはし》に立ち、大地以前のドロドロと漂う地表をかき回してオノゴロ島を作り、その島に降り立って結婚し、骨のないヒルコを生むという失敗を経たのちに、豊かな大地や島を生み、風や山や水や霧や火など、あらゆる自然を神として生み成した。

そのように語られることによって、地上世界はたしかに誕生し、あらゆる神がみに守られた豊かな大地として人びとの生活をはぐくむ場所となる。人間もまた、その豊かな大地から萌え出した「草」として誕生したと古事記は語っている。人は「青人草《あおひとくさ》（青々とした人である草）」と呼ばれる草だから、冬には枯れて死ぬが、春になると大地から芽吹く草と同じく、人は新しい生命を生み継いでゆくことができる。人間の生と死が循環する草として認識されることで、人が地上に生きることの揺るぎなさを確信する、それが神話を語ることの意味であった。

また、神代篇ではイザナミの黄泉の国への鎮座、イザナキの黄泉の国往還、アマテラスの高天の原への鎮座、スサノヲの高天の原往還や根の堅州の国への鎮座、オホナムヂの根の堅州の国往還、ホヲリのワタツミの宮往還など、神がみの異界遍歴や異界への鎮座がくり返し語られる。それは、神話が世界の秩序を語るものだからである。同じような構造を持ちながら内容の違う世界をらせん状にくり返し語り継ぐことで、大地を取り囲むようにいくつもの異界が位置づけられ、人は神と異界に囲まれてゆく。それが人びとの安定した生活を約束するのである。

もう一つ、神代篇に登場するもっとも魅力的な神スサノヲを思い出してみたい。

死んだイザナミを迎えに黄泉の国に行ったイザナキが、イザナミの腐乱死体を見て畏れ逃げ帰った後に体を清めて生み成したのが、アマテラス、ツクヨミ、スサノヲという三柱《みはしら》の貴い神であった。そして、アマテラスは天上の高天の原を、ツクヨミは夜の支配する世界を統治することになるが、スサノヲは父から命じられた海原の統治を拒否して追放され、姉アマテラスのいる高天の原に昇り、正統の側の権化であるアマテラスと対立して乱暴を働いたために、高天の原からも追放されてふたたび地上に降りてくる。そこから、よく知られたヤマタノヲロチ退治へと展開する

（其の二～其の三）。

ヲロチ退治神話の主人公スサノヲは、神がみから楽園追放を命じられて出雲へと降りる途中でオホゲツヒメという食物の女神を殺してしまうような、横溢する力を抑えきれない凶暴さをもっている。そのスサノヲにクシナダヒメは救われ、二人の結婚によって地上には新たな秩序がもたらされる。一方、怪物ヲロチは肥《ひ》の河（島根県の斐伊川）を象徴する自然神として登場する。図式的にいえば、荒れ狂う自然を象徴するヲロチに対して、スサノヲは文化を象徴する神なのである。混沌に対する秩序と言い換えてもよい。たとえば、アシナヅチに問われたスサノヲが自らをアマテラスの弟だと名乗るのは、スサノヲが秩序化された世界（高天の原）から来訪した高貴な神であることを明かすためだ。自然の力とは別の、もうひとつの力＝文化をもつ神によって、地上世界は、「今」につながる豊かな生活を手に入れることができたのだと、ヲロチ退治神話は語っている。それゆえに、稲作をはじめ五穀の起源はスサノヲによって語られることになったのである。

歴史書としての古事記が描こうとしたはずの、天皇家の血筋や支配の正統性を主張するための枠組みは、語りの論理の前では十分に機能していない。古事記は、文字の論理と語りの論理とがせめぎ合うただ中に置かれた作品だったということが、神代篇の語り方をみるとよくわかるのである。

2　系譜につながれる伝承——人代篇

歴代天皇の事績を語る古事記の中・下巻には、三十三代にわたる天皇たちの系譜や事績と、皇子や臣下たちの物語が描かれている。といっても、すべての天皇に事績が語られるわけではない。即位する以前に伝承をもつ天皇三名（二代、十八代、二十四代）を加えても、何らかの伝承をもつ天皇たちは十五名に過ぎず、三〜九代、十三代、二十二代、二十五〜三十三代の天皇十八名については系譜が伝えられているだけである。

その構成をみると、日本書紀の場合は編年体の叙述形式をとるために、一つの事件であっても時間の経過にしたがって分断して記述されるが、古事記の場合は、天皇の代ごとに区切りながら、それぞれの事績や出来事を単位としてエピソードを積み重ねるかたちで叙述されるために、個々の事績や出来事の物語的なまとまりは緊密になっている。個々のエピソードを累積的につなぐという古事記の手法は、語り伝えられていた伝承の構造を受け継いだところから生じている。一方、日本書紀の場合は、一つ一つの伝承をいったん解体したうえで、歴史書の中で再編している。その結果、日本書紀は歴史書としての統一性をもつことにはなったが物語としてのおもしろさを欠いた作品となり、古事記は歴史書としての統一性には欠けるが、個々の伝承は読んでおもしろい作品として残されたのである。

別の言い方をすれば、古事記の中・下巻における時間（歴史）は、系譜によってもたらされているということになる。登場人物が系譜によって位置づけられ、前後に並べられた伝承の主人公と血縁的・姻戚的に結ばれることによって、それぞれの伝承は、古事記という作品のなかの時間の流れに定位されて、安定した場所を与えられているに過ぎない。たとえば、ヤマトタケルの活躍譚がサホビコの反逆やホムチワケの伝承のあとに置かれねばならない必然性は、伝承の内部には読み取れないわけで、乱暴にいえば、ヤマトタケルがイクメイリビコイサチ（垂仁）の子であったとしても、その活躍を語る英雄物語は、オホタラシヒコオシロワケ（景行）の子とされた場合と同じように語ることができたはずである。

それぞれが個別に完結する伝承は、系譜という接着剤によって固着され、固有の歴史（時間）をもつことになった。もとは、ともに「昔」という時間のなかで並列的に語られていたかもしれない伝承が、系譜によって縦の時間軸を与えられ、歴史書としての体裁と統一が保たれているのである。したがって、天皇の系譜に直接つながらない伝承は、不安定な状態に置かれてしまう。たとえば、ホムダワケ（応神）の時代に新羅から渡来したと語られるアメノヒボコ（其の五）の四代目の子孫タヂマモリの伝承が、ホムダワケから四代前のイクメイリビコイサチ（垂仁）の代のこと（其の二）として語られるというような時間的な矛盾を抱え込んでしまう。これは、個々の伝承が天皇の系譜とは離れた自由な時間のなかにあったと考えれば当然のことだろう。また、歴史の拠りどころとしての系譜にも問題があって、ヤマトタケルの曾孫カグロヒメがヤマトタケルの父オホタラシヒコオシロワケと結婚するというようなねじれも生じている。しかし、それを混乱や誤りとみるのは短絡的に過ぎるわけで、ヤマトタケルという英雄がオホタラシヒコオシロワケの子とされる以前に別の語られ方をしていた可能性をうかがわせるクレバスかもしれないのである。

並列的に語られていた個々の伝承を、系譜によって時間軸のなかに組み込む方法を古事記は獲得した。このあり方は、神代篇も含めた古事記の全体に共通する。しかし、歴史（時間）という言い方をしたとき、神代篇に語られた神がみの物語は、人代篇の天皇たちや臣下たちの伝承とは別のものになる。なぜなら、系譜に位置づけられたとしても神は歴史をもちえないからだ。だからこそ、アマテラスは天皇家の祖神でありながら生き続けるのだし、オホクニヌシやオホモノヌシは祟りを起こして天皇たちをおびやかすのである。歴史は死ぬべき人間にしかないのだと言えようか。

系譜に関して、中巻と下巻との違いを指摘すれば、皇位継承の順序である。中巻に登場するカムヤマトイハレビコ（神武）からホムダワケ（応神）に至る十五名の天皇のうち、第十三代ワカタラシヒコ（成務）から第十四代タラシナカツヒコ（仲哀）への継承を除くと、他はすべて父から子への直系的な継承関係をもっているのに対して（次ページ図1、参照）、下巻に置かれた第十六代オホサザキ（仁徳）から第三十三代トヨミケカシキヤヒメ（推古）に至る十八名の天皇たちの場合、次ページ図2に示したような複雑な継承関係によって受け継がれる（数字は天皇の代数。△は男、○は女、横二重線は結婚関係）。

「比較的あとの時代の、事績や系譜上の位置がより詳しく知られている首長の継承は、傍系継承とされ」るのに対して、古い部分が直系継承になっているアフリカのモシ族の首長位の継承伝承（川田順造『無文字社会の歴史』前掲）と同じことが、古事記でも指摘できるのである。

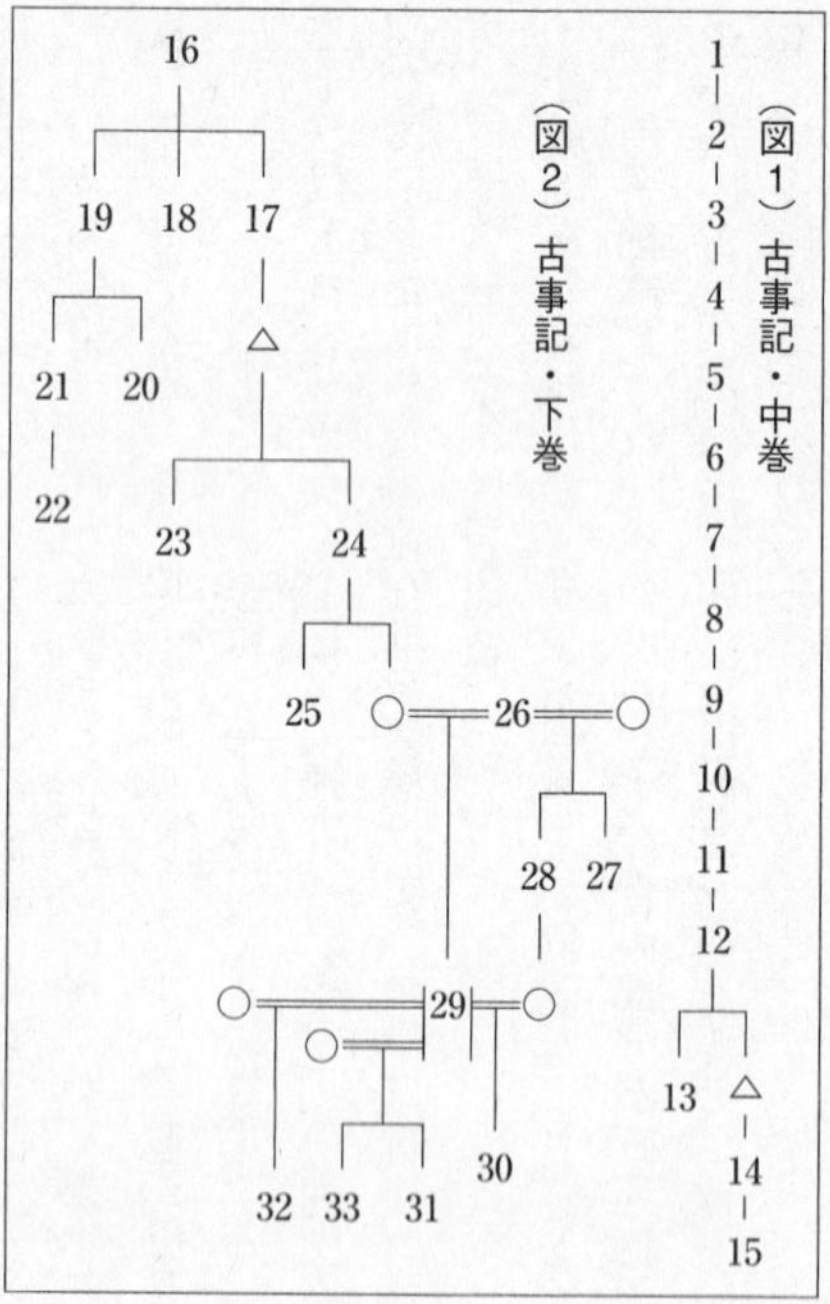

（図1）古事記・中巻
（図2）古事記・下巻

こうした中巻と下巻との違いは、系譜における事実性の強弱と連動しているはずだ。中巻の場合、伝承とおなじく並列的にあった系譜をかなり強引に直列化したらしいということが想像できる。ただ、その作業は古事記の編纂段階よりもずっと以前であったらしいことは、日本書紀の系譜もまた同一の継承関係をもつことによって確認できる。

3　中巻と下巻との違い

中巻と下巻とにおける継承関係の違いは、伝承における性格の違いとしても明瞭に表れている。

中巻では、カムヤマトイハレビコ（神武）・ミマキイリヒコイニヱ（崇神）・イクメイリビコイサチ（垂仁）・オホタラシヒコオシロワケ（景行）・タラシナカツヒコ（仲哀）・ホムダワケ（応神）の各天皇に伝承があり、天皇代ごとに大きなまとまりをもって並べられている。そのうち、前半の三つは天皇の事績を中心とした伝承になっているが、後半の三つでは天皇が脇役的な立場に置かれている。オホタラシヒコオシロワケの代では皇子ヤマトタケルの活躍譚、タラシナカツヒコの代では皇后オキナガタラシヒメの活躍と皇子出生譚、ホムダワケの代では息子オホサザキをはじめ三人の皇子をめぐる太子《ひつぎのみこ》争いの伝承が中心を占めていて、「天皇」記とは呼びにくい面をもつ。しかも、中巻の六つの伝承群のうち、グループを越えて連続しているのはタラシナカツヒコの代とホムダワケの代だけで、あとの四つの伝承群は相互のつながりをまったく持っていない。

そして興味深いのは、中巻に置かれた六つのグループがいずれも「混沌から秩序へ」という同一の構造によって語られていることである。本書では神代篇に置いたカムヤマトイハレビコの代でいえば、日向から倭《やまと》への東征は、無秩序な状態の地上を戦いによって平定し、秩序の中心である倭への鎮座を語る物語であり、イスケヨリヒメとの結婚が秩序の完成として置かれている。それはミマキイリヒコ（崇神）の伝承も同じで、オホモノヌシの祟りによる疫病の流行によって生じた混沌は、神の子オホタタネコの出現によって秩序化され、タケハニヤスの反乱を鎮めることで、「初国《はつくに》知らしし御真木《みまき》の天皇《すめらみこと》」が秩序化の象徴として称えられる。イクメイリビコイサチ（垂仁）以降の展開もこれらのあり方と変わることはない。登場人物と事件の内容が異なるだけで、はじめに置かれた混沌と、その克服による秩序の回復というモチーフをくり返し語り継ぐ。

こうした「混沌から秩序へ」という中巻の構造は、起源神話の様式を受け継いだものとみてよい。神話が語ろうとするのは、「今」につながる秩序がどのようにしてもたらされたかということである。その時、はじめに混沌とした無秩序な世界があり、そこに登場した神の力によって世界は鎮められ整えられたと語るのが、起源神話の基本構造である。そして、神によって獲得された秩序は地上の王や英雄たちに受け継がれ、新たに生じた不安や秩序のほころびは、王や英雄たちの力によって回復されるのである。

一方、下巻（人代篇・後篇）の場合、事件や事績が描かれているのはオホサザキ（仁徳）、オホエノイザホワケ（履中）、ヲアサツマワクゴノスクネ（允恭）、アナホ（安康）、オホハツセワカタケル（雄略）、ヲケノイハスワケ（顕宗）の各天皇たちである。それに加えて伝承としては、シラカノオホヤマトネコ（清寧）の没後にオホハツセワカタケルに殺されたイチノヘノオシハの息子オケ・ヲケ兄弟の苦難と栄光を語る物語がある。この古事記の掉尾を飾る語りごとは、「混沌から秩序へ」という中巻の伝承群と共通する構造をもっているが、それ以外の天皇たちの伝承は、天皇ごとのまとまりは希薄で、個別的なエピソードが脈絡のないままに並べられているという印象が強い。

オホサザキの場合を例にとれば、皇后イハノヒメの嫉妬という枠組みのなかで、オホサザキの女たちをめぐる物語が積み重ねられているだけで、全体を「混沌から秩序へ」という構造として読むことはできない。それはオホハツセワカタケルの場合も同様である。血なまぐさい兄弟間の闘争が語られ、何人かの女性たちとの結婚譚や求婚失敗譚が並べられているにすぎない。これはイザホワケやアナホの場合も同じで、兄弟間の対立と闘争が中心的な話題であり、争いに勝利して天皇になるという点で混沌の世界は秩序化されるとしても、それが下巻の枠組みを支えているわけではない。ただ骨肉の争いがくり返されるばかりで、起源神話の様式は受け継がれていないのである。

中巻とは異なる下巻の伝承群を貫く論理は、儒教思想である。即位した後のオホサザキ（仁徳）が巻頭に置かれているところに、そうした下巻の性格は象徴化されている。

女たちとの物語とは別に、オホサザキは「聖帝」として描かれている。それは三つのエピソードから構成されており、第一は、系譜に続いて記される三年に及ぶ課役免除の伝承で、オホサザキの時代が「聖帝の世」と称えられる。ここには、仁政者オホサザキの姿が見出せる。第二は、オホサザキの世の最後に記された二つの伝承（日女島《ひめ》での雁《かり》の卵の話と、大樹伝承から語り出される快速船「枯野《からの》」と名琴の話）にみられる、祥瑞《しょうずい》を招来させる有徳者オホサザキの姿である。ことに雁の卵の話は中国伝来の讖緯《しんい》思想（天変地異などに未来の予兆をみる古代中国の考え方）の影響を受けた典型的な祥瑞譚であり、冒頭の課役免除の話と呼応して聖帝オホサザキ像を構築する柱になっている。そしてもう一つ、善政者オホサザキが語られる。茨田《まむた》堤や丸迩《わに》池・依網池《よさみ》を作り、難波の堀江や小椅江《おばしのえ》を掘ったという短い記事である。

これら三つのエピソードから浮かび上がるオホサザキの姿は、国家の確立期に君臨する大君の理想像であった。ここには、史実として存在したはずの武力闘争の影がまったく見られない。新しい国家の建設に伴う理想化された天皇の治世が、起源神話の様式とは別の、仁・徳・善という儒教思想に支えられて語られるのである。

儒教的な性格は、ほかの天皇たちの伝承にも見出せる。オホエノイザホワケ（履中）の後を継いで即位する弟のタヂヒノミヅハワケ（反正）は、兄のスミノエノナカツミコを、その臣下ソバカリを使って殺させた上で、ソバカリを大臣にすると偽って殺してしまう。その時、ソバカリを殺す理由をミヅハワケは、功・義・信という儒教的な倫理観によって論理化しようとする（其の七）。自分を頼って逃げ込んだ御子マヨワに忠誠を尽くして死んでゆくツブラノオホミの行動も、儒教的な君臣の論理に裏付けられているはずだ（其の八）。また、オケ・ヲケ兄弟が播磨で見出される場面でも、長幼の序や互譲の徳が語られ、父を殺したオホハツセワカタケル（雄略）の墓を壊そうとしたヲケ（顕宗）を説得する兄オケの言葉も、儒教思想に彩られている（其の十）。

ただし、儒教思想が下巻の伝承のすべてを統御しているとは言いがたく、散発的な印象を与えはするが、中巻の伝承には見出せない観念であり、そこには、個々の人間を描こうとする意識がはっきりと指摘できる。伝承の描き方として、中巻では神話的な構造を受け継いだ様式的な伝承がくり返され、下巻では個別化したいくつかの伝承の背後に儒教的な観念が埋め込まれているといえよう。神話的なへその緒を切断して人間を語ろうとする時、語られる伝承は個別的一回的な性格をもたざるをえなくなり、それが儒教思想に基づいた倫理観を引き込んでいったのである。

時代的にいえば、下巻に語られているのはおもに五世紀を舞台とした伝承群だが、そのあたりになると、伝承の核になる何らかの史実が、語られる伝承に記憶として埋め込まれるということも生じているのだろうか。そのような印象を与えるのが下巻の伝承群である。

五　古事記の享受史

七一二年に奏上された古事記は、そののち長く表舞台に登場することはなかった。万葉集に引用されたり（巻二、九〇番歌など）、平安時代に書かれた氏文《うじぶみ》などに引用された痕跡はあるが、平安時代から中世において目立った扱われ方をしたことはない。成立直後から官人たちに講じられ注釈がなされ、さまざまに引用される日本書紀とはまったく対照的である。成立当初からずっと、信頼できる歴史書は日本書紀（日本紀）だったのである。

現存最古の写本が、成立して六百六十年も経たのちの、一三七一、二年に書写された真福寺本古事記でしかないというのも、そのあたりの事情をよく示している。そのためもあって、古事記には絶えず偽書説がつきまとっている（最近も、岡田英弘『歴史とはなにか』〈文春新書、二〇〇一年〉が、古事記は平安時代の初めに書かれた偽書だと主張している）。偽書説は、江戸時代以来しばしばくり返されてきたし、正直なところ、いくつものうさん臭い部分が、序の内容を含めて古事記に見え隠れしているのも事実である。ただ、奈良時代以前にしか存在しない母音が音仮名表記では区別されていたり（上代特殊仮名遣いと呼ばれる）、万葉集の中でも早い時期に編まれた巻に引用されていたりするところからみて、九世紀以降に書かれたものとは考えにくい。

江戸時代初期（一六四四年）には、板本（寛永板本と呼ぶ）によって刊行されてはいたが（一六八七年にも別の板本が刊行されている）、やはり古事記はマイナーな歴史書であることに変わりはなかった。そして、従来の評価を根底から覆したのが本居《もとおり》宣長《のりなが》（一七三〇〜一八〇一）であった。宣長は、一七六四年に起稿し、三十年以上の歳月を経た一七九八年に全四十四巻から成る注釈書『古事記伝《こじきでん》』を完成させたのである。同書の刊行は一七九〇年に始まり、宣長没後の一八二二年に完結するという長大な時間と莫大な労力とを要した事業であった。その結果、近代を迎えるとともに、古事記は第一級の古典として注目されることになったのである。

本居宣長の第一の功績は、厳密な本文校訂と注釈作業とによって、古事記という作品を信頼すべきテキストとして提出したことである。しかし、それによって古事記は、宣長流の訓読と解釈に色濃く染められてしまうことになったのも事実である。宣長は、日本書紀に濃厚な「漢心《からごころ》」を排し、すべてを「大和心《やまとごころ》」によって解釈することで、古事記こそが最高の古典だと称揚したのである。己れの立場を主張する最良の古典として、宣長は源氏物語とともに古事記を発見したと言ってもよい。そして、宣長の訓読と解釈は今も古事記研究に燦然と生き続けている。

近代に始まった古事記研究は、一つは宣長の『古事記伝』から出発し、いま一つは、西欧の影響をうけた比較神話学によって深められていった。その結果、明治三十年代から大正期の古事記研究は活況を呈するが、近代天皇制の思想的・文献的な根拠として政治的に利用されるようになって、戦前の研究は右傾化し窮屈なものになってしまったのである。

その制約から解放された戦後、いったんは沈黙を強いられていた古事記研究は、前代の憂さ晴らしをするように、ふたたび活況を呈することになる。そこでは当然のこととして、不可侵の「神典」であった古事記を、祭壇から引きずり降ろし解体する作業へと向かっていった。歴史学者を中心として英雄時代論が盛んになったのは戦後の一時期であり、それに続いて氏族伝承論が賑わうことになった。そのほか、伝統的な比較神話学も新たな装いをとって登場し、校訂・訓読や注釈もさまざまなかたちで深められた。文化人類学的な手法を用いた古事記の神話や説話の構造分析なども行われるようになり、思想史や心理学の材料としても古事記は利用される。あらゆる学問にとって、今も古事記は「日本人」の心を知るための欠かせないテキストである（たとえば、アエラムック72『日本神話がわかる』〈朝日新聞社、二〇〇一年〉の「学問する神話」の項に収められた諸論を参照）。

今後の古事記研究は、宣長の発見した古事記が果たして真実の古事記なのかという点に対する検証を経ることなしには、先に進まないはずだ。文字や訓読の研究が深められつつあるのも、そうした機運がはたらいているからに違いない。ただ、最近の研究の中には古事記を閉じた世界に封じ込めようとするような動きがあるのは気にかかる。古代律令国家や天皇のために編纂されたのが古事記だというのは自明のことだが、だからといって、古代に生きた人びとの考え方や行動を古事記の神話や伝承に探ることはできないというような時代錯誤の押しつけはやめたほうがいい。

一方、研究の分野とは別に、古事記は、近代以降さまざまに読まれ、さまざまに再生産されてきた。小説や絵画に描かれ、童話になり、演劇や映画やアニメに移しかえられ、最近では、コミックやゲームにも神話の主人公が登場する。

振り返ってみれば、こうした古事記に対する人気は、本居宣長によって見出された古事記をもとにしたものであると言っても過言ではない。そして、古事記に描かれた神話や伝承は現代のわたしたちに働きかける何かをもっている。学生たちも、歌は苦手だが神話には興味を示す。しかし、ほんとうに古事記は読めているのだろうか、切り取られた神話のもとの姿を知っているのだろうか。スサノヲやヤマトタケルの真の姿を知っている人はどれほどいるだろうか。おそらく、古事記をきっちりと読んでみたいと思っても、何の前提も知識もなしに読むことのできる書物はそれほど多くはないのだ。現代語になっているだけでは、筋はわかるが内容を理解できないし、いくら詳しく論述しても、わかるように説明していなければ役には立たない。

二つの道が必要だろう。一つは宣長を超える厳密な読みと成立論、一つは閉じられた古事記からの脱却と開放である。互いに矛盾するようにみえる二つを、相互補完的な関係に置かなければ道は拓けない。内側に深く掘り下げながら放り出して眺めてみる、解体しながら組み立ててゆく、歴史や民族を無化して比較し分析してみるというように、可能な方法を駆使して古事記に立ち向かうことが必要だろう。本書で試みたのも、古事記はどこまで読むことができ、古事記から離れてどこまで普遍化できるのかという二つの方向への模索であった。独白をまじえた語り部による語りとわたしの読みを徹底させた注釈と成立にこだわった解説とによって、古事記の今を明らかにしたつもりである。そうしたくり返しが社会に開かれた古事記を可能にし、延《ひ》いてはわたしたちの根拠を見つめ直す契機となるに違いないと考えるからである。

【付記】

この文章を書いたあと、古事記「序」は、九世紀初頭に書かれたものだと考えるようになった。古事記という歴史書が「語り」を基盤にもち、律令国家の正史にはなれない「旧時代の歴史」であるという、ここで論じた認識を突きつめてゆくとそう考えざるをえなくなったのである。それに対して、古事記の本文は、「序」にある和銅五年よりも数十年前、七世紀半ば頃に筆録されたというのがわたしの見解である。そのように考えることによって、ここで論じた古事記の性格はより一層わかりやすくなるのではないかと思う。

この新たな古事記成立論は、本書の姉妹編にあたる『古事記講義』（文藝春秋、二〇〇三年）の最終回「古事記の古層性」で述べた。その結果、この解説には「旧説」が含まれるのだが改訂しなかった。解説に示した見解は本文や注釈と微妙なところでかかわっており、解説だけを書き換えると書物全体のバランスが崩れてしまうからである。ただし、本文や注釈に示した古事記解釈に変更が必要な部分はない。

古事記　序

臣下、安万侶《やすまろ》が申し上げます。

そもそも、混沌とした大元《おおもと》はすでに凝《こ》り固まりながら、生命の兆しはいまだ顕れていない。名もなく、目に見える動きもないままでは、誰が、その形を認識することなどできたであろうか。しかしながらついに、天と地とが初めて分かれ、三柱の神が万物創成の先駆けとして姿を見せた。ついで女と男とが分かれて、伊耶那美命《いざなみのみこと》と伊耶那岐命《いざなき》の二柱の神が、あらゆる生きる物たちの祖《おや》となった。そして、伊耶那岐命は黄泉《よみ》の国に行きこの世に戻り来て、日神と月神とを、己《おの》が目を洗う時に生み成し、海の水に浮き沈みしながら己が身をすすぐ時に、天《あま》つ神や国つ神を生み成した。

まことに、始原の時は杳《よう》として明らかではないが、古くから伝えられた教えにより、国土を孕《はら》み島を生み成した時のありさまを知り、根源の時は遥かに遠く極めがたいが、今は亡き聖《ひじり》たちの教えに頼り、神を生み人を立てた世のさまを知ることができたのである。ありありと知り得たのは、鏡を榊の枝に懸け、口に入れた珠《たま》を吐き出して子を成し、その子孫が百代にもわたって相継いで地上を治め、剣を口の中で嚙《か》み砕き、恐ろしい蛇を切り散らし、万《よろず》の神々が集まり、高天《たかま》の原を流れる安《やす》の河で議論して天《あめ》の下を平らげ、出雲の国の小浜《おばま》で敵と渡り合って国土を清めた、ということであった。

こうして、番仁岐命《ほのににぎのみこと》が初めて高千穂の嶺に降り立ち、神倭《かむやまと》（神武）天皇は秋津《あきづ》の島を経《へ》巡《めぐ》って行った。熊に変化《へんげ》した悪神が熊野川に顕れ出たときは、天《あめ》の剣《つるぎ》を高倉の中に見つけて危難を逃れ、尾の生えた野蛮な者どもが行く手を遮ったときは、天より遣わされた大きな烏《からす》が吉野の地に神倭天皇を導いた。その吉野の地では、舞いを舞わせて刃向かう賊どもを攘《はら》い退け、兵士たちは合図の歌を聞いて敵を討ち伏せたのである。

また、御真木《みまき》（崇神）天皇は、夢の中に神の教えを聞くや、天つ神と国つ神とを敬い祀った。そのために人々は皆、世にも賢き大君と敬っている。大雀《おおさざき》（仁徳）天皇は、民の炊煙《すいえん》のさまを視察して人々を撫育《ぶいく》したゆえに、今も聖の帝《みかど》と称えられている。若帯日子《わかたらしひこ》（成務）天皇は、国境を定め国家を開いて近淡海《ちかつおうみ》の地で人々を治め、男浅津間若子宿禰《おあさつまわくごのすくね》（允恭）天皇は、臣下たちの姓《かばね》を正し氏を撰《えら》び定めて遠飛鳥《とおつあすか》の地で人々を治めたのである。

歩みには緩やかさや速さの違いがあり、内実の華やかさや質朴さも同じではないが、いずれの天皇も、古《いにしえ》を顧みながら古来の教えがすでに崩れかかっているのを正し整え、その教えによって今の世を照らし導き、教えの道が絶えようとするのを補正しないというようなことは一度たりともなかったのである。

飛鳥の清原《きよみはら》の大宮において大八州《おおやしま》を支配なされた大海人《おおあま》（天武）天皇の御世に到り、水底深く姿を隠していた竜が己れを知って立ち顕れるように、しきりに轟きわたる雷《いかずち》のように、時機に応《こた》えて動きがあった。天皇は、夢の中で神の教える歌を聞いて事業を継ぐことを思い、夜の川で身を清めながら皇位を受け継ぐことを決意したのである。しかしながら、天命の時はいまだ到来しないというので、南にある吉野の山に、蟬《せみ》が殻《から》を脱ぐごとくに抜け出て潜み、人事が整ったと見るや、東の国に虎のごとくに勢いよく歩み出た。

吉野を出立した天皇の輿《こし》は、たちまちのうちに山を越え川を渡り進んだ。天皇の率いる六つの軍隊は雷《いかずち》のごとくに大地を震《ふる》わせ、その御子、高市《たけち》皇子が率いる三つの部隊も電《いなずま》のごとくに前進した。兵士たちは手にした矛《ほこ》を杖にして勢いを奮《ふる》い立たせ、勇猛な戦士たちは立ち込める烟《けぶ》りのように涌き起こった。大君の軍隊が捧げ持つ紅《くれない》の旗は、兵士たちが手にした武器を輝かせて敵を威嚇《いかく》し、凶徒《きょうと》どもはまるで瓦が落ち砕けるように散り散りになったのである。

ほんのわずかな時も過ぎないうちに、災いは自《おの》ずからに鎮まった。すぐさま天皇は、戦いの荷を負わせていた牛の手綱をゆるめ、敵を追うために疲れた馬を憩わせて、ゆったりと都に凱旋したのである。戦いのしるしの旗を巻き収め、矛を鞘《さや》に収めて、勝利の美酒に舞い歌いつつ戦士たちをねぎらって都に留まることとなった。そして、木星が真西に宿る酉《とり》の年、月は二月《きさらぎ》に当たる時に、天皇は清原《きよみはら》の大宮において、天《あま》つ位《くらい》に昇り即《つ》いたのである。

天皇の踏み行われた道は中国の黄帝《こうてい》にも勝り、その徳は名高い周の文王や武王をも凌駕している。天皇は、神器《じんき》を受け継ぎ、天《あめ》の下を隅々まで統《す》べ治め、皇統を引き継いで、四方八方の果てまでも統治することとなった。そのために、陰と陽との二つの気は正しく整い、五行による天地の運行も規則正しく巡ることとなった。天皇はまた、神々の教えを守り古来の習俗に従うことを奨励し、優れた習わしを敷衍《ふえん》させて国中に広めていった。それればかりではなく、天皇の知恵は大海よりも広大で、深く上古のことを探り求めていた。その心はよく澄んだ鏡のごとくに輝きわたり、過ぎし代のことも明らかに見通すことができたのである。

ここに、大海人天皇は次のごとく仰せになった。

朕《わたし》が聞いていることには、諸々の家に持ち伝えている帝紀《ていき》と本辞《ほんじ》とは、すでに真実の内容とは違い、多くの虚偽を加えているという。今、この時にその誤りを改めないかぎり、何年も経たないうちに、その本来の意図は滅び去ってしまうであろう。これらの伝えは、すなわち我が朝廷の縦糸と横糸とをなす大切な教えであり、人々を正しく導いてゆくための揺るぎない基盤となるものである。そこで、よくよく思いめぐらして、帝紀を撰《えら》び録《しる》し、旧辞《きゅうじ》を探し求めて、偽りを削り真実を定めて後の世に伝えようと思う。

ちょうどその時、天皇の側《そば》に仕える一人の舎人《とねり》がいた。氏《うじ》は稗田《ひえだ》、名は阿礼《あれ》、年は二十八歳であった。その人となりは聡明で、目に見たものは即座に言葉に置き換えることができ、耳に触れた言葉は心の中にしっかりと覚え込んで忘れることがなかった。すぐさま天皇は阿礼に命じて、自ら撰び定めた歴代天皇の日継ぎの伝えと、過ぎし代の出来事を伝える旧辞とを誦《よ》み習わせたのである。

しかしながら、時は移り世は変わり、いまだその事業を完成させることはできないままであった。

頭《こうべ》を伏して今の世の皇帝陛下（元明天皇）を思いみれば、誉れ高い皇統を受け継いで、徳はあまねく輝きわたり、天・地・人の宇宙の万物に通じて人民を養い育てている。身は紫宸《ししん》の殿の内に坐《いま》して、徳は馬の蹄《ひづめ》の到る果てまでことごとくに覆い尽くし、古き中国の名君、黄帝の住まう石屋《いわや》にも似た大殿に坐して、威光は大海の果てを行く船の舳先《へさき》まで照らしている。

日は天空に高々と照り輝いて重なり、大空にはめでたい祥《しるし》を示す慶雲が浮かんでいる。また地上には、二つの枝が結び合った連理の枝や二つの茎に出た稲穂が一つに結ぶめでたい瑞《しるし》が重なり、記録係の者たちは筆を置く暇《いとま》もないほどである。貢ぎ物をもたらす外《と》つ国の使者の訪れを知らせる合図の烽《のろし》は次々に届き、間に立つ幾人もの通訳が言葉を変えてつなぎ渡し、贈られた貢ぎの品で溢れた倉庫の中は、隙間ができる月日とてない。

まさに、皇帝陛下の名は、夏《か》の国の名君、禹《う》王よりも高く、その徳は、殷《いん》の国の湯《とう》王にも勝ると謂《い》うべきである。

ここに、名高き皇帝陛下は、旧辞が誤り違っているのを惜しみ、先紀《せんき》が誤り乱れているのを正そうとして、和銅四年九月十八日、臣下、安万侶に詔《みことの》りして、稗田阿礼《ひえだのあれ》が誦《よ》めるところの、飛鳥の清原《きよみはら》の大宮に坐した天皇の勅語の旧辞を撰び録《しる》して献上せよ。

と仰せになったので、謹んで詔りのままに隅々まで細やかに採《と》り拾った。しかしながら、遥か上古の時代は、言葉も意味もともに朴直《ぼくちょく》であり、文字面《づら》を整え句を構成するに際して、渡来の文字を用いて書き記すのは困難を伴うことであった。すべての言葉を唐《から》の文章によって叙述したのでは、記された言辞が上古の心に及ばない。また逆に、すべての言葉を音《おと》を生かしながら書き連ねたのでは、文字の数があまりに多くて伝えたい趣旨が間延びしてわかりづらい。

そこでこのたびは、わかりづらい場合には、短い一句の中であっても、大和《やまと》の音と唐の訓とを交え用い、わかりやすい場合には、一つの出来事を語りきるほどに長い叙述であっても、すべて唐の文章を用いて記録した。そのために文意が取りにくくなった部分には注を添えて明らかにし、意味が取りやすい部分には改めて注を付けることはしなかった。また、氏《うじ》の読みとして日下《にちげ》を玖沙訶《くさか》と謂い、名の読みとして帯《たい》という漢字を多羅斯《たらし》と謂うが如き、よく知られた読み方の類は旧来からの表記を踏襲して改めてはいない。

　おおよそ記されている内容は、天地の開闢《かいびゃく》から始めて、小治田《おわりだ》の御世（推古天皇）で終わっている。そこで、天御中主神《あめのみなかぬしのかみ》から日子波限建鵜草葺不合命《ひこなぎさたけうがやふきあえずのみこと》までを上巻とし、神倭伊波礼毘古《かむやまといわれびこ》天皇から品陀《ほむだ》の御世（応神天皇）までを中巻とし、大雀《おおさざき》皇帝から小治田の大宮までを下巻とした。

　併せて三巻を筆録し、謹んで献上いたします。

　　臣、安万侶、誠に惶《かしこ》まり、誠に恐れつつ、頓首、頓首。

和銅五年正月二十八日

　　　　正五位上勲五等　太朝臣《おおのあそみ》安万侶

【注】古事記には、上巻の冒頭に「序」が置かれている。その文体は本文とは違い、純粋な漢文体で書かれた上表文の形式をとっている。なるべく忠実な現代語訳を心がけたが、内容をわかりやすくするために言葉を補った部分もある。

神々の系図（神代篇）

一　イザナキ・イザナミの子生み（神代篇、其の一）

- アメノミナカヌシ
- タカミムスヒ
- カムムスヒ
- ウマシアシカビヒコヂ
- アメノトコタチ
- クニノトコタチ
- トヨクモノ
- ウヒヂニ／妹スヒヂニ
- ツノグヒ／妹イクグヒ
- オホトノヂ／妹オホトノベ
- オモダル／妹アヤカシコネ
- イザナキ＝妹イザナミ
  - ヒルコ（子の中に入れず）
  - アハ島（子の中に入れず）
  - アハヂノホノサワケの島
  - イヨノフタナの島〔四国〕
    - 伊予の国・エヒメ
    - 讃岐の国・イヒヨリヒコ
    - 粟の国・オホゲツヒメ
    - 土左の国・タケヨリワケ
  - オキノミツゴの島・アメノオシコロワケ
  - ツクシの島〔九州〕
    - 筑紫の国・シラヒワケ
    - 豊の国・トヨヒワケ
    - 肥の国・タケヒムカヒトヨクジヒネワケ
    - 熊曽の国・タケヒワケ
  - イキの島・アメノヒトツハシラ
  - キビノコの島・タケヒカタワケ
  - アヅキの島・オホノデヒメ
  - オホの島・オホタマルワケ
  - メの島・アメノヒトツネ
  - チカの島・アメノオシヲ
  - フタゴの島・アメノフタツヤ
  - オホコトオシヲ
  - イハツチビコ
  - イハスヒメ
  - オホトヒワケ
  - アメノフキヲ
  - オホヤビコ

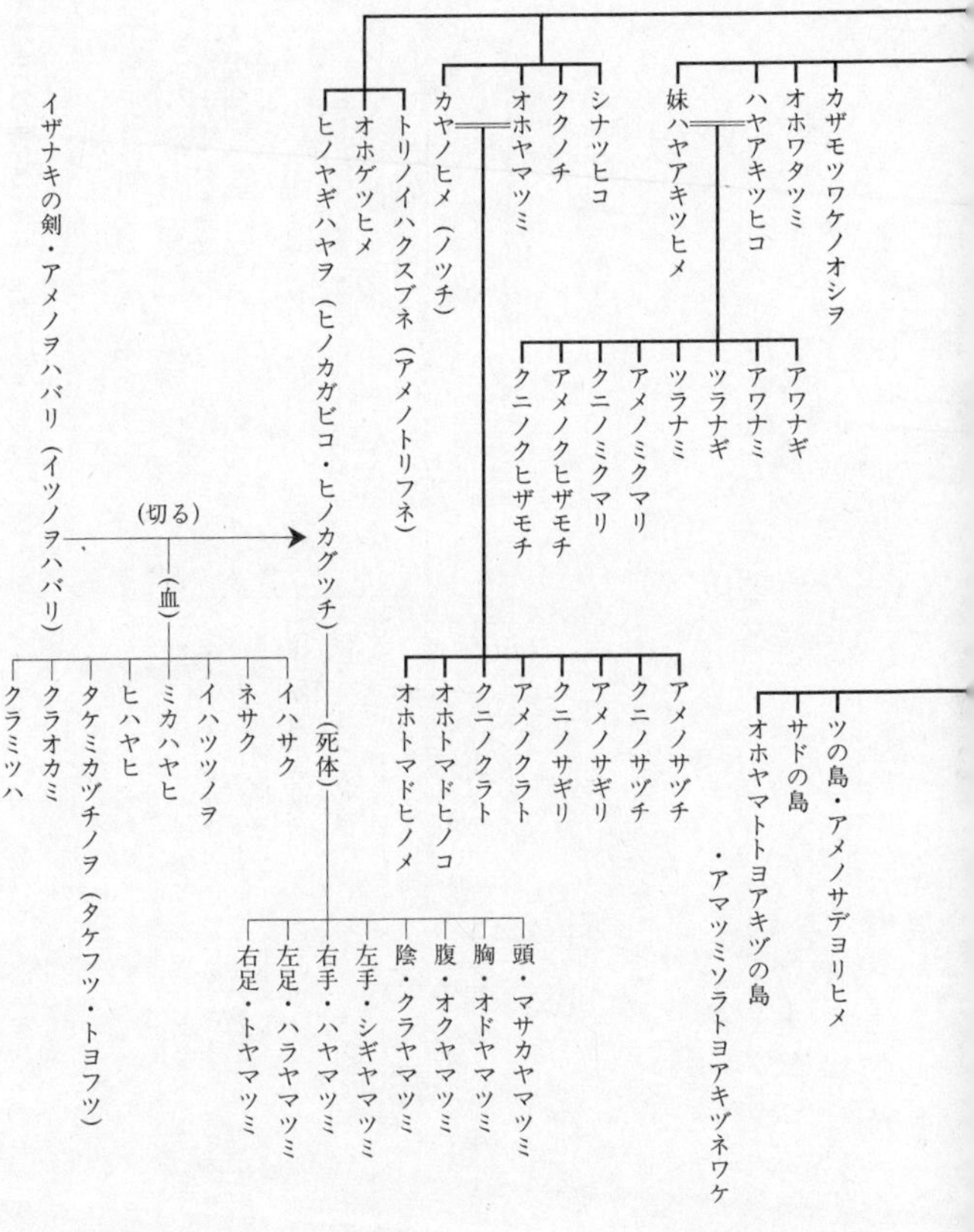
カザモツワケノオシヲ
オホワタツミ
ハヤアキツヒコ
妹ハヤアキツヒメ
アワナギ
アワナミ
ツラナギ
ツラナミ
アメノミクマリ
クニノミクマリ
アメノクヒザモチ
クニノクヒザモチ
シナツヒコ
ククノチ
オホヤマツミ
カヤノヒメ（ノツチ）
アメノサヅチ
クニノサヅチ
アメノサギリ
クニノサギリ
アメノクラト
クニノクラト
オホトマドヒノコ
オホトマドヒノメ
トリノイハクスブネ（アメノトリフネ）
オホゲツヒメ
ヒノヤギハヤヲ（ヒノカガビコ・ヒノカグツチ）
（死体）
頭・マサカヤマツミ
胸・オドヤマツミ
腹・オクヤマツミ
陰・クラヤマツミ
左手・シギヤマツミ
右手・ハヤマツミ
左足・ハラヤマツミ
右足・トヤマツミ
ツの島・アメノサデヨリヒメ
サドの島
オホヤマトトヨアキヅの島
・アマツミソラトヨアキヅネワケ
イザナキの剣・アメノヲハバリ（イツノヲハバリ）
（切る）
（血）
イハサク
ネサク
イハツツノヲ
ミカハヤヒ
ヒハヤヒ
タケミカヅチノヲ（タケフツ・トヨフツ）
クラオカミ
クラミツハ

二　イザナミの病と死（神代篇、其の一）

- **イザナミ**
  - （たぐり）
    - カナヤマビコ
    - カナヤマビメ
  - （糞）
    - ハニヤスビコ
    - ハニヤスビメ
  - （ゆまり）
    - ミツハノメ
    - ワクムスヒ ─ トヨウケビメ
  - 〈死〉 ─ （黄泉の国）
    - 頭・オホイカヅチ
    - 胸・ホノイカヅチ
    - 腹・クロイカヅチ
    - 陰・サキイカヅチ
    - 左手・ワカイカヅチ
    - 右手・ツチイカヅチ
    - 左足・ナリイカヅチ
    - 右足・フシイカヅチ
- イザナキ ─ （涙） ─ ナキサハメ

三　イザナキの禊ぎと高天の原でのウケヒ（神代篇、其の一、二）

イザナキ

- （身に着けた物）
  - 杖・ツキタツフナト
  - 帯・ミチノナガチハ
  - 袋・トキハカシ
  - 衣・ワヅラヒノウシ
  - 褌・チマタ
  - 冠・アキグヒノウシ
  - 左手の手纏・オキザカル
  - 同・オキツナギサビコ
  - 同・オキツカヒベラ
  - 右手の手纏・ヘザカル
  - 同・ヘツナギサビコ
  - 同・ヘツカヒベラ
- （汚れた垢）
  - ヤソマガツヒ
  - オホマガツヒ
- （禍を直す）
  - カムナホビ
  - オホナホビ
  - イヅノメ
- （すすぐ）
  - ソコツワタツミ
  - ソコツツノヲ
  - ナカツワタツミ
  - ナカツツノヲ
  - ウハツワタツミ
  - ウハツツノヲ
- （洗う）
  - 左目・**アマテラス** ＝ スサノヲの剣（物実）
    - 〈嚙む・吹く〉
      - タキリビメ（オキツシマヒメ）
      - イチキシマヒメ（サヨリビメ）
      - タキツヒメ
  - 右目・**ツクヨミ**
  - 鼻・**タケハヤスサノヲ** ＝ アマテラスの玉（物実）
    - 〈嚙む・吹く〉
      - **マサカツアカツカチハヤヒアメノオシホミミ**（系図七へ）
      - アメノホヒ ― タケヒラトリ
      - アマツヒコネ
      - イクツヒコネ
      - クマノクスビ

四　スサノヲの系図（神代篇、其の三）

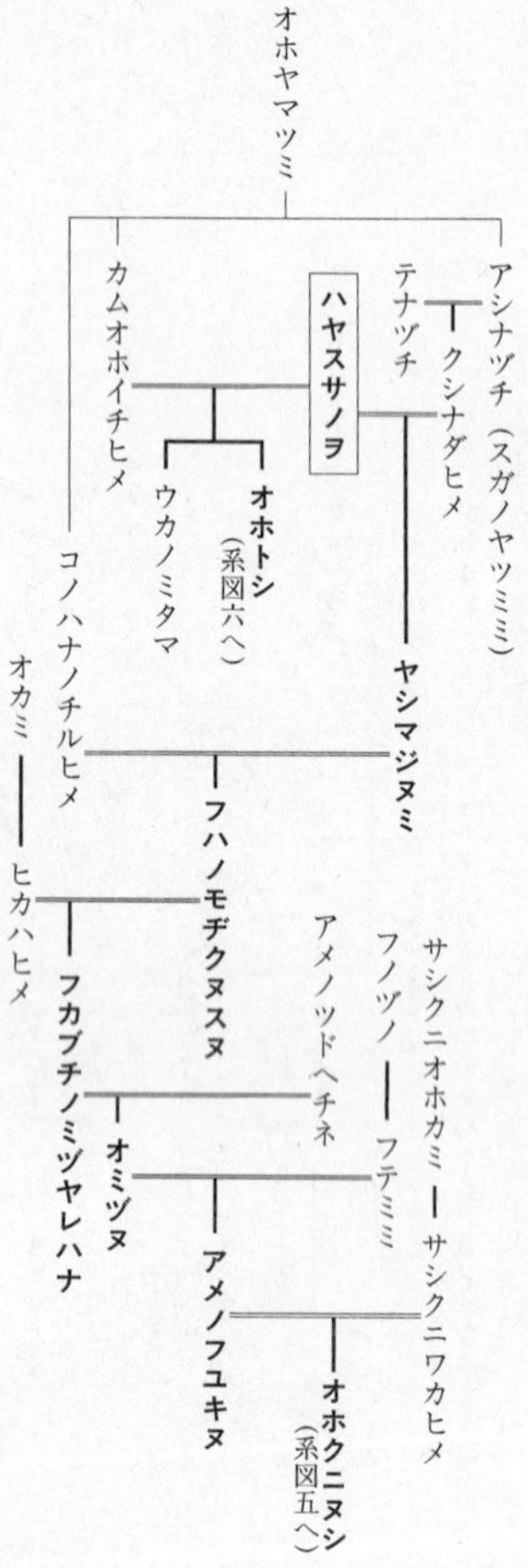
オホヤマツミ
アシナヅチ（スガノヤツミミ）
テナヅチ
クシナダヒメ
ハヤスサノヲ
カムオホイチヒメ
オホトシ
（系図六へ）
ウカノミタマ
ヤシマジヌミ
コノハナノチルヒメ
オカミ
ヒカハヒメ
フハノモヂクヌスヌ
フカブチノミヅヤレハナ
サシクニオホカミ
フノヅノ
アメノツドヘチネ
フテミミ
サシクニワカヒメ
オミヅヌ
アメノフユキヌ
オホクニヌシ
（系図五へ）

五　オホクニヌシの系図（神代篇、其の四）

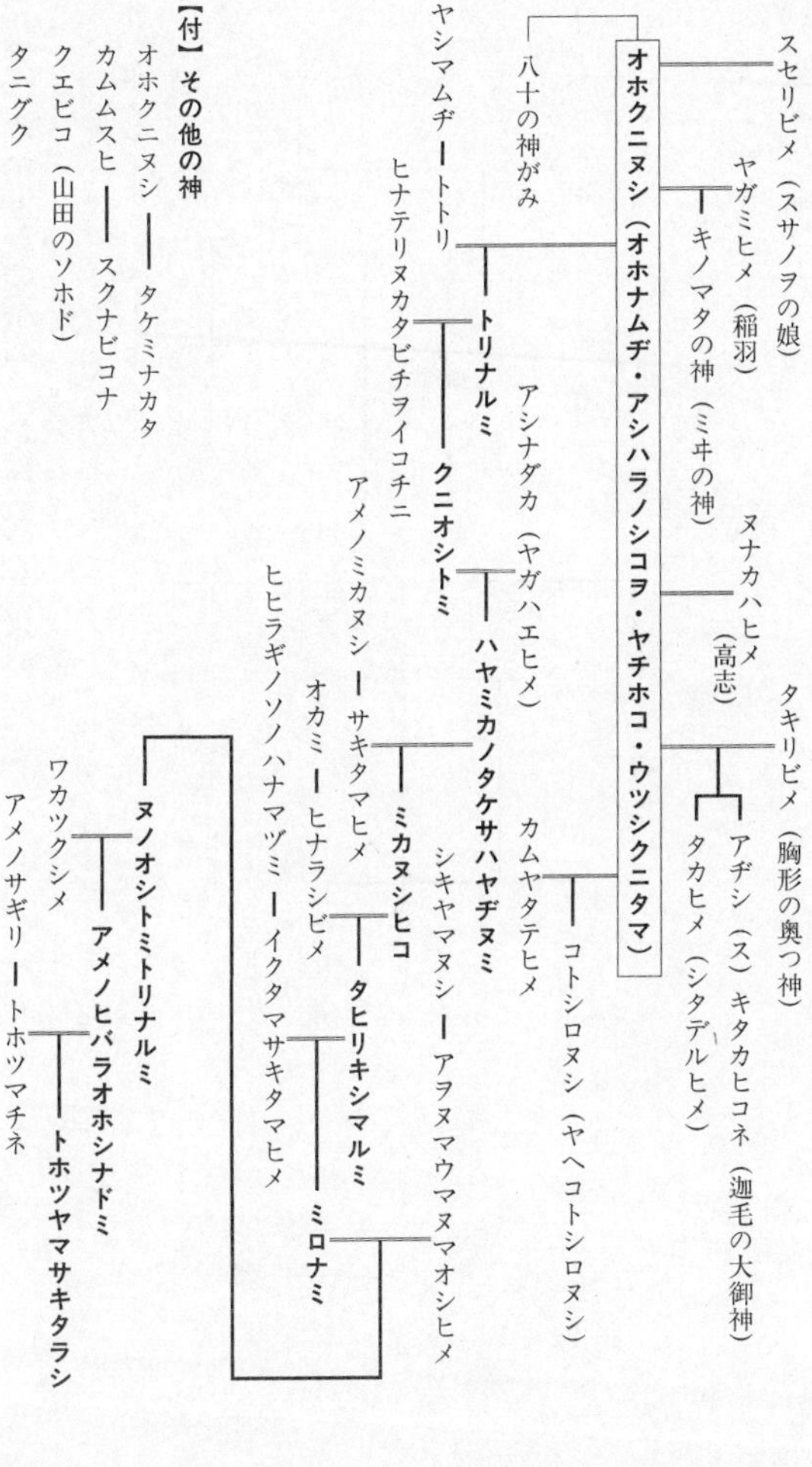
スセリビメ（スサノヲの娘）
ヤガミヒメ（稲羽）
キノマタの神（ミヰの神）
ヌナカハヒメ（高志）
タキリビメ（胸形の奥つ神）
アヂシ（ス）キタカヒコネ（迦毛の大御神）
タカヒメ（シタデルヒメ）
オホクニヌシ（オホナムヂ・アシハラノシコヲ・ヤチホコ・ウツシクニタマ）
八十の神がみ
カムヤタテヒメ
コトシロヌシ（ヤヘコトシロヌシ）
ヤシマムヂ
トトリ
トリナルミ
ヒナテリヌカタビチヲイコチニ
クニオシトミ
アシナダカ（ヤガハエヒメ）
ハヤミカノタケサハヤヂヌミ
アメノミカヌシ
サキタマヒメ
ミカヌシヒコ
シキヤマヌシ
アヲヌマウマヌマオシヒメ
オカミ
ヒナラシビメ
タヒリキシマルミ
ヒヒラギノソノハナマヅミ
イクタマサキタマヒメ
ミロナミ
ヌノオシトミトリナルミ
ワカツクシメ
アメノヒバラオホシナドミ
アメノサギリ
トホツマチネ
トホツヤマサキタラシ
【付】その他の神
オホクニヌシ
タケミナカタ
カムムスヒ
スクナビコナ
クエビコ（山田のソホド）
タニグク

六　オホトシの系図（神代篇、其の四）

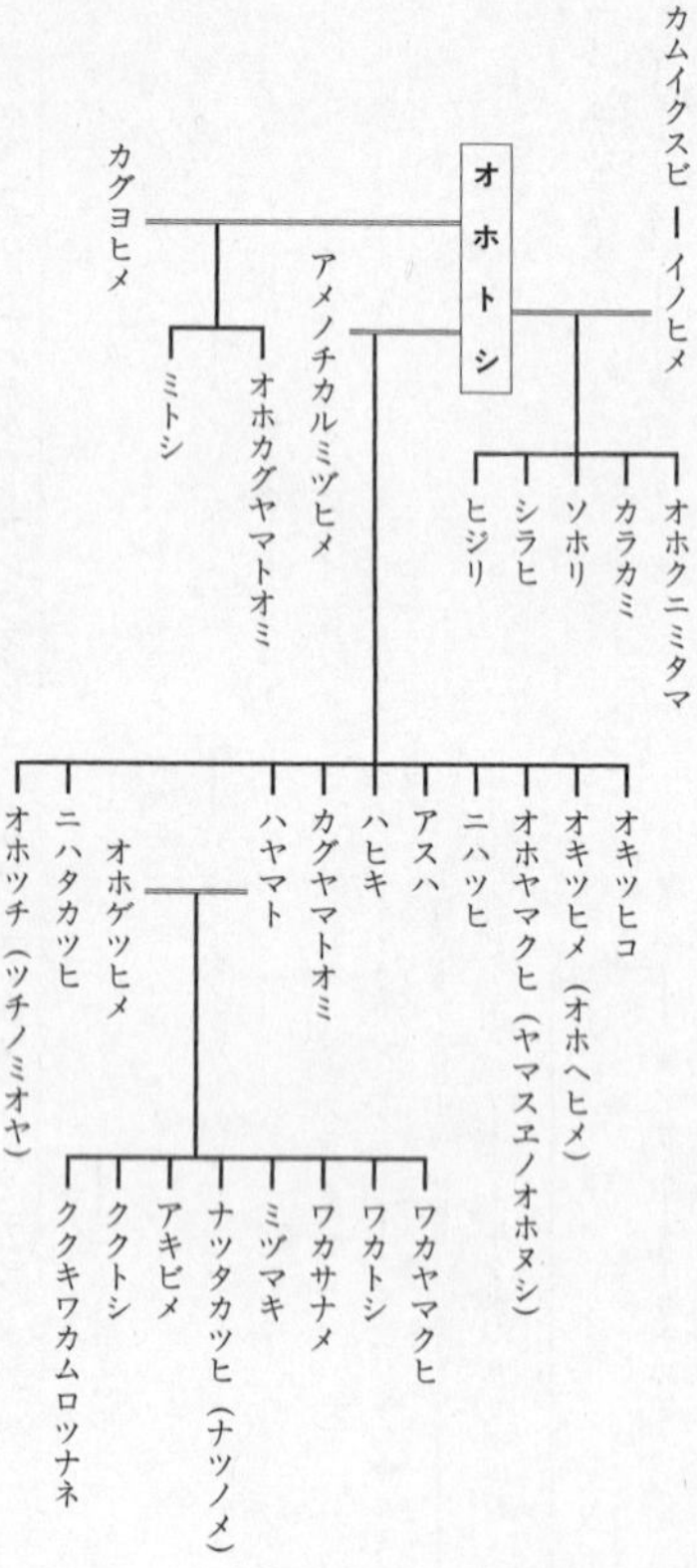
カムイクスビ
イノヒメ
オホトシ
オホクニミタマ
カラカミ
ソホリ
シラヒ
ヒジリ
カグヨヒメ
オホカグヤマトオミ
ミトシ
アメノチカルミヅヒメ
オキツヒコ
オキツヒメ（オホヘヒメ）
オホヤマクヒ（ヤマスエノオホヌシ）
ニハツヒ
アスハ
ハヒキ
カグヤマトオミ
ハヤマト
オホゲツヒメ
ニハタカツヒ
オホツチ（ツチノミオヤ）
ワカヤマクヒ
ワカトシ
ワカサナメ
ミヅマキ
ナツタカツヒ（ナツノメ）
アキビメ
ククトシ
ククキワカムロツナネ

七　アマテラスの系図（神代篇、其の六、七）

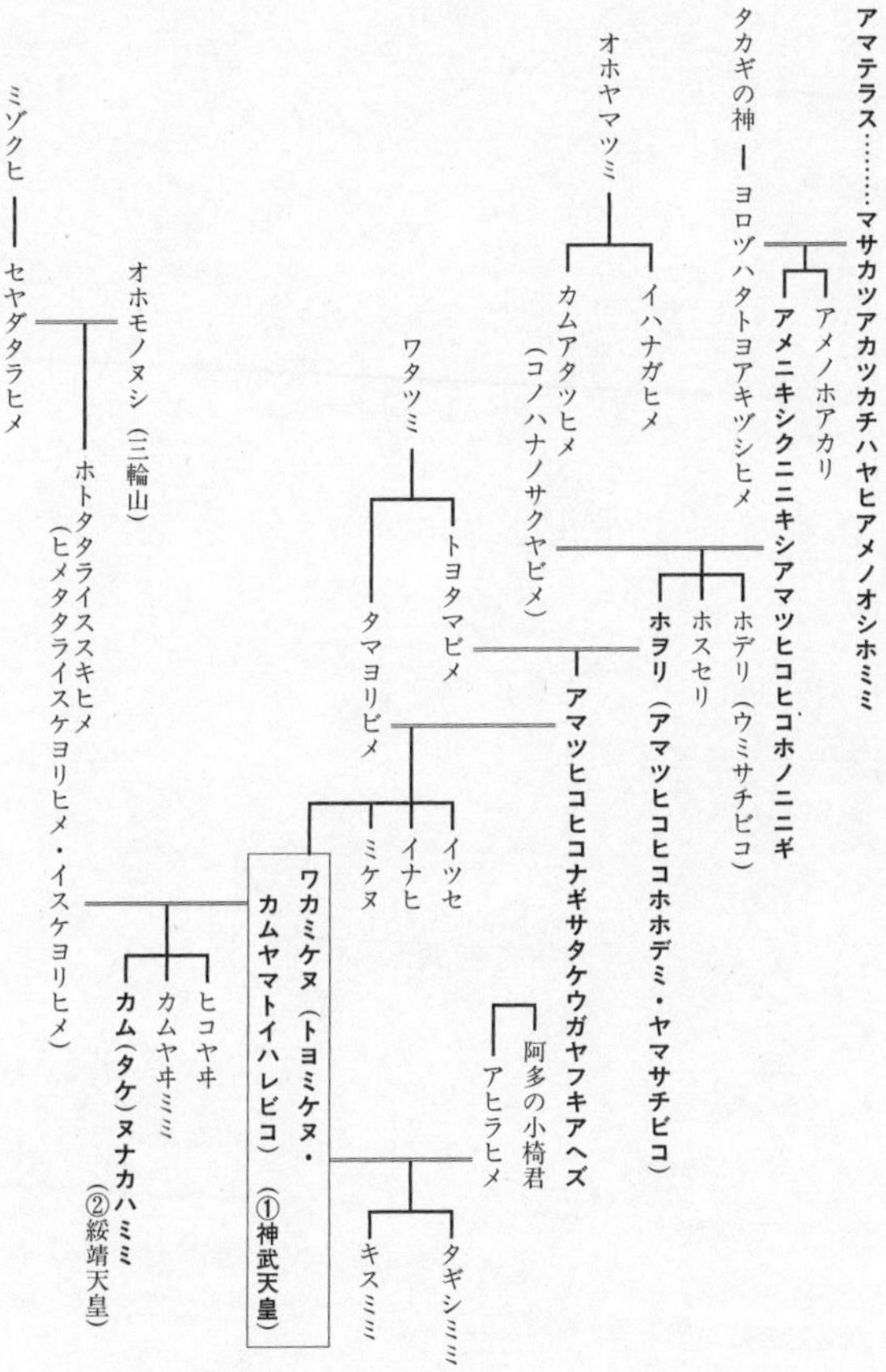
アマテラス……マサカツアカツカチハヤヒアメノオシホミミ
タカギの神
ヨロヅハタトヨアキヅシヒメ
アメノホアカリ
アメニキシクニニキシアマツヒコヒコホノニニギ
オホヤマツミ
イハナガヒメ
カムアタツヒメ（コノハナノサクヤビメ）
ホデリ（ウミサチビコ）
ホスセリ
ホヲリ（アマツヒコヒコホホデミ・ヤマサチビコ）
ワタツミ
トヨタマビメ
タマヨリビメ
アマツヒコヒコナギサタケウガヤフキアヘズ
阿多の小椅君
アヒラヒメ
イツセ
イナヒ
ミケヌ
ワカミケヌ（トヨミケヌ・
カムヤマトイハレビコ）（①神武天皇）
タギシミミ
キスミミ
オホモノヌシ（三輪山）
ヒコヤヰ
カムヤヰミミ
カム（タケ）ヌナカハミミ（②綏靖天皇）
ホトタタライススキヒメ
（ヒメタタライスケヨリヒメ・イスケヨリヒメ）
ミゾクヒ
セヤダタラヒメ

Complete Kojiki : the Narrative Style
by
Sukeyuki Miura
Copyright ©2002, 2006 by
Sukeyuki Miura
Originally published 2002 in Japan by
Bungei Shunju Ltd.
This edition is published 2006 in Japan by
Bungei Shunju Ltd.
with direct arrangement by
Boiled Eggs Ltd.

本書の無断複写は著作権法上での例外を除き禁じられています。
また、私的使用以外のいかなる電子的複製行為も一切認められておりません。

文春文庫

口語訳《こうごやく》 古事記《こじき》 神代篇《かみよへん》

定価はカバーに
表示してあります

2006年12月10日　第1刷
2023年10月25日　第13刷

著　者　三《み》浦《うら》佑《すけ》之《ゆき》
発行者　大沼貴之
発行所　株式会社 文藝春秋

東京都千代田区紀尾井町 3-23　〒102-8008
TEL 03・3265・1211㈹
文藝春秋ホームページ　http://www.bunshun.co.jp

落丁、乱丁本は、お手数ですが小社製作部宛お送り下さい。送料小社負担でお取替致します。

印刷製本・TOPPAN株式会社

Printed in Japan
ISBN978-4-16-772501-3

（　）内は解説者。品切の節はご容赦下さい。

青木直己
江戸　うまいもの歳時記
春は潮干狩りに浅蜊汁、夏は江戸前穴子に素麺、秋は梨柿葡萄と果物三昧、冬の葱鮪鍋・鯨汁は風物詩——江戸の豊かな食材八十五と驚きの食文化を紹介。時代劇を見るときのお供に最適。
あ-88-1

磯田道史
龍馬史
龍馬を斬ったのは誰か？　史料の読解と巧みな推理でついに謎が解かれた。新撰組、紀州藩、土佐藩、薩摩藩……。諸説を論破し、論争に終止符を打った画期的論考。（長宗我部友親）
い-87-1

磯田道史
江戸の備忘録
信長、秀吉、家康はいかにして乱世を終わらせ、江戸の泰平を築いたのか？　気鋭の歴史家が江戸時代の成り立ちを平易な語り口で解き明かす。日本史の勘どころがわかる歴史随筆集。
い-87-2

磯田道史
徳川がつくった先進国日本
この国の素地はなぜ江戸時代に出来上がったのか？　島原の乱、宝永地震、天明の大飢饉、露寇事件の４つの歴史的事件によって、徳川幕府が日本を先進国家へと導いていく過程を紐解く！
い-87-4

磯田道史
日本史の探偵手帳
歴史を動かす日本人、国を滅ぼす日本人とはどんな人間なのか？　戦国武将から戦前エリートまでの武士と官僚たちの軌跡を古文書から解き明かす。歴史に学ぶサバイバルガイド。
い-87-5

沖浦和光《かずてる》
幻の漂泊民・サンカ
近代文明社会に背をむけ〈管理〉〈所有〉〈定住〉とは無縁の「山の民・サンカ」はいかに発生し、日本史の地底に消えていったか。積年の虚構を解体し実像に迫る白熱の民俗誌！（佐藤健二）
お-34-1

大森洋平
考証要集
秘伝！　ＮＨＫ時代考証資料
ＮＨＫ番組の時代考証を手がける著者が、制作現場のエピソードをひきながら、史実の勘違い、思い込み、単なる誤解を一刀両断。あなたの歴史力がぐーんとアップします。
お-64-1

（　）内は解説者。品切の節はご容赦下さい。

春日太一
ドラマ「鬼平犯科帳」ができるまで
遂に幕を閉じた人気ドラマ「鬼平犯科帳」シリーズ。二十八年間にわたったその長い歴史を振り返り、プロデューサーなど制作スタッフの貴重な証言を多数収録した、ファン必読の書。

か-71-2

加藤陽子
とめられなかった戦争
なぜ戦争の拡大をとめることができなかったのか、なぜ一年早く戦争をやめることができなかったのか――繰り返された問いを、当代随一の歴史学者がわかりやすく読み解く。

か-74-1

小泉信三
海軍主計大尉小泉信吉
一九四二年南方洋上で戦死した長男を偲んで、戦時下とは思えぬ精神の自由さと強い愛国心とによって執筆された感動的な記録。ここに温かい家庭の父としての小泉信三の姿が見える。

こ-10-1

司馬遼太郎
歴史を紀行する
高知、会津若松、鹿児島、大阪など、日本史上に名を留める十二の土地を訪れ、風土と人物との関わり合い、歴史との交差部分をつぶさに見直す。司馬史観を駆使して語る歴史紀行の決定版。

し-1-134

司馬遼太郎
手掘り日本史
日本人が初めて持った歴史観、庶民の風土、史料の語りくち、「手ざわり」感覚で受け止める美人、幕末三百藩の自然人格。圧倒的国民作家が明かす、発想の原点を拡大文字で！　（江藤文夫）
し-1-136

司馬遼太郎
対談集
歴史を考える
日本人を貫く原理とは何か？　対談の名手が、歴史に造詣の深い萩原延壽、山崎正和、綱淵謙錠と自由自在に語り合う。歴史を俯瞰し、日本の〝現在〟を予言する対談集。　（関川夏央）
し-1-140

（　）内は解説者。品切の節はご容赦下さい。

出口治明
0《ゼロ》から学ぶ「日本史」講義　古代篇
ビッグバンから仏教伝来、藤原氏の興亡まで、新たな学説や歴史論争にも触れながら、世界史の達人である著者がやさしく語り下ろした、読んで楽しい「日本史」講義。シリーズ第一弾！
て-11-2

出口治明
0《ゼロ》から学ぶ「日本史」講義　中世篇
幕府と将軍が登場し、その幕府は鎌倉から室町へ。全体像がつかみにくい激動の「中世」をわかりやすく解きほぐす。「中世」がわかれば、歴史はもっと面白くなる！（対談・呉座勇一）
て-11-3

西尾幹二
決定版　国民の歴史（上下）
歴史とはこれほどエキサイティングなものだったのか。従来の常識に率直な疑問をぶつけ、世界史的視野で日本の歴史を見直した国民的ベストセラー。書き下ろし論文を加えた決定版。
に-11-2

半藤一利　編著
日本史はこんなに面白い
聖徳太子から昭和天皇まで、その道の碩学16名がとっておきの話を披露。蝦夷は出雲出身？　ハル・ノートの解釈に誤解？　大胆仮説から面白エピソードまで縦横無尽に語り合う対談集。
は-8-18

菅原文太・半藤一利
仁義なき幕末維新　われら賊軍の子孫
薩長がナンボのもんじゃい！　菅原文太氏急逝でお蔵入りしていた幻の対談。西郷隆盛、赤報隊の相楽総三、幕末の人斬り、歴史のアウトローの哀しみを語り、明治維新の虚妄を暴く！
は-8-34

原　武史
松本清張の「遺言」　『昭和史発掘』『神々の乱心』を読み解く
厖大な未発表資料と綿密な取材を基に、昭和初期の埋もれた事実に光を当てた代表作『昭和史発掘』と、宮中と新興宗教に斬り込む未完の遺作『神々の乱心』を読み解く。
は-53-1

（　）内は解説者。品切の節はご容赦下さい。

本郷和人
さかのぼり日本史　なぜ武士は生まれたのか

「武士」はいかにして「朝廷」と決別し、真の統治者となったのか。歴史を決定づけた四つのターニングポイントから、約六百五十年間続く武家政権の始まりをやさしく解説。

ほ-25-1

宮部みゆき・半藤一利
昭和史の10大事件

歴史探偵と作家の二人は、なんと下町の高校の同窓生（30年違い）。二・二六事件から東京裁判、金閣寺焼失、ゴジラ、宮崎勤事件、日本初のヌードショーまで硬軟とりまぜた傑作対談。

み-17-51

宮城谷昌光
中国古典の言行録

中国の歴史と文化に造詣の深い作家が、論語、詩経、孟子、老子、易経、韓非子などから人生の指針となる名言名句を選び抜き、平明な文章で詳細な解説をほどこした教養と実用の書。

み-19-7

三浦佑之　訳・注釈
口語訳　古事記　神代《かみよ》篇

記紀ブームの先駆けとなった三浦版古事記が文庫に登場。語り部による親しみやすい口語体の現代語訳で、おおらかな神々の物語をお楽しみ下さい。詳細な注釈、解説、神々の系図を併録。

み-32-1

三浦佑之　訳・注釈
口語訳　古事記　人代《ひとよ》篇

神代篇に続く三十三代にわたる歴代天皇の事績と皇子や臣下の物語。骨肉の争いや陰謀、英雄譚など「人の代の物語」を御堪能下さい。地名・氏族名解説や天皇の系図、地図、索引を併録。

み-32-2

三浦佑之
古事記神話入門

令和を迎えた日本人必読の「国のはじまり」の物語。ベストセラー『口語訳　古事記』の著者が、古事記のストーリーをあらすじと解説でわかりやすく紹介する。日本書紀との比較表掲載。

み-32-5

本の話

読者と作家を結ぶリボンのようなウェブメディア

文藝春秋の新刊案内と既刊の情報、
ここでしか読めない著者インタビューや書評、
注目のイベントや映像化のお知らせ、
芥川賞・直木賞をはじめ文学賞の話題など、
本好きのためのコンテンツが盛りだくさん！

https://books.bunshun.jp/

文春文庫の最新ニュースも
いち早くお届け♪

文春文庫のぶんこアラ